二维战争

PLANAR WAR

王晋康 分形橙子 等◎著

海豚出版社
DOLPHIN BOOKS
CICG 中国国际传播集团

图书在版编目（CIP）数据

二维战争 / 王晋康等著. -- 北京 ： 海豚出版社，2023.3
ISBN 978-7-5110-6237-6

Ⅰ. ①二… Ⅱ. ①王… Ⅲ. ①幻想小说－小说集－中国－当代 Ⅳ. ① I247.7

中国版本图书馆 CIP 数据核字（2022）第 228017 号

二维战争
王晋康　分形橙子　等◎著

出 版 人　王　磊
责任编辑　白银辉　张　镛
特约编辑　孙光雨　李　雷
装帧设计　天下书装
责任印制　于浩杰　蔡　丽
法律顾问　中咨律师事务所　殷斌律师
出　　版　海豚出版社
地　　址　北京市西城区百万庄大街 24 号
邮　　编　100037
电　　话　010-68325006（销售）　010-68996147（总编室）
印　　刷　天津市天玺印务有限公司
经　　销　新华书店及网络书店
开　　本　880mm×1230mm 1/32
印　　张　8.5
字　　数　170 千
版　　次　2023 年 3 月第 1 版　2023 年 3 月第 1 次印刷
标准书号　ISBN 978-7-5110-6237-6
定　　价　45.00 元

目　录

Contents

终极爆炸

文 / 王晋康

对一个人的了解，也许两年的相处比不上一次长谈。在去特拉维夫的飞机上，以及在特拉维夫的伯塞尔饭店里，一向冷漠寡言的司马完与史林有过一次长谈。这次谈话在史林心中树起了对司马老师深深的敬畏。他有点儿后悔不该向国家安全部告发自己的老师——说告发其实是过分的自责，不大恰当的。史林并没有（主动）告密，而是在国安部相关人员向他了解司马完的近情时，他丝毫没有隐瞒自己对司马完的怀疑。不过他的陈述不带任何个人成见和私利，完全出于对国家对民族的忠诚。对此他没有任何良心上的负担。

但在此次长谈后，史林想，也许自己对司马老师的怀疑是完全错误的。这么一位完全醉心于“宇宙闪闪发光的核心机制”的科学家，绝不可能成为敌国的间谍。

当然，国安部对司马完的怀疑也有非常过硬的理由。单是他们向史林透露的只言片语，就够可怕的了。史林想来想去，始终无法得出确定的结论。

史林来到北方研究所后就分到司马完手下，研究以“核同质异能素”为能源的灵巧型电磁脉冲炸弹，至今已经两年半了。当年史林以优异成绩从北大物理系毕业，可没想到会舍弃“科学之神”而为“战神”效劳。史林一心想做个超一流的理论物理学家，这个志愿从少年时代就深植于他的心中，成了他毕生的追求。初中一年级时他看过一本科普著作《可怕的对称》，作者是美国理论物理学家阿维·热。阿维·热也许算不上一流的科学大师，但绝对是一流的“传教者”，他以生花妙笔传布了对科学之神的虔诚信仰。

阿维·热在书中说，宇宙是由一位最高明的设计师设计的，基于简单和统一的规则，基于美和对称性。宇宙的运行规则更像规则简约的围棋，而不像规则复杂的橄榄球。他说，物理学家就像是完全不知道规则的观棋者，经过长时期的观察、思考、摸索、失败，已经敢小小地吹一点儿牛了，已经敢说他们大致猜到了上帝设计宇宙的规则，即破解宇宙的终极定律，或终极公式。

这本书强烈地拨动了史林的心弦。他很想由自己来踢出这制胜的一脚。

按阿维·热的观点，对宇宙运行规则的研究现在大致到瓜熟蒂落的时候了。那么，如果能由一个中国人来完成宇宙终极理论，倒也不错，算得上有始有终。宇宙诞生的理论，马虎一点儿，可以说是由一位中国人——老子——在两千年前最早提出。老子在《道德经》第四十二章中说:“道生一,一生二,二生三,三生万物。”翻译成现代语言就是:宇宙万物是按某种确定的规律生成的，并且是单源的。他还写道:“天下万物生于有，有生于无。”这正是今天宇宙学家的观点——宇宙从“无”中爆炸出来。真是匪夷所思啊！一个两千年前的老人，在科学几乎尚未启蒙之时，他怎么能有这样的奇想?

史林的志向是狂了一点儿，但也不算太离谱。可惜他生不逢时，毕业时，第三次世界大战，或者如后代历史学家命名的“2.5 次世界大战”，已经越来越近了。国家正在为战争而全力冲刺，所有的基础研究被暂时束之高阁。史林因此没能去科学院，而是被招聘到了这家一流的武器研究所。

对此，史林倒没有什么怨言。在他醉心于宇宙终极理论时，他的精神无疑是属于全人类的。但这个精神得有一个物质载体，而这个肉体是生活在尘世之中，隶属某个特定的国家和民族。既然如此，他就会诚心诚意地履行一个公民的义务。

他向国家安全部如实陈述自己对司马老师的怀疑，也正是基于这种义务（社会属性），而不是缘于他的本性（人格属性）。

司马完是一位造诣极深的高能物理学家，专攻能破坏信息系统的电磁脉冲炸弹。在此领域，他是中国乃至世界的一流高手。中国已经为这场无法避免的战争做了一些准备。鉴于美国在军事上的绝对优势和中国相对薄弱的军工基础，中国的对策是大力发展不对称战力，比如信息战战力。在这些特定领域，中国已经赶上甚至超过了美国。而在这个领域中执牛耳的司马完，自然是一个国宝级的人物。

司马完今年五十岁，小个子，比较瘦，外貌毫不惊人。他的妻子卓君慧个子比丈夫高一些，非常漂亮，高雅雍容，具有大家风范。她今年四十五岁，但保养得很好，只像三十几岁的人。与她交往，有如沐春风的感觉。

卓君慧是位一流的脑科学家。现代脑科学大致上有两个分支，一个分支偏重于哲理性，研究神经元如何形成智慧，如何出现自我，或者探讨人类作为观察者能否最终洞悉自身的秘密（不少科学家认为：人类绝不能完全认识自身，从理论上说也不行，因为“自指”就会产生悖逆和不决），等等。另一个分支则偏重实用性，研究如何开发深度智力，加强左右脑联系，增强记忆力，研究老年痴呆症的防治等。两个分支的距离不亚于牛郎星与织女星，但卓君慧在两个分支中都游刃有余，她甚至在脑外科手术中也是一把好刀。

他们有一个十九岁的儿子，那小子是他父母的“不肖子”，一个狂热的新嬉皮士，崇尚自由、爱与和平。他很聪明，虽然从不怎么用功，但还是轻松地考进了北大数学系。他与史林是相差五届的系友。这小子在大学里仍不怎么爱学习，只要考试能上六十分，绝不愿在课堂上多待一分钟。司马夫妇对他比较头疼，这算是这个美满家庭中唯一不尽如人意的地方吧！

中航的 A380 起飞了，这是二十年前正式投入运营的超大型客机，双层，标准载客五百五十五人。现在飞机在平流层飞行，非常平稳。透过飞机舷窗能看到很远的云层、连绵的群山，还有在山岭中蜿蜒的长城。他们这次一行三人，司马夫妇和史林。司马完和史林是去以色列两个武器研究所进行例行工作访问。这些年来，他们和以色列同行保持着融洽的关系，在某种程度上甚至超越了政治。

卓师母则是去特拉维夫的魏茨曼研究所，那儿是世界上脑科学的重镇，有一台运算速度为每秒百万亿次的超大型计算机，专门用于模拟一百四十亿人脑神经原的缔合方式。据说爱因斯坦的大脑现在已经“回归故里”（指他的犹太人族籍而不是他的瑞士国籍），在这个研究所得到精心的研究。卓师母常来这里访问，史林三次来以色列都是和司马老师、卓师母同行。

史林走前，国家安全部的洪先生又约见了他。他们这次会见没什么实质性内容，洪先生只是再三告诫他不要露出什么破绽，仍要像过去一样与司马相处。

“司马先生是国宝级的人物，对他一定要慎重再慎重。当然，”洪先生转了口气，“也应该时刻竖起耳朵，注意他的行动。如果能洗脱他的嫌疑，无论对他个人还是对国家都是幸事。”

洪先生希望在此行中，史林能以适当的借口，始终把司马“罩在视野里”，但前提是不能引起司马的怀疑。史林答应尽量做到。

司马夫妇坐在头等舱，史林在普通舱下层，不能时刻把司马完“罩在视野里”，他有点儿担心——也许就在那道帷幕之后，司马完正和某个神秘人物接头？当他正在想办法接近司马完时，卓师母从头等舱出来了，走到史林的座位前，轻声说：

“你这会儿没有事吧？老马（她总是这样称呼丈夫）想请你过去，谈一点工作之外的话题。你去吧，咱俩换换座位。”

史林过去了。司马完用目光示意史林在卓君慧的座位上坐下，又唤空姐为史林斟上一杯热咖啡。史林忖度着司马老师今天会谈什么“工作之外的话题”。司马完开门见山地问：

“听说你有志于理论物理——宇宙学研究？”“对。我搞武器研究是角色反串，是暂时的。战事结束后我肯定会干回本行。”司马完有点儿突兀地问：“你是否相信有宇宙终极定律？”史林谨慎地说：“我想，在地球所在的‘这个’宇宙中，如果它在时间和空间上是有限的——这已经是大多数理论物理学家的共识——那么，关于它的理论也就应该有终极。”司马完点点头，说：“还应该加一个条件：如果宇宙确实是外国人所说的——基于简单、质朴和优美的原则建造的。”

史林激动地说：“对这一点我绝对相信！但我相信两点：一是宇宙只有一个单一的起源；二是它的自我建构一定天然地遵循一个最简单的规则。有了这两点，就能保证你说的那种质朴和优美。”

司马完赞赏地点点头，沉默了一会儿。史林也沉默着，不知道司马完还会谈什么。司马完忽然问：“你的IQ（智商）值是一百六十？”

史林不想炫耀自己，有点儿难为情地说：“对，我做过一次测定，一百六十。不过，我不大相信它，至少是不大看重它。”

司马完皱着眉头问：“不相信什么？是IQ测定的准确性，还是不相信人的智力有差异？”

“我指的是前者。智商测定标准不会是普遍适用的。一个智商为六十的人也可能是个音乐天才。至于人与人之间的智力差异，那是绝对存在的，谁说没有差异反倒不可思议。”

“IQ的准确与否是小事情，不必管它。关键是——是否承认天才。我就承认自己是天才，在理论物理领域的天才。承认天才并不是为了炫耀，而是认识到自己的责任。老天既然生下爱因斯坦，他就有责任发现相对论，否则他就是失职，是对人类犯了渎职罪。”

史林听了一愣。他从来没有听过对爱因斯坦如此“严厉”的评判，或者说是如此深刻的赞美，他觉得很新鲜。从这番话中，他感受到司马完思维的锋利，也多少听出一些偏激。他想，天才大概都这样吧！

“我知道你也是个天才。我观察你两年多了。”司马完说得很平静，不是赞赏，而是就事论事，就像说“我知道你的体重是一百六十斤”一样，“也知道你一直没放弃对终极理论的研究，并用业余时间一直在进行这方面的研究。你想由一个中国人来揭开上帝档案柜上的最后一张封条。我没说错吧？”

史林感动地默默点头。他没想到司马老师一直在悄悄观察他。对他而言，探索宇宙终极理论已经成了此生的终极目的，这种忠诚已融入他的血液中，今生都不会改变。所以，司马老师的话让他觉得亲切，有一种天涯知己的感觉——不过他马上提醒自己：不要忘了国家安全部的嘱咐，对司马老师时刻都得睁着“第三只眼睛”。

“其实我也一直致力于此，大概比你早了二十年吧。你不妨说说近来的思考、进展或者疑难，也许我能对你有所帮助。”

司马老师说得很平淡，但透出不事声张的自信。史林思考片刻，说：“我想，要解决终极理论，还得走阿维·热所说的对称性的路子。德国女数学家艾米·诺特尔以极敏锐的灵感，指出在大自然中守恒量必然与某种对称相关，比如她指出：如果物理定律不随时间变化（相对于时间对称），能量就守恒；如果作用量不随空间平移而变化，动量就守恒；如果不随空间旋转而变化，角动量就守恒。司马老师，这些守恒定律我在初中就学过了，但从来没想到它们的对称本质！诺特尔的洞察力是人类智慧的一个极好的例子，简直有如神示，给我留下了极深刻的印象，让我敬畏和动情。我对她崇拜得五体投地。”

史林说得很动情。司马完没有插话，只是面无表情地点点头。

“爱因斯坦非常深刻地理解这一点——上帝对宇宙的设计必定由对称性支配。他能完成相对论，就是因为他善于从浩繁杂乱的实验事实中抽取对称性，比如在那么多有关引力的事实中，他只抽取了最关键的一个守恒量，就是所有物体，不管轻重，不管它是什么元素，都以同样的速度下落。这就导致他发现了一种对称：均匀引力场与某个数值的加速运动完全等效。爱因斯坦称，这对他来说是一次‘非常幸福的思考’，从那之后广义相对论就呼之欲出了。”史林说着说着忽然觉得有点儿不好意思，在司马老师面前说这些无疑是班门弄斧，“这些历史你一定很清楚。我对它们进行回溯，只是想说明，我对终极理论的研究一直是走这条对称性的路子。”

司马完微微点头：“我想你的路子不错。有进展吗？”

“还没有。引力还是没法进行重整，不能与其他三种力合并到一个公式中。”

司马完沉默了一会儿，说：“对称性的路子肯定不会错的，但你是否可以换一个角度？当年爱因斯坦没能完成统一场论，是因为那时弱力和强力还没有被发现。那么，今天物理学界在终极理论上举步维艰，是不是因为仍然有未知力隐藏于时空深处？我相信物质层级不会到夸克和胶子这儿就戛然而止，应该有更深的层级。当然，随着粒子的尺度愈接近普朗克长度（1.6×10^{-33} 厘米，夸克是 10^{-21} 厘米），粒子实体或物质层级就会愈模糊、虚浮，互相粘连，研究它们就会越来越困难，最终干脆不可知。不过，我们并不需要完全了解。门捷列夫也不是在了解所有元素后才建立周期律的。他只推断出元素性质跟重量有关，并呈周期性变化就行了，这是个比较复杂的周期，取决于最外电子层可容纳的电子数。但只要发现这个‘定律之核’，周期律就成功了。”

这番见解让史林受到震动。他说：“老师你说得很对，我也相信你所抽提的脉络。不过我一直没能发现有关宇宙力的那个‘核’。只要抓住这个核，终极理论就会在地平线上露头了。”

史林企盼地看着司马完。直觉告诉他，也许司马老师手里就握着这把钥匙。不过他同时又认为这是不可能的，如果司马老师已经有所突破，绝对不会藏在心里而不去发表，更不会在这样的闲聊中轻易披露，要知道，这是多少人梦寐以求的成功！对这样的成功来说，诺贝尔奖是太轻太轻的奖赏。不会的，司马老师不会握有这把钥匙。不过，他无法排除这种奇怪的感觉——对于宇宙终极真理，司马老师的神情完全是成竹在胸。

司马完看着舷窗外的天空，平淡地说：“以往的终极研究都是瞄着把宇宙几种力统一。实际上，力的本质是信使粒子的交换，像光子的交换形成电磁力，引力子的交换形成引力，介子的交换形成弱力等。所以，力的本质就是物质，只不过是换一个说法而已。而物质呢，不过是空间由于能量富集所造成的畸变。这么说吧，力、物质、能量这些都是中间量，是可以撇开的。宇宙的生命史从本质上说只是两个相逆的过程：空间从大褶皱（如黑洞）转换为小褶皱，冒出无数小泡泡，又自发地有序组合；然后，又被自发地抹平。其中，空间形成褶皱是负熵过程（这点不难理解，按质能公式，任何粒子的生成都是能量的富集化）；空间被抹平则是熵增。你看，这又是艾米·诺特尔式的一个对应：宇宙运行相对于时间的对称性，对应于空间畸变度的守恒。”他把目光从窗外收回来，看看史林，“你试试吧。沿着这个思路——抛开一切中间量，直接考虑空间的褶皱与抹平——也许能比较容易地得出宇宙的终极公式。”

司马完朝史林点点头，结束了谈话，闭目靠在座椅上养神。他已经看见了史林的激动，甚至可以说是狂热。史林感觉到了“幸福的思考”，就像爱因斯坦坐电梯时因胃部下沉而感受到引力与加速度的等效，像麦克斯韦仅用数学方法就推导出电磁波恰恰等于光速，像狄拉克在狄拉克方程的多余解中预言了反粒子……所有的顿悟对科学家来说都是最幸福的，而这次的幸福更是幸福之最，它是真理的终极，是对真理探索的最完美的一次俯冲。

史林的目光在燃烧，血液沸腾了。眼前是奇特优美的宇宙图景，是宇宙的生死图像：

一个极度畸变的空间，光线被锁闭在内部，无法向外逃逸；连时间也被锁死，永久地停滞在零点零分零秒。然后，它因偶然的量子涨落爆炸了，时间由此开始。空间暴涨，单一的畸变在暴涨中被迅速抹平，但同时转变为无数的微观畸变。在空间撕裂出一个个“小泡泡”，它们就是最初层面的粒子。泡泡以自组织的方式排列组合，形成夸克和胶子，再粘结成轻子、重子、原子、分子、星云、星体、星系。星体在核反应中抛出废料，形成行星，某些行星上的“太初汤”再进行自组织，生成有机物、有机物团聚体、第一个 DNA、简单生物等等。这个负熵过程的高级产物之一就是人，是人的智慧和意识……

与此同时，随着氢原子聚合，随着恒星向太空倾倒光和热，一只看不见的手又在轻轻抹去物质的褶皱，回归平滑空间。这个熵增过程是在多个层级上进行的；不过，局部的抹平又会导致空间的整体畸变，于是黑洞（奇点）又形成了。空间的畸变和抹平最终构成了宇宙史。

史林完全相信，只要抽出这个艾米·诺特尔对称，自己离宇宙终极公式也就不远了。它一定非常简约质朴，像爱因斯坦的质能公式一样优美。一激动，他竟然有些气喘吁吁。这会儿他把国安部洪先生交代的任务完全抛到了脑后。他虔诚地看着司马老师，等他往下说，但司马完似乎已经把话说完了。

过了一会儿，史林不得不轻声唤道：“老师！”

司马完睁开眼看看他。

“老师，你的见解极有启发性。我想，你离成功只有一步之遥了，为什么还没得出最终结果？”

司马完淡然地说：“也许是我的才智不够。这也是个悖论吧——要想破解这个最简约的宇宙公式，可能需要超出我这种小天才的超级天才。”

史林有些失望，也免不了有些兴奋（带点儿自私的兴奋）——如果司马老师没有完成，那自己还有戏。他沉默了一会儿，说：“可惜，这样的公式即使被破译，恐怕也很难检验。物理学家和玄学家的区别，是物理学家有实验室，而且所做的实验必须具有可重复性。唯独物理学中的宇宙学例外：宇宙学家倒是有一个天然的大实验室——宇宙，但没人能看到实验的终点，更无法把宇宙的时间拨到零点，反复运行，以验证它的可重复性。”

“谁说不能验证？只要是真理，就应该得到验证，也必然能验证。”司马完不屑地说，“我知道有类似的论调，说宇宙学是唯一不能验证的科学。不要信它！总有办法验证的，即使不是直接验证，也是很有说服力的间接验证。”

史林渴望地看着司马完，依他的感觉，司马老师不但对终极定律成竹在胸，而且对如何验证也早有定论。他真希望老师能把这个“包袱”彻底抖出来。非常不巧，飞机马上要降落了，空姐走出来，让乘客回到自己的座位上，系好安全带。卓君慧从普通舱回来了，她看出这次谈话对史林的触动很大，因为史林恋恋不舍地离开了头等舱，并一直陷在沉思中。

地中海的海面在舷窗外闪过，特拉维夫机场的灯光向他们迎来，飞机降落了。他们出了机场，随即坐出租车来到伯塞尔饭店。饭店依海而建，窗户中嵌着地中海的风光，非常美丽；位置又比较适中，离他们要去的三个研究所都不远。前两次史林陪司马老师和师母来时，也下榻在这个饭店。

在前两次同行中，史林对司马老师产生过怀疑，因为老师在特拉维夫的行为多少透着些古怪。史林的怀疑不大清晰，只是感觉而已。不过，国家安全部官员的那次到来，把这些怀疑明朗化了，也强化了。所以，即使史林因这次长谈而对司马老师相当敬畏，也不能完全抵消他内心对司马老师的怀疑。从住进伯塞尔饭店起，史林就时刻“竖着耳朵”注意老师的动静。

半个月前的一天，北方研究所吕所长（他的军衔是少将，在国内外军工界是一个大人物）让秘书把史林唤到办公室。屋里还坐着一个人，穿便衣，但有明显的军人气质，四方脸不怒而威，打眼一看就是个相当级别的大人物。那人迎上来和史林握手，请他在沙发上落座。吕所长介绍："这是国家安全部的领导，姓洪，想找你问一些情况，你要全力配合。"吕所长说完就走了，临走还小心地带上门。

史林心中免不了忐忑，单看吕所长的态度，就知道今天的谈话一定相当重要。洪先生先和颜悦色地扯了几句家常，问史林哪个学校毕业，来所里几年了，一直跟谁当助手，等等。史林知道这些话只是引子，既然国安部找到自己，自己的情况他一定事先调查清楚了。然后洪先生慢慢把谈话引到了司马完身上。史林谨慎地回答说：他来这儿时间不长，对司马老师非常敬佩，老师专业造诣极深，也非常敬业。不过他们没有多少工作之外的接触，只是应卓师母之邀去赴过两次家宴。

洪先生不停地点头，他说这位司马老师可是国宝啊，是列在国家安全部重点保护名单上的。我们的保护是百倍小心，不容出任何差错的，所以想找你来了解一下，看他有没有什么心理或身体上的问题，等等。你不要有什么顾虑，尽可直言不讳。

虽然洪先生的话很委婉，但史林也不会听不出话外之音。史林断定，洪先生既然来找他了解司马完，肯定有什么重要原因。他踌躇片刻，觉得对国安部应该实话实说：

"我没发现什么问题，只有一点，不知道算不算异常。他在以色列进行工作访问时，总有两三天不见踪影。我陪他去过两次特拉维夫，都是这样。据他说是陪妻子去魏茨曼研究所，那是个综合性的研究所，脑科学研究是强项，所以，卓师母去那里很正常，但司马老师去干什么，我就不清楚了。我原来以为，也许这牵涉到什么秘密工作，是我这样级别的人不该了解的，所以我一直没有打探过。"

洪先生听得很认真："还有什么情况吗？"

"没有了。"史林想想又补充道，"我们去特拉维夫的工作访问一般不会超过一星期，所以，单单为了陪妻子而耽误两三天时间，这不符合司马老师的行事风格。"

洪先生赞赏地点点头，这才说出来这儿的用意："谢谢你，小史。我来之前对你做过深入了解，吕所长说你是一个完全可以信赖的年轻人。今天我找你来，有一个重担要交给你。"史林听出了问题的严重性，屏息聆听。"我们对司马先生非常信任、非常器重，他对国家的贡献是有目共睹的。但在不久前的一次例行体检中，发现他脑中有异物。"

史林极为震惊！他瞪大眼睛看着洪先生。对方点点头，肯定地说："没错，确定有异物，是在头部正上方，穿透头盖骨，向下延伸到胼胝体。异物的材质看来是某种芯片，或其他电子元件，我们还没机会确认。"

史林张口结舌。说震惊是太轻了，完全是惊骇欲绝。有异物！在一个国宝级的武器科学家脑中！在战争阴云越来越浓的特殊时刻！他觉得，洪先生宣布的事实，就像是阴河里的水，漫地而来，让他不寒而栗。他说：

"你是说他被……"

"对，我们担心他被别人控制，被敌人控制，在他本人并不知情的情况下。所以……"洪先生摇摇头，没把这句话说完。

史林下意识地轻轻摇头。这事太不可思议了，他实在不愿相信。他想劝洪先生再去认真复核，不要搞错。当然，他知道这个想法太幼稚。对一个国宝级的人物，来人又是国安部的重要官员，肯定不会贸然行事的。但……脑中有异物！受人控制！这实在太诡异。洪先生问：

“你是否知道，司马先生在魏茨曼研究所接触的是什么人？”“不清楚，他从不在我面前谈论那边的事，卓师母也不谈。”“那么，司马先生的行为是否有异常？比如偶然的动作僵硬、表情怔忡、无名烦躁等等。如果他真受到外来力量的控制，应该会表现出一些异常的。”史林认真回忆了一会儿，摇摇头：“没有，从来没发现过。”“那好吧，今天就谈到这儿，以后请你注意观察，但不要紧张，不要在他面前露出什么迹象。现在，既然知道司马脑中有异物，那么一切都已在控制之中了，不会出大娄子。”洪先生说得轻描淡写，但史林清楚，这些安慰恐怕言不由衷。史林突然问：“你说是在对他进行例行体检时发现的，那么上一次体检是在什么时候？”洪先生看看史林，心想这年轻人确实思维敏捷，糊弄不住的。他叹口气：“是去年二月十号。你说得对，这个异物可能是去年二月十号以后就植入了，而我们到今年二月才发现。如果是那样，他就有近一年的时间处于我们的控制之外。如果真的……能泄露的军事机密也该泄露完了。”他摇摇头，“不管怎样，我们要尽快查个水落石出，这也是对他本人负责。”

到达特拉维夫后，他们三人照例访问了以色列军事技术公司（IMI），第二天又访问了迪莫纳核研究所。访问中明显感到战争阴云的影响。以色列同行们虽然还是谈笑自若，但能看出他们内心深处的疏远和提防。毕竟以色列一直是美国的忠实盟国，在即将来临的战争中，以色列不一定会直接参战，但至少是倾向于“自家大哥”的。

卓师母这两天一直陪着他们，她的美貌高雅、雍容大度是有效的润滑剂，让双方已经生涩的交往变得融洽了一些。那些研究杀人武器的男人都愿意和她交谈。但史林却心情复杂。在和国安部洪先生的那次谈话中，有一点洪先生避而不提，史林当时也没想到。但随后他想到了，那就是：卓师母是否知道丈夫脑袋中的异物。作为夫妻，终日耳鬓厮磨、同床共枕，她应该能发现丈夫脑袋上的异常吧？如果知道——她在其中扮演着什么角色？是同谋还是包庇犯？如果不知道——与她同床共枕的男人竟然是个受他人控制的“机器人”，而她却一无所知？

史林对师母很尊敬，无论哪种情况，史林都觉得恐怖，并且为她感到心痛。

第三天正好是犹太新年，即逾越节，司马夫妇的一位老朋友，IMI 一位高层主管胡沃德·卡斯皮邀三人去他的私人农场玩。卡斯皮二十年前曾任以色列军工司司长，是一个公认的亲华派。在这样一个相对微妙的时刻，这种邀请显然不是纯粹的私谊。四人乘坐卡斯皮的大奔出城。他的私人农场相当远，已经接近加沙了。快中午时到达农场，卡斯皮夫人已经准备好了饭菜，她笑着说：

“欢迎来到我的农场。能在逾越节招待尊贵的客人，我非常高兴。”

餐桌上堆着烤羊肉、苦菜和未发酵的面包，这是逾越节的传统食品，是为了纪念当年犹太民族逃离埃及的历史。午饭中大家有意识地“不谈国事”，高高兴兴地闲聊着。

饭后，卡斯皮带客人们参观了他的农场，随后他领客人回到客厅，他夫人斟上咖啡后就退出去了。客人们知道，真正的谈话就要开始了。卡斯皮脸色凝重地说：

“恐怕咱们之间的交往不得不中断了。原因你们都知道的：战争。美国的压力。关于战争的正义性我不想多说，各国政治家都有非常雄辩的诠释，但我想倒不如用一个浅显的比喻更为实在。这是一场资源之战，就像一群海豹争夺唯一的可以换气的冰窟窿。先来的海豹要求维持旧有秩序，后来的说，你们占了这么久，轮也该轮到我们了！谁对？可能后来者的要求多一些正义，但考虑到换气口对先来者同样生死攸关，他们的强占也是可以原谅的。尤其是，如果换气口太小而海豹个数太多，即使达成完全公平的分配办法，也不能保证所有海豹的最基本需求，那就只有靠战争来解决了。如果你们最终走进战争，那是为了自己民族的生存，我敬重你们，至少是理解你们的。”

司马完说：“谢谢。战争确非我们所愿，甚至当一个武器科学家也违反我的本性。我总忘不了美国科学家班布里奇的话。他在参与完成了第一颗原子弹的成功爆炸后，痛心疾首地对奥本海默说：‘现在，我们都是罪人了！’”他摇摇头，“可是，总得有人干这种事。”

卡斯皮用力点点头，重复道：“我能够理解，非常理解，甚至在道义上对你们的同情更多一些。但战争一旦爆发，以色列势必站在另一方。你们知道的，多年的政治同盟，以色列人对美国的感恩心理。而且，即使没有这些因素，”他盯着司马完，加重语气说，“我们也不能把宝押在注定失败的一方。”

这句话非常刺耳，史林有倒噎一口气的感觉——看看司马完夫妇，他们依然神色不为所动。司马完平静地说：“看来你已经预判到了战争的输赢。”

卡斯皮的话毫不留情："我知道这些话很不中听，但我还是要说，作为朋友我不得不说。这些年中国国力大增，按GDP（以平价购买力计算）来说已经是世界第一经济体了。但你们的军事力量大大滞后。当然，你们也大力发展了不对称战法，在某些领域，比如你主持的电磁脉冲武器就不亚于美国。但这改变不了整体的劣势。我曾接触过一些中国军方人士，他们说，中国十四亿民众和广袤的国土，足以让任何侵略者深陷战争的泥沼。我绝对相信这一点，但问题是美国军方也绝对相信这一点！经历了多次局部战争后，他们变得足够精明。所以，我估计，这次战争不会以占领土地和消灭有生力量为主，而是通过远程绞杀战和精确点穴战，重点破坏你们的石油运输、电力、通信、交通等设施，直到中国经济被慢慢扼死。这不是第三次世界大战，是2.5次世界大战。"

这是史林第一次听到这个名词，后来它成了历史学家公认的名称，虽然并不是卡斯皮所说的理由。

司马夫妇沉默着，不做任何表态，但听得很用心。卡斯皮继续说："坦率地讲，你们大力发展的不对称战法恐怕难以奏效。关键是在这些领域你们也并不占绝对优势，因而改变不了你们的整体劣势。据我估计，战争中真正能实现的，反倒是对方的不对称战法，即在信息战、地面战、岸基海战等你们有均势或优势的领域，对方将只使用远洋打击力量、空中力量和天基打击力量等你们处于绝对劣势的领域，实行远程绞杀和精确点穴。你们对这种战法将毫无办法。"

司马完平静地听着，点点头："你的分析很精辟。"

"一定要避免这场战争！请务必把我的话转达给贵国的高层。我算不上虔诚的和平主义者，以色列是从血与火中建立起来的，我们不会迂腐到反对一切战争，但至少要避免必败的战争。说句我不该说的话吧，即使这场战争实在不可避免，也要尽量推迟。推迟十年、二十年，那才符合你们的利益。”

“谢谢你的诤言。我会转达的。”

卡斯皮摇摇头：“你刚才说到班布里奇的自责，使我想起俄国和美国两大枪族的鼻祖——卡拉什尼科夫和斯通纳。两人七十多岁时在美国第一次会面，见面时说：我们都是罪人，上帝的两群子孙拿着我俩发明的武器互相残杀。”

司马完叹息着，重复道：“武器科学家就像是令人憎厌的行刑手，偏偏又是社会不可或缺的。不过，现在不少国家已经进步了，废除了死刑，也不需要行刑手了。但愿有一天不再需要武器科学家。咱们等着那一天吧。”

私人访问结束后，卡斯皮把他们三人送回了特拉维夫。三个中国人很清楚，卡斯皮实际上是按照以色列政府授意，向他们宣布了非正式的断交。当然，以色列政府是为了自己的国家利益，虽然断交但做得很有人情味，也很义气。

回到伯塞尔饭店后，史林心情相当抑郁。他太年轻了，虽然对双方的军力有基本的了解，但难免被偏见蒙蔽。现在，卡斯皮为他们指出了一座阴森森的冰山，它横亘在必走的航线上，正缓慢地、不可阻挡地向这边逼近。它是真实的威胁，不是海市蜃楼。没有任何办法可以躲开它。

史林也注意观察着司马夫妇的反应。不知道他们内心如何，至少表面上相当平静。也许他们对卡斯皮的谈话内容并不意外，他们早就认识到形势的严峻。晚上洗浴后，史林来到司马夫妇住的套房，卓君慧洗浴过后正在内室梳妆，冲着外边大声说：是小史吗？你先和老马聊，我马上就出来。司马完向史林点点头，仍自顾翻阅犹太教的《塔木德》法典。法典是英文版的，以色列的饭店中经常放有犹太教的典籍，以供客人们翻阅或带走。司马完的翻阅显得心不在焉，史林想，原来他并非心静如水啊。史林坐下来，不服气地说：

“司马老师，今天卡斯皮说得未免太武断了。”

司马完淡淡地说：“一家之言罢了。不过，他的分析确实很有见地。”

“那我们怎么办？”

“尽人事，听天命吧。”

这个表态未免过于消极。史林心里不太舒服，他沉默着。这会儿卓师母走出来说：“明天咱们到魏茨曼研究所去，这恐怕是战前最后一次了。小史，明天你也去。”

史林非常意外，因为过去两次陪司马夫妇来以色列，他们从不提让史林去那个研究所，甚至在闲谈中也从不提它。史林一直有一种感觉：司马夫妇总是小心地捂着那边的一切。今天的变化未免有些太突然。他看看司马完，后者点头认可。卓君慧对丈夫说：“你也去洗浴吧，洗完早点休息，要连着绞两三天脑汁呢！”

司马完嗯了一声，起身去了卫生间。史林有点儿纳闷：她所说的“绞两三天脑汁”是什么意思？按说，在魏茨曼研究所应该是卓师母去绞脑汁吧？那是她的本职工作。卓师母坐到沙发上，和史林聊了一会儿。电话响了，她去接了电话，听见她声音柔柔地说了很久，最后说：

“去吧，我和你爸都尊重你的决定。”

等卓师母放下电话走过来，史林发现她神情有些黯然。

“儿子的电话。”卓师母说，“军队在大学征兵，他办了休学，参军了。他说，中国之大，已经放不下一张安静的书桌了。他很多同学都参军了。”

史林在老师家里见过这位晚五届的系友，印象不是太佳。但他没想到，这个表面上玩世不恭的小伙子原来是性情中人，一个热血青年。他钦佩地说：“师母，他是好样的。如果我不是在搞武器，也会报名参军的。”

卓师母叹了口气，说：“我和他爸爸都支持他的决定。当然，担心是免不了的，他年纪太小。”

“他到什么部队？”

“南方一个长波雷达站。在那儿他学的专业知识多少有点儿用处。”

司马完在浴室里喊妻子，让她把行李箱中的电动刮胡刀拿过去。史林觉得自己留在这儿不合适，立即起身告辞。临走，那个念头又冒出来：终日与丈夫耳鬓厮磨的卓师母是否知道他脑中的异物？她不可能毫无觉察吧？史林想，国安部委派的工作真是难为自己了。现在，面对一向敬重的司马老师，春风般温暖的师母，还有他们满腔热血、投笔从戎的儿子，他真不愿意再扮演监视者的角色。

第二天，他们三人借用卡斯皮先生的大奔，由卓师母开着去魏茨曼研究所。途中史林有一个明显的感觉：睡过一觉之后，司马夫妇已经把卡斯皮那番沉重的谈话，以及对战争前景的担心完全抛在了脑后，现在他们一心想的是去魏茨曼研究所之后的工作，有一种临战前的紧张和企盼，一种隐约的兴奋。一路上，夫妇两人一直在进行简短的交谈，如：“肯定是战前最后一次冲刺了。”或者：“我估计这次会有突破。”他们的谈话不再回避史林，似乎史林突然也成了“圈内人”。史林没有多问，只是默默地听着，揣摩着。

研究所位于海边，是一幢不大的灰色四层小楼。门口没有设警卫，汽车长驱直入地开了进去，停在长有棕榈树的院内。小楼内部的建筑和装修相当高档，过往的工作人员都热情地和司马夫妇打着招呼，看来他们跟这儿的人很熟络。三人来到一间地下室内，屋子比较封闭，里面有七张椅子，类似于牙科病人坐的那种可调节的手术椅，南墙上有一个相当大的电脑屏幕。屋里已经有五个人，司马完夫妇同他们依次握手，同时向史林介绍他们的身份，其中有一些史林已经早闻其名。那个黄面孔、衣冠楚楚的男人叫松本清智，是日本东京大学物理系的主任。那个俄罗斯人叫格拉祖诺夫，长得虎背熊腰，胡须茂密，堪称“北极熊”这个绰号的最好标本。他是俄罗斯实验地球物理研究所的研究员。那个肥胖的中年男人是东道主，以色列人西尔曼。这位叫吉斯特那莫提，瘦骨嶙峋，衣着粗劣，令人想起印度电影中的耍蛇艺人。年纪最大的高个子是美国人肯尼思·贝利茨，满头白发，粉红色的手背上长满了老人斑。卓君慧说，贝利茨是这个“一六〇小组”的组长。

一六〇小组？史林疑惑地看着卓师母。卓师母笑着解释，这个研究小组完全是民间性质，一直没有正式名称，他们常被圈内人戏称为一六〇小组，后来就这么固定下来了。起这个名字是因为，小组成员的IQ一般都不低于一百六十，都是世界上最杰出的理论物理学家。“不一定是最著名的，但却是最杰出的，比如那个印度人，是一个无正式职业的贱民，完全靠自学成才，在物理学界没有名望，但他的实力不在任何人之下。”卓君慧补充说。

这句介绍让史林掂出了这个小组的分量。他很困惑，不知道这几个人的集合与“脑科学”有什么关联。卓师母还介绍了第六位：电脑屏幕上一个不断变换着的面孔。她说这是电脑亚伯拉罕，算是一六〇小组的第八个成员吧。

几个人都面带微笑看着第一次与会的史林。司马完向大家介绍说，这是一个很有天分的年轻人，专业是理论物理，智商一百六十，是一个不错的候补人选。“我因个人原因即将退出一六〇小组，所以很冒昧地向大家引荐他，彼此先接触一下。当然，是否接纳他还要等正式的投票。”司马完转向吃惊的史林，“小史，请原谅我事先没有征求你的意见。反正是非正式见面，究竟参加与否完全由你自己决定。不过我想你肯定会参加的，因为，”他难得地微微一笑，“这是向宇宙终极堡垒进攻的敢死队。”

宇宙终极堡垒！史林确实有些吃惊，没有想到司马老师会这么突然地把他推到这个陌生的组织。他内心已经升腾起强烈的欲望。这些人中凡是史林已闻其名的，都是一流的宇宙学家或量子物理学家。各人主攻方向不同，但没关系，正如阿维·热所说，在向宇宙终极定律的进攻中，科学的各个分支已经快会师了。

鉴于自己多年的追求，以及深植于心中的宇宙终极情结，他当然十分乐意参加，甚至可以说，这是司马完老师对他的莫大恩惠。当然，想到国安部洪先生的话，他心中也免不了有些疑虑。也许司马完突然给他的恩惠是别有用心？司马完随后的话加重了他的疑虑，司马完说：“依照一六〇小组的惯例，你需要首先起誓，绝不向外界透露有关一六〇小组的任何情况。无论最终是否决定参加，你都要首先宣誓。”

大家对新来者点点头，表示是有这样的程序。史林迟疑地说：“只要这儿的秘密不危害我的国家。”

贝利茨摇摇头：“一六〇小组没有国家的概念。我们的工作是以整个人类为基点的。”

史林犹豫着。人类——这当然是个崇高的字眼，但他知道人类利益和国家利益并非完全一致。很显然，人类内部有过多次战争，包括将要发生的战争，一直在互相残杀。在这样的情形下，怎能去奢谈什么单一的人类？司马完看看他，冷静地说：

“你可以不起誓的，这样你就不会知道一六〇小组的内情；你也可以起誓，这样你就能了解一六〇小组的内情但不得向外人披露。对于国家安全部来说，这两种情况的最终结果是完全等效的。你选择吧。”

司马完似不经意地点出了国家安全部的名字，史林不由得转过目光看着他。司马完面无表情，卓师母安详地微笑着。史林想，看来他们已经知道了国家安全部与自己的那次谈话。史林飞快地盘算了一下，果断地做出了选择。他想，如果一六〇小组真有什么见不得人的秘密，他们不会把宝押在一个新人的誓言上的。他郑重地说：

“我以生命起誓，绝不向任何人透露有关一六〇小组的内情。”

屋里的人都满意地点点头。贝利茨说：“好的，现在进入阵地吧。这可能是战前最后一次冲刺，希望这次能得到确定的结论。”格拉祖诺夫笑着说："没关系，这次一定能撬开上帝的嘴巴。"

"开始吧！"

以下的进程让史林目瞪口呆。格拉祖诺夫坐到可调节座椅上，卓君慧过去，熟练地揭开他的一片头骨，里边弹出两个插孔，她拉过座椅旁的两根带插头的电缆，分别与两个插孔相连。计算机屏幕上，在亚伯拉罕的模拟人脸旁边，立时闪出格拉祖诺夫的面孔，不，不是一个，而是两个。两副面孔与"原件"相比有些人为的变形，而且变形后也都左右对称，比如一个人左耳大而另一个人右耳大，这大概是用来区分格拉祖诺夫的左右分身吧。它们在屏幕上对着大家做鬼脸。卓君慧依次为六个人做好同样的连接，更准确地说是联机，十二副面孔依次闪现在屏幕上。

虽然很震惊，但史林在那一刻就猜到了真相。这是一种集体智力。六个大脑的胼胝体被断开，每人的左右脑独立，变成十二个相对独立的思维场，再分别与计算机联机，建成一个大一统的思维场。胼胝体是人脑左右大脑的连接，有大约两亿条通路。早期治疗癫痫时曾有过割断胼胝体的治疗方法，可以防止一侧大脑的病变影响到另一侧。在二三十年前有人提出过设想，说人脑的胼胝体实际是很好的对外通道，可以实现人脑之间，或人脑与电脑的联机，并戏言它是"上帝造人时预留的电脑接口"。

非常可喜的是：这种联机的结果并不是加法，大致说来，n 个人脑的联机，其联合智力大约是单个人脑的 10 的 n 次方的数量级。所以，这是一种非常诱人的技术。但因为它牵涉到太多伦理方面的问题，所以没有了下文。没想到，一六〇小组已经不声不响地实行起来。现在，六个人脑的联机（先不算卓师母和电脑亚伯拉罕），其综合智力大致相当于106个人脑——也就是说，相当于一百万个一流的理论物理学家！在这么一个强大的思维机器前，还有什么问题不能解决呢？

史林苦笑着想，这就是国家安全部所怀疑的“脑中异物”啊！他们在大脑中插入异物，原来并不是为了当间谍，而完全是为了非功利的思维。他佩服这六个人的勇敢，因为不管怎么说，这有点儿“自我摧残”“非人”的味道。

这会儿是司马完在进行联机，他不动声色地说：“我的神经插头在上次体检时被外人发现了。我推测，国安部一定找你了解过我的情况。关于这一点你回国后尽可以向他们汇报，不算你违誓。”

原来司马完和卓师母心里早就明镜似的，非常清楚别人对他们的监视。一时间，史林有被剥光衣服的感觉。不过，这会儿他已经把什么“监视”抛到了脑后。那是世俗中的事情，而现在他已经到了天国，面前是六个主管宇宙运行机制的天界大臣，正在研究宇宙的最终设计。这也正是他毕生的追求，现在他哪里还有闲心去管尘世中的琐事！

六人已经进入禅定状态，屏幕上的十三副面孔（包括电脑亚伯拉罕的）消失了，代之以奇形怪状的曲线和信息流，令人目不暇接。现在屋里只剩下史林和卓君慧。卓师母帮六个人联完机，这才有时间向他解释。她说，这样的人脑联机，或者说集体智慧，是由贝利茨先生最先提议的，由她帮助完成的，唯一的目的，就是探求宇宙终极定律。正如司马完曾说的：为了探求那个最简约的宇宙终极公式，需要使用超出人类天才的超级智慧。

“你先在这儿坐一会儿，我也要进去了，是例行的巡视。”卓师母有点儿得意地说，“我可以说是这个智力网络的版主，负责它的健康运行。你耐心等一会儿，我很快就会回来的。小史，等我回来，也许我会有话跟你说。”

卓师母坐到第七张手术椅上，散开长发，把两手举到头顶，熟练地做好与计算机的联机，然后闭上眼睛。她的面部表情也被割裂，变得和其他六个男人一样怪异。史林看着她自我联机，感情上再度受到强烈的冲击。原来，卓师母不仅知道丈夫的“异物”，她自己也是如此！奇怪的是，史林可以接受六个男人的现实，却不愿相信卓师母也这样。这位慈和明朗、春风沐人的女性，不应该和“脑中异物”扯到一块儿。

其实史林对这种异物并无敌意，如果一六〇小组同意，他会很乐意地照样办理，只要能参与到对宇宙终极定律的冲刺中。所以，他对师母的怜惜就显得有些违反逻辑。

屋里很静，只有计算机运行时发出的轻轻的嗡嗡声。六个男人都处于非常亢奋的作战状态，面部变换着怪异的表情。大部分时间他们都闭着眼，有时他们会突然睁开眼（一般只睁一只），但此时他们的目光中是无物的，对焦在无限远处。他们面颊肌肉抖动着，嘴角也常轻轻抽动，左手或右手神经质地敲击着手术椅的不锈钢扶手。大屏幕上翻滚着繁杂怪异的信息流，一刻也不停息，其变化毫无规则，非常强劲。六道思维的光流频繁地向终极堡垒冲击，从繁复难解的大千世界中理出清晰的脉络，这些脉络逐渐合并，并成一条，指向宇宙大爆炸的奇点。然后，汹涌拍击的思维波涛涌动于整个宇宙。

史林贪婪地盯着屏幕，盯着他们。此时他无缘体会对宇宙深层机理的顿悟，那种爱因斯坦所称的“幸福思考”。不过，透过六个人的表情，他已经充分感受到了这个思维场的张力。而他暂时只能作壁上观，他简直急不可耐了。

只有卓师母的面容相对平和，基本上闭着眼，表情一直很恬静，不大显出那种怪异的割裂。当然这与她的工作性质有关。她并不是和其他人一样冲锋陷阵，而是充当在战线之后巡回服务的卫生兵。屋中长久地保持着安静，和宇宙一样漫无尽头。一直到吃中午饭时，卓师母才睁开眼睛，伸手去取自己头顶的插头。

卓师母取下插头后仍躺在椅子上，一动不动。她的表情现在已经完全恢复“正常”，不再左右割裂了，但她似乎沉浸在深重的忧虑中，眉头紧蹙，默默地望着屋顶。史林清楚地感受到了她的忧虑，但却不知道其中的原因。他想，是否因为这个智力网络有什么问题？或者他们的集体思维没有效果？

卓师母起来了，她从柜子中取出早就备好的食物，是装在软包装袋中的糊状物，类似于早期的太空食品（后来的太空食品也讲究色香味，基本不再使用这种糊状物），让史林帮她分发给其他人。六个男人都机械地接过食品，挤到嘴中。在做这些动作时，明显没有中断他们的思维。六个人都吃完了，卓师母把食品袋收回，从微波炉中取出两份快餐，递给史林一份。两人吃饭时，史林有数不清的问题想问卓师母，但一时又不知道该问哪个；另外，他也不知道卓师母会不会向他透露核心秘密，毕竟他还没有被一六〇小组成员接纳。他问：

“师母，他们的探索到了哪个阶段？如果可以对我透露的话。”

卓师母平静地，甚至有点漫不经心地说：“宇宙公式已经破解了，去年就成功了。”史林瞪大眼睛，惊骇地望着师母。“非常简约、非常优美的公式。如果你看到它，一定会说：噢，它原来是这样啊，它本来就应该是这样！”她看看史林，“不过，在你正式加入之前，很抱歉我不能透露详情。它对一六〇小组之外是严格保密的，极其严格的保密。”

这个消息太惊人了，令史林难以置信。当然，卓师母是不会骗他的。但令他想不通的是，既然已经取得这样惊人的成功，换作他，睡梦中都会笑醒，卓师母今天的忧虑又因何而来？小组又为什么不公布？沉思很久后，史林委婉地说：

“我上次对司马老师说过，宇宙学研究的最大难点是对于它的验证。这个终极公式一定难以验证吧？不过我认为，再难也必须通过某种验证，超越于逻辑思维之外的验证。”

卓师母轻松地说：“谁说难以验证？恰恰相反，非常容易的，已经验证过了。”

“真——的？”

“当然。你想，在没有确凿的验证之前，一六〇小组会贸然喝庆功酒吗？”卓师母说，“虽然我不能向你披露这个公式，但讲讲对它的验证倒也无妨。这会儿没事，我大略讲讲吧。”

史林已经急不可耐了，忘记了吃饭：“请讲吧，师母，快讲吧。”

卓师母见史林猴急，笑了：“别急，你边吃边听。这得先从爱因斯坦的质能公式说起，不少教科书上说，质能公式的发现打开了利用核能的大门，其实这纯属误解，是一个沿袭已久的误解。”

史林接过话头：“对，你说得很对。质能公式是从分析物体的运动推导出来的，只涉及物体的质量（动量），完全不涉及核能或放射性。核能其实和化学能一样，都是某种特定物质的特定性质，只有少量元素才能通过分裂或聚变释放能量，大部分物质不行，比如铁原子是最稳定的，可以说它是宇宙核熔炉进行到最终结果时的废料，它的原子核内没有能量可以释放。总归一句话：具有能释放的核能，并不是物质的普适性质。但根据质能公式，任何物质，包括铁、岩石、水、惰性气体，甚至我们的肉体，都应该具有极大的能量。”他又补充道：“核能在释放时确实伴随着质能转换（铀裂变时大约有百分之一的质量湮灭），但那只能看作质能公式的一个特例，不能代表公式本身。其实，化学反应中同样有质量的损失，只是为数极微。”

“对，是这样的。质能公式只是指出质量与能量的等效性，但并不涉及‘如何释放能量’。那么你是否知道，有哪种办法可以释放普通物质中所含的、符合质能公式的能量——可以称它为物质的终极能量？”卓师母补充道，“正反物质的湮灭不算，因为咱们的宇宙中并没有反物质，要想取得反物质首先要耗费更多的能量。”

史林好笑地摇摇头：“哪有这种方法啊，没有，绝对没有，连最基本的技术设想也没有。如果有了它，世界早变样啦！噢，对了，我想起来了，某个理论物理学家倒是提出过一个设想：假设地球旁边有一个黑洞，我们把重物投进黑洞，使用某种机械方法控制其匀速下落（从理论上说这可以做到），那么这个物体的势能就能转变为能利用的能量，其理论值正好符合质能公式的计算结果。”他笑着补充道，“当然，这只是一个思维游戏，不可能转变为实用技术。”

“是否实用并不重要，关键得看这个设想在理论上是否正确。我想它是正确的。这个设想中有两个重要特点，你能指出来吗？”

史林略略思索片刻，说："我试试吧。我想一个特点是，这种能量释放和物质的种类无关，只和质量有关，所以它对所有物质都是普适的。对垃圾也适用，填到黑洞的垃圾将全部转换为终极能量，那位物理学家开玩笑说，这是世界上最彻底、最经济的垃圾处理方式。"

"还有什么特点？"卓师母提示道，"想想老马曾说过的：抹平空间褶皱。"

史林的反应非常敏捷，立即说："第二个特点是，它是借助于宇宙最极端的畸变空间实现的，物质释放出了终极能量，然后被黑洞抹平自身的'褶皱'，消失在黑洞中。"

卓师母赞许地点头："不错，你的思维很敏锐，善于抓关键，你的老师没看错你。"

史林心潮澎湃。他在阅读到这个设想时，只是把它当成智力游戏，一点儿也没有引起重视。但此刻在卓师母的提示下，他意识到这个简单的思想实验也许正好显示了终极能量的本质。被投入黑洞的物质完成了它在宇宙中的最终轮回，被剃去所有毛发（抹去所有信息），不管它是什么元素，不管它是什么状态（固态、液态、气态、离子态，甚至是单独的夸克），都将释放出终极能量，被黑洞一视同仁地抹平褶皱，化为乌有。但这和卓师母所说的"对宇宙终极公式的验证"有什么关系？卓师母似乎知道他的思想活动，随即说道：

"一六〇小组发现的宇宙终极公式，恰恰揭示了空间'褶皱'与'抹平'的关系。利用这个公式，就有办法让物质'抹平褶皱'，释放出它的终极能量。所有的物质都可以，而且技术方法相当简单，比冷聚变简单多了。我们称它为终极技术。"

卓师母说得很平淡，但史林再次惊呆了。他激动地看着卓师母，生怕她是在开玩笑。他忽然脱口而出：

“这么说，冰窟窿可以扩大了，甚至可以无限扩大！卓师母，那你们为什么还要保密？”他说的话没头没脑，但卓君慧完全理解。他是在借用卡斯皮的比喻：即将开始的资源之战就像一群海豹在争夺冰面上的换气口。是啊，现在冰窟窿可以无限扩大了，因为对资源的争夺首先集中在能源上，如果物质的终极能量能轻易释放，那么，人类面临的能源问题可以说得到了彻底解决，以后只要把社会运行中产生的垃圾、核废料等转换一下就行了。哪里还用得着打仗呢？

史林非常亢奋，情动于色。卓君慧心疼地看看这个大男孩：他还是年轻啊，一腔热血，但未免太理想化了。她摇摇头：

“不行的，终极公式绝不能向外宣布。这是小组全体成员的决定。”

史林的亢奋被泼了冷水，不满地追问：“为什么？这到底是为什么？”

卓师母叹了口气，说道：“我这就告诉你。不知道你是否知道文明发展的一个潜规则，虽然它并没有什么内在的必然性，但它一直很管用。那就是当技术之威力发展到某种程度时，它的掌握者必然会具有相应程度的成熟。形象地说，就是不允许小孩得到危险玩具。这么说吧，‘二战’时核爆炸技术没有落到希特勒和日本人手里，看似出于偶然，实则有其必然性，更不用说它绝不会落在成吉思汗手里。大自然能有这条潜规则实在是人类的幸运，否则就太危险了。但一六〇小组的出现打破了这种潜规则。由于智力联网，小组所达到的科技水平远远超越了时代，至少超越五个世纪。也就是说，今天的人类还不具备与终极技术相应的成熟度。”她又强调：“不，绝不能让他们得到这个危险的玩具。”

史林悟到这个结论的分量，但并不完全信服。但他不好意思反驳，沉默着。卓君慧看看他：“你不大信服这条潜规则，是不是？我们并不愿意隐瞒终极技术，不过很可惜，它还有一个……怎么说呢，相当怪异的、善恶难辨的特点，它使我刚才说的危险性大大增加了。”

“什么特点？”

“量子力学揭示，一个观察者会造成观察对象量子态的塌缩，也就是说，精神可以影响实在。这个观点有点神神鬼鬼的味道，爱因斯坦就坚决反对，但一百多年的科学发展完全证实了它。而且，这种精神作用并不是永远局限在量子世界中——那样给人的感觉还安全些——通过某种技巧，精神作用甚至可以影响到宏观世界，比如著名的薛定谔猫佯谬。这些观点你当然了解。”

“是的，我了解，我一点儿都不怀疑。”

“问题是这种精神作用中的一个特例：当观察者的观察对象就是他本身时，这种‘自指’会产生一种自激反应。把它应用到终极技术上，会得出这样一个结果：如果一个人想引爆自身会特别容易，他可以借助装在上衣口袋中的某种器具去实现。而普通物质终极能量的释放相对要复杂一些。”她看着史林，说，“你当然能想象得到，这意味着什么。”

史林当然能想象得到，他不由得打了一个寒战。这就意味着，一旦终极技术被散播到公众中去，那对恐怖分子太有利了。他们今后甚至不用腰缠炸药，只需在上衣口袋中装上某种小器具，就可以自由自在地去他想去的地方，然后微笑着引爆自身。而且……这是怎样威力的人体炸弹啊！按爱因斯坦的质能公式 $E=mc^2$ 推导，一个体重六十公斤的人所产生的爆炸威力相当于1亿吨TNT炸药的威力！而美国扔在广岛的原子弹才1.3万吨！太可怕了，确实太可怕了。现在，史林完全理解了一六〇小组对终极公式严格保密的苦心。卓君慧说：

“迄今为止，世界上只有七个人了解这件事。你是第八个。”

史林沉重地点点头，他已经感到了沉甸甸的责任。他也会死死守住这个秘密，不向任何人透露——甚至包括国家安全部。随后他想到，卓师母今天主动向他透露这些秘密，恐怕是有所考虑的，也许是一六〇小组的授意吧！这些秘密不会向一个“外人”轻易泄露，那么，一六〇小组可能已经决定接纳自己。

对此，史林没什么可犹豫的，虽然“脑中植入异物”难免引起一些恐怖的联想，有可能会毁了他作为普通人的生活（也不一定，司马夫妇照旧生活得很好），但为了他从少年时代就深植于心中的宇宙终极情结，为了满足自己的探索欲，他愿意做出这样的牺牲。

卓师母又要进去巡回检查了。史林帮她插好神经插头。等她沉入那个思维场后，史林一个人坐在旁边发呆。卓师母指出的终极武器的前景太可怕，与之相比，今天的核弹简直是儿童玩具了。因为人类所珍视、所保护、所信赖的一切——建筑、文物、书籍、野花、绿草、白云、空气、清水，甚至你的亲人、你自身，都会变成超级炸弹。也许一连串的终极爆炸能引起地球的爆炸，半径6000公里的物质球在一瞬间能被抹平，变成强光和高热，人类的挪亚方舟从此化为没有褶皱的空间，不留下任何痕迹。

话又说回来了，如果终极能量完全用于高尚的目的，那时人类文明的前景该是何等光明！这是最干净、最高效的能源。它的使用不会在系统内引起熵增，人类社会不但一劳永逸地解决了能源问题，连带着把最头疼的环境污染（本质是熵增）也解决了。

但谁能保证人类中没有一个恶人？没有一个谈笑间在学生教室里引爆自身的恐怖分子？一万年后也不敢保证。由于人性之恶，技术之“善”与“恶”被交织在一起，永远拆分不开。于是，一六〇小组的成员们只有眼睁睁地看着已经到手的伟大发现而不能用，甚至还要想方设法把它掩盖起来。

史林沮丧地想，看来人之善恶比宇宙终极定律更为复杂难解。也许这就是一六〇小组的下一个终极目标吧——致力于人类灵魂的净化。

六个人的“智力攻坚”整整进行了两天。在这两天中，卓师母曾四次进入思维场。那里一切正常，后来她就不再进去了。但她也不再和史林交谈，一直沉思着，眉间锁着很深重的愁云。但究竟是为什么，史林不敢问。晚上她和史林没去睡觉，倚在椅子上断断续续眯了几次。那六个人则显然没有片刻休息，一直处于极为亢奋的搏杀状态。第二天晚上七点，卓师母最后一次“进入”，半个小时后返回，对史林简短地说：

“快要结束了，他们已经太疲累了。这次不大顺利，看来仍然得不出结论。”

史林试探着问：“他们在思考什么问题？终极公式不是已经得出了吗？”

“终极公式可不代表终极问题。现在他们的进攻目标，其实是探究爱因斯坦曾经说过的一句话：我真正感兴趣的是，上帝能否用别的方法来建造世界。换言之，如果我们这个宇宙灭亡后还会有‘下一个’宇宙，或者在我们这个宇宙‘之外’还有另外的宇宙——只是象征性的说法，实际宇宙灭亡后连时间、空间都不存在——我们的公式在那儿是否还管用。”卓师母微笑着说道。

“你一直强调对真理的验证，但这一个问题能否验证，还真的很难说。因为，对它的研究很难跳出纯粹的逻辑推理。要知道，依靠一六〇小组的超级智力，提出几种能够自洽的假说并不难，难的是设计出验证办法。”她补充道，“而且必须要在‘这个宇宙’之内对‘宇宙之外’的事情做出验证。这个问题甚至比破解终极公式更难一些。他们正在做的就是这件事。”

“你说他们这次的进攻没有成功？”

“嗯。”

史林笑了：“这对我来说其实是件好事，总不能把事都做完了，至少得给我留一件吧！”

卓师母会心地笑了，但她没有往下说，因为贝利茨先生已经举手示意要结束了。卓师母走过去，动作轻柔地为他们拔下神经插头，再互相对接，把那块头骨按平。六个人依次从椅子上站起来。他们表情割裂的面容都恢复了正常，但都显得非常疲惫，入骨的疲惫。看来，连续两天的绞脑汁把他们累惨了。他们略定定神，贝利茨笑着说：

“别急，等下一次吧。上帝一百五十亿年才完成的东西，咱们想撬开它，不能太性急。”

这边茶几上卓君慧已经摆好了食物，这次不是瓶装流食，而是三明治、五香牛肉、羊肉（印度人不吃牛肉）、火鸡肉、饮料等，六个饿坏的人立即围上去，大吃大嚼起来。

尽管今天的探索失败了，但是他们丝毫不觉得沮丧，餐桌上反倒有美食带来的欢快。探索本身就是幸福，也许其过程比结果更幸福。史林非常理解这一点。他真想立即加入这个小组中去——当然，与渴望伴随的还有对终极武器的恐惧，同卓师母谈话后，这样的恐惧已经如附骨之疽，摆脱不掉了。司马完看看史林，对妻子说：

“你向小史介绍了吧？”

“嗯，该说的我都说了。”

贝利茨温和地说：“史先生，你考虑一下，如果愿意加入一六〇小组，就提出一个正式申请，我们将在下次聚会时表决。”“谢谢，我会马上提出申请。”贝利茨没有问司马完为什么要退出一六〇小组，史林对此有点儿困惑。因为凡是加入一六〇小组的人，都把这种无损耗的智力合作、这种对终极真理的孜孜探索，当成了人生第一需要，当成了人生快乐的极致。所以，不是非常重大的原因，没有人愿意退出小组。当然他没有问，其他人也都没有问，这属于个人的隐私和自由。

七个人中间，只有卓君慧知道丈夫这个决定的深层原因。并不是丈夫告诉她的，司马完甚至对自己的妻子也守口如瓶。但卓君慧早就发现了丈夫的心事，半年前就发现了。在刚才的巡回检查中，当七个人的思维形成无边界的共同体时，卓君慧曾悄悄叩问了丈夫的潜意识。她的叩问非常小心，正致力于智力搏杀的司马完一点儿也没有觉察到。她甚至还悄悄叩问了其他几个人的潜意识，他们同样没发现。当六道思维大潮汇聚到一起，汹涌拍击宇宙终极堡垒的围墙时，他们不会注意到大潮下面是否有一道细细的潜流。

这种思维潜入在一六〇小组中并没有明令禁止，但从公共道德层面来说，这种做法肯定是违规的。但卓师母还是做了。她要去验证一些重要的东西，非常重要，重要到足以让她有勇气违背平时的做人原则。现在她已经完成了验证，但验证的结果使她倍感忧虑。

夜里九点，八个人互相握别，也没忘了同电脑亚伯拉罕告别。他们依次同电脑中的那个面孔碰了碰额头，亚伯拉罕对每一个人说：

“再见，希望下一次早日相聚。”

他们预定的聚会被无限期地推迟了。

战争。

在随后的半年中，世界上的主要国家进行了最后的排列组合，分成了两个阵营。一个阵营是“老海豹”，包括美国、日本、英国、澳大利亚等；另一个阵营是“新海豹”，包括中国、印度、韩国、巴西等。不用说，这种分组取决于各国在旧的世界资源分配体系中所占的地位。

2028 年 5 月 28 日，后人所称的“2.5 次世界大战”终于打响了第一枪。战争的进程一如那位以色列军事专家卡斯皮的预期，是典型的远程绞杀战和精确点穴战。“老海豹”们宣布了对“新海豹”阵营绝对的石油禁运，所有通往这些国家的油船都被拦截。中国“郑和号”五十万吨油轮没能回国，被“暂时”扣押在伊拉克的巴士拉港。中俄石油管道和中哈石油管道“因技术原因”无限期关闭。中国西气东输管道以及伊朗—巴基斯坦—印度石油管道被空中投掷的动能武器炸毁了，而且从此没能得到有效修复，因为这种天基打击是不可抵御的。中国和美国开始了对敌方卫星的绞杀战，一夜之间双方都损失了二分之一的卫星，然后又突然同时中止，原因不明。各国的核力量（陆基和海基）都绷紧了弦，但却一直引而不发。直到战争结束，谁都不敢首先启用。所以，最危险的核力量反倒毫发无伤。

最激烈的战事发生在对各重要海峡的争夺上，这是没有悬念的战斗，因为美、日、英的远洋海空力量及天基力量都处于绝对优势。然后，战火蔓延到“新海豹”国家的海港、铁路枢纽、通信光缆会聚点等，但多是电磁脉冲轰炸或精确轰炸，是以破坏交通、电力、通信为目的，人员伤亡并不大。人们讥讽地说，看来社会确实进步了，连战争也变得“文明”了。

这种慢性扼杀战术的效果逐渐显现。司马完夫妇“透不过气”的感觉越来越强烈。北京城里，那曾经川流不息、似乎永不会中断的车流几乎消失了，普通人的汽车全部趴在车库里，因为有限的石油被集中起来，确保军队的需要。铁路交通处于半瘫痪状态。电信通信经常中断，社会不得不回过头来依靠邮政通信。北京的夜晚因为空防和经常断电变得漆黑一团。社会越来越难以正常运行了。

失败就像是黑夜中的冰山，缓慢地、无可逆转地向“新海豹”阵营逼来，伴随着砭人骨髓的寒意。

战争开始前两星期，史林到日本探亲（他一个叔爷定居在日本），随后两国断交，史林没有回国。其实两国断交后都遣返了滞留在自己国家的对方公民，但据说是史林自己坚决拒绝回国，他的叔爷便为他办了暂居证。

史林从以色列返回后，向国家安全部的洪先生汇报了在特拉维夫的见闻，主要说明了司马完（还有他妻子）脑中的异物是怎么回事，但对终极公式和终极能量的情况则完全保密，信守了他对一六〇小组的承诺。他对洪先生说：

“我可以保证，他俩装上这个插头是为了科学探索，而不是其他的卑劣目的，也不存在受别人控制的情况。”

洪先生没想到一桩大案最终是这么一个结果，一下子轻松了。从他内心讲，他实在不愿意这个重量级的武器专家成为敌国间谍。同时他也非常不理解：一个人会仅仅为了强化智力而摧残自身，把自己变成“半机器人”？听完汇报后他摇摇头，没有多加评论，只是向史林表示了感谢。随后他和吕所长通了电话，气恼地说：

“太轻率了。司马完这种做法至少是太轻率了。要知道，他的脑袋不光是他个人的，还是国家的。”

吕所长感叹道：“是的，他的轻率做法使我非常为难。以后我该怎样对待他？我敢不敢信任一个大脑里装着神经外插头的人？尽管他不会是间谍——你知道，我对这一点一直敢肯定，从一开始就敢肯定——但有了这么一个大脑外插头，就存在着向外泄密的可能，尽管泄密并非他本人的意愿。”

这么一来，战争开始后司马完反倒非常清闲。北方研究所彬彬有礼地把他束之高阁，不再让他参与具体的研究工作。对此，他非常坦然地接受了，丝毫不加解释。他研制的电磁脉冲弹在战争中也没派上太大的用场。对日本倒是用上了。在几个城市、海港进行了饱和电磁轰炸，对其信息系统造成了很大破坏。但对远隔重洋的美、英、澳则有力使不上，毕竟中国的远程投掷能力有限。

司马完和妻子赋闲在家，散步、打太极拳，盼着儿子寄来的军邮。儿子来过几封信，信中情绪很不好，一再说这场战争打得太窝囊，与其这样熬下去，不如驾一只装满炸药的小船去撞美国军舰，毕竟在几十年前，在南也门的亚丁港就有人这么成功地实施过。卓君慧很担心儿子的情绪，回了一封很长的信，尽量劝慰他，但她知道这些空洞的安慰不会起多大作用。

这是战争开始一年半后的事。儿子没能见到妈妈的信——几乎在发走这封信的同时，家里就接到了军队送来的阵亡通知书。仍是一次天基力量的精确打击，美国的武装卫星向儿子所在的长波雷达站投掷了一枚钨棒，以每秒六公里的极高速度打击地面，其威力相当于一枚小型核弹。雷达站被完全抹去了，里面的人尸骨无存，甚至连一件遗物都找不到。

办完儿子的丧事后，司马完便开始实施自己的计划。并不仅仅是因为儿子的死，不是的，这个计划他早就筹划好了，自从确认中国在这场准备不足的战争中必然失利后，甚至早在卡斯皮那次谈话半年之前，他就开始了秘密筹划。但儿子的牺牲无疑也是一种推动力，在道义上为他解去了最后的束缚。他办妥了去中立国瑞士的护照，借口是一次工作访问，然后准备从那儿到美国，寻找一个合适的地点，把自己五十六公斤质量的身体变为一个绚丽的巨大火球。

妻子因爱子的死而悲痛欲绝，终日以泪洗面。他在出发前一直尽量抽时间安慰妻子。在这样的时刻，语言的力量太过苍白。他只是默默地陪着她，搂着她的腰，看着她的眼睛，或者轻柔地抚着她的手背。其实他的悲痛并不比妻子轻。妻子睡熟后，他睡不着，一个人来到阳台，躺到摇椅上，望着深邃的夜空，思念着儿子，心疼着妻子，也梳理着自己的一生。他常说自己当一个武器科学家纯属角色反串，他的一生只是为了探索宇宙终极真理，享受思维的快乐。他们（一六〇小组的伙伴）的探索完全是非功利的，是属于全人类的。他也曾真诚地发誓，不会把终极能量用于战争。但他终究是尘世中人，当他的思维翱翔于宇宙深处时，思维的载体还得站在一个被称作中国的黄土地上。这儿有流淌了五千年的血脉之河、文化之河，这儿的人都是黄皮肤，眼角有褶皱，有相同的基因谱系。他必须为这儿、为这些人，尽一分力，做一些事情。虽然他要做的事可能有悖于一个终极科学家的道德观，有悖于他的本性。

他在无尽的思考中逐渐淬硬自己的决心。他并非没有迟疑和反复，不过他最终确认只能这样做。

他一直没把自己的决定告诉妻子，但妻子也许早已洞察到了。娶了这么一位高智商的妻子也有这点不便——他一般无法在妻子面前隐藏自己的内心活动。不过，这些天来，儿子之死对她的打击太大了，妻子一直心神恍惚，似乎没有觉察到他的离愁，甚至没为他准备出门的衣物。

晚饭后，两人面对面地坐在沙发上。司马完发现妻子的眼神像秋水一样清明。妻子冷静地、开门见山地说：

“老马，后天你就要走了，去做那件事了吧？”

“对。我要走了。”

“你打算在哪儿引爆自身？”

司马完不由得看看妻子，妻子沉默着，不加解释，等着他的回答。他也不再隐瞒，直言道：“还没定，到美国后我会选一个合适的地点。我之意在于威慑，不愿造成过多的人员伤亡。”

妻子叹息道：“即使这样，恐怕死者也是数万之众了。”

司马完沉重地点点头：“可能吧。君慧，你了解我的，我真的不愿这样做……”

妻子叹息一声：“我没打算劝你。你已决定的事，别人没法改变的。其实我早知道你在筹划，大约半年前就开始了吧？而且是在卡斯皮那次谈话后最后定型的。你决定赴死后，开始推荐史林接替你的空缺。我对这些很清楚，因为……”她向丈夫第一次坦白，“在以色列那次智力联网中，我曾悄悄叩问过你的潜意识。”

司马完惊讶地看着妻子，认真回忆了一下，没能回忆到那次联网时妻子对他的思维入侵。他素来佩服妻子的智商，这会儿更佩服了。虽然那时他尽量做得不动声色，但还是没能瞒过明察秋毫的妻子，反倒是自己被蒙在鼓里。卓君慧接着说：

“那次我还同时叩问了其他五个人。他们大都会恪守一六〇小组制定的道德红线，即在任何情况下，绝不把终极能量用于战争。”

司马完诚心诚意地说：“我敬重他们，也羡慕他们——如果我也能坚持那样的决定就太幸福了。他们的心地比我纯净。”

卓君慧仍顺着自己的思路往下说：“除了一个人。我是说，有可能背离这条红线的，除你之外还有一个人。当然他现在不会这样干，但一旦你用终极能量改变了战争的均势，他也会背离自己的本意，仿效你的做法。我想，不用说名字，你大概也能猜出他是谁吧？”

司马完迟疑了一会儿，不大肯定地说：“松本清智？”

“对，是他。你——想想吧！”

卓君慧没有深谈，但司马完明白她的意思。一个可怕的前景。敌我双方都握着这种撒旦的力量，战争最终会变成终极能量的对决，双方将同归于尽，没有胜利者——如果不说地球毁灭的话。

不过，在这一瞬间，司马完马上想到了史林。从以色列回来后，妻子曾经同那个年轻人有过一次秘密谈话，然后史林就去了日本，而且在战争爆发后拒绝回国。司马完对此一直怀疑，他了解那个青年，他和儿子一样，血是热的，在战争来临时拒绝回国不符合他的为人。这么说，他是妻子事先安排好的棋子？他看着妻子的眼睛，轻声问：

“但你事先已经做了必要的安排？”

妻子点点头：“对，史林。昨天我已经通知他开始行动。咱们等一等，看看那边的结果再说吧。”

此时，史林正待在日本千叶县一家拉面馆里。战争爆发后他拒绝回国，求他的叔爷为他办了暂居证，但此后他坚决拒绝了叔爷的挽留，离开叔爷在东京的家，在千叶县这家“和爱屋”拉面馆找到了工作，并住在这里。其实离开北京前他已经提前做了准备，用一千元的学费，花费一天时间，在一家兰州拉面馆中学会了拉面手艺。他那高达一百六十的智商可不是虚的，在体力活上也表现得游刃有余。到“和爱屋”半个月后，他的拉面技术已经炉火纯青，可以把手中的面拉得比头发丝还细，是这里挂头牌的拉面师了。

千叶县在日本的东面，离东京不远。这儿受战争影响不大，拉面馆生意相当红火，每天晚上到十一点后才能休息。忙完一天，累得两条胳膊都抬不起来了，但他在睡觉前总要抽点儿时间看看专业书。战争终归是要结束的，而自己也终归会卸掉戏装（他目前就像是票友在舞台上扮演角色），回归自我。他不能让自己的脑子在这段时间锈死，至少要让它保持怠速运转吧。

他所看的专业书就包括松本清智的一些著作，日文原版，如《宇宙暗能量的计算》《杨-米尔斯理论中的非规范对称》《物质前夸克层级的自发破缺》《奇点内的高熵和有序》等。这些著作写得极为出色，浅中见深，举重若轻，逻辑非常清晰，给人的感觉是数学博士到小学讲加减法。如果是过去，阅读之后史林只会空泛地称赞一番，但现在他知道这些著作之所以出色的内在原因——松本清智已经知道了宇宙终极定律，虽然他在自己的著作中只字未提，但以已经破解的终极定律来统摄这些前期的理论探讨，那就像登山者到达山顶后再回头看走过的路，当然是条分缕析、清清楚楚了。

史林很敬重松本清智教授，所以对自己将不得不做的事，心中十分歉疚。从以色列回来后，卓师母和他有过一次深谈。那时他才知道，自他们到达以色列之后的一切举动，包括让史林走进一六〇小组的圈子内，包括卓师母主动向他透露有关终极武器的情报，实际上都属于一次周密的策划——不，更准确地说，是两个交织在一起的计划。司马老师是第一个计划的策划者，他决心背离一六〇小组的道德红线，用终极武器来改变战争的结局，于是推荐史林来接替自己死后留下的空缺；卓师母敏锐地发现了丈夫的秘密计划，不动声色地做了补救，并巧妙地利用那次大脑联网查清了各人的潜意识。

在从以色列回国后的那次深谈中，她对史林坚决地说："绝不能让终极能量用于战争！一定要避免这一点，对于准备背离那条道德红线的人，无论是谁，不管是我丈夫还是松本清智，都不得不对其采取断然措施！"

史林开始并不同意她的做法，作为一个血气方刚的年轻人，从感情上说，他更多的是站在司马老师这一边。但卓师母用一个深刻的比喻把他说服了。卓师母说：

"假如一群二十世纪的文明人在海岛上发现了一个野蛮人部落，他们还盛行部族仇杀，甚至吃掉俘虏。这当然是很丑恶的行为，文明人会怜悯他们、劝阻他们，但并不会仇视他们，因为他们的社会心智还没进化到必要的高度。如果一时劝阻不住，文明人会寄希望于时间，期待他们的心智逐渐开化。不过，如果因为痛恨他们的丑恶而大开杀戒，用原子弹或艾滋病毒把他们灭族，那这样的文明人就比野蛮人更丑恶！

"相对于一六〇小组的成员来说，二十一世纪的人类也处于蒙昧阶段。想想吧，他们仍然那么迷恋危险的武器玩具，热衷于用战争来解决人类内部的争端。但这是现实，没办法，无法让他们在一夕之间来个道德跃升，也只能寄希望于时间。可是，如果我们也头脑发热，甚至把'五百年后的技术'用于今天的战争，帮助一部分人去屠杀另一部分人，那我们就比他们更丑恶了！"

史林被她的哲人情怀完全征服了，心悦诚服地执行师母给他布置的任务。他在日本住下来，老老实实地做他的拉面师傅，每星期按时到警察厅报告自己的行踪（这是日本警方对敌国侨民的要求），其余时间就窝在"和爱屋"拉面馆里。日本本来就有浓厚的军国主义思想，战争更强化了它。在拉面馆里几乎每天都能听到刺耳的言论，甚至有狂热的右翼分子知道这位拉面师傅是中国人后，常常来挑衅。但史林对这些挑衅安之若素。

转眼一年半过去了。

这天，他正在操作间拉面，服务员惠子小姐过来喊他，说一位客人要见中国的拉面师傅。顺着惠子的手指，他看到一个相貌普通的中年人，坐在角落里，安静地吃着酱油拉面。史林走过去，那人抬起头，微笑着问：

“你是史林君？从中国来的？”

“对。”

“听说你曾是物理学硕士？”

“对。”

“你认识卓君慧女士吗？”

“认识的，她是我的师母。先生你是……”

那人改用汉语说：“卓女士托我捎来一样东西。”他把一个很小的纸包递过来，里面硬硬的像是一把钥匙，然后他唤服务员结账，就走了。

当天晚上，史林向拉面馆老板告别，说他的叔爷让他立即回东京，家里有要事。老板舍不得这个干活卖力、技术又好的拉面师傅，诚心诚意地进行挽留，留不住，便为他结清了工资。

第二天上午，史林已经到了东京大学物理系办公室。在此之前，他先到东京车站，用那位信使交给他的钥匙，打开车站寄存处第二十三号寄存箱，从里面取出一个皮包。包内是一支电击枪，美国XADS公司研制的，有效射程五十米，它是用强大的紫外线激光脉冲将空气离子化，产生长长的、闪闪发光的等离子体丝，电流再通过这一通路击向目标。为了将人击晕而又不造成致命伤害，所用的电脉冲必须极强，但持续时间又极短，每次只有零点四皮秒（一皮秒等于一万亿分之一秒），这相当于瞬间作用能量达到一万兆千瓦。

这是一种非杀伤性武器，一般用于警察行动。但史林手中这种型号的震击枪强度可调，在最强挡使用，可以使目标的大脑受到不可逆的损伤，变成植物人，无论是催苏醒药物还是高压氧舱都无能为力。这种武器的致残效果非常可靠，美国 XADS 公司对其做过缜密的研究并用动物做过实验，史林阅读过有关的实验数据。现在，装有武器的皮包就放在他的腿上。

秘书去喊松本先生，在这段时间里史林打量着松本的办公室。原来松本是很有性格特点的，大学物理系主任的办公室应该很严肃，但这儿贴满了漫画，似乎都是从科普著作或科幻读物中摘录并由他重新绘制的，而且全都和宇宙终极定律暗暗相合。这张画上是一个麻衣跣足、长发遮面的上帝，他在向宇宙挥手下令：我要空间有褶皱，于是就有了褶皱。那儿仍是这位上帝，右手托着下巴在苦苦思索：我该不该用另外的办法来造出下一个宇宙？后墙上的画更让他感到亲切，那是一群小人，推着小车，排成长队，向地球之外的一个桶里倾倒垃圾，而这个桶则连着绳索和种种可笑的滑轮，控制其速度后坠向下面的黑洞。这正是他向卓师母提及的那个“释放物质的终极能量”的设想。

他欣赏着这些漫画，从中感受到松本清智未泯的童心。然后他用手捏了捏皮包，里面硬硬的，是那件杀人武器。他不由得叹息一声。

松本先生进来了，一眼就认出了史林：“是史林君？我们曾在以色列见过一面。你怎么这会儿来日本了？”史林起身，恭谨地说：“我已经在日本停留了一年多时间，战前我来日本探亲，战争爆发后我没有回去。”

松本看看他，没有说话。松本不赞成战争，但也不赞成一个年轻人逃避对国家的责任。这两种观点是相悖的，用物理学家的直觉或形式逻辑都无法厘清它。但不管怎么说，这种不明不白的感觉让他对史林心存芥蒂。不过他没有把心中的芥蒂表达出来，而是亲切地问：

“有什么需要我帮忙吗？有难处尽管说，我同你的老师、师母都是很好的朋友。”“谢谢松本先生。我没有什么难处。我来找你，是受卓君慧女士之托，想请你回答一个问题。”松本扬扬眉毛：“是吗，受卓女士所托？请问吧！”“请问松本先生，你会把终极能量用于这场战事吗？”松本愣了一下，没想到史林会直率地问这个问题。一般来说，一六〇小组的组员们都不在那间地下室之外谈论与终极定律有关的话题。他简单地说：“不会。这是所有组员的共识。”“但如果某个人，比如我的老师司马完，首先使用了它，从而改变了战争的均势，那时你会使用它吗？”松本感受到了这个问题的分量，认真地思考着史林的这个问题不会是随便提出的，其中必然涉及司马完的某个重要决定。在他思考时，史林目不转睛地看着他。过了一会儿，松本坦率地说：“如果是在那样的情势下，我会考虑的。”

史林从皮包中拿出那支电击枪，苦涩地说：“松本先生，我非常抱歉。卓师母说，绝不能让终极能量变成杀人武器，那对人类太危险了。为了百分之百的安全，必须事先对你和司马完先生采取行动。我真的很抱歉，我是为你尚未犯下的罪行伤害你。但我不得不这样做。”

在松本先生吃惊的盯视中，他扣动了扳机。松本身体猛然抽搐，脸朝后跌了下去。史林抢先一步抱住他，把他慢慢放在地上。坐在外间的女秘书透过玻璃看见屋里发生的事，尖叫一声，向外面跑去。史林没有跑，他把松本先生抱到沙发上，仔细放好，用沉重的目光端详着他。松本脸上冻结着惊讶的表情，不再对外界的刺激发生反应，他已经成为植物人了。史林向他深深鞠了一躬。

他用办公室的电话机拨了两个外线，一个给那位送钥匙的信使，另一个给东京警视厅。然后他就端坐在松本先生身边，等着警察的到来。

在妻子扣动 XADS 电击枪扳机的那一瞬间，司马完没有恐惧只有轻松。妻子把他身上这副担子卸下来了，他相信妻子随后会把这副担子背起来，肯定会背起来的。她比自己更睿智。

一道闪闪发光的细线从枪口射向他的头部，然后，强劲的电脉冲顺着这个离子通道射过来。司马完仰面倒下去，妻子抢先一步抱住他，把他小心地放在沙发上，苦涩地看着丈夫。她没有哭，只是长长地叹息着。

战争没有改变贝利茨闲逸的退休生活。他住在特拉华半岛上的奥南科克城郊，每天早上，他与妻子带着爱犬巴比步行到海滨，驾着私人游艇在海上徜徉一上午。这天他们照旧去了，他扶着妻子上了游艇，巴比也跳上来了，他开始解缆绳。忽然，海滨路上一辆警车风驰电掣般驶来，很远就听见有人在喊：

“是贝利茨先生吗？请等一等，请等一等！”

贝利茨站直了，手搭凉棚，狐疑地看着来人。一个警官下来，向他行礼：“你是斯坦福大学的终身教授肯尼思·贝利茨先生吗？”

“对，我是。”“请即刻跟我们走，总统派来的直升机在等你。”他十分纳闷，想不通总统突然请他干什么。但他没有犹豫，立即跳到岸上，向妻子简单地道别。他说：“琳达，你不要出海了，你自己驾游艇我不放心。”琳达说：“你快去吧，我会照顾好自己的。”

他同妻子扬手告别，坐上警车。那时他不知道，这是他同妻子最后一次见面了。两个小时后，他来到白宫的总统办公室。会议室中坐着一群人，有总统、副总统、国务卿、国防部长和参谋长联席会议主席，单从阵势看，总统一会儿要谈的问题必定非同小可。屋里，椭圆形办公桌上插着国旗、总统旗及陆、海、空、海军陆战队四个军种的军旗，天花板上印着总统印记，灰绿色的地毯上则嵌有美国鹰徽。他进去时，总统起身迎接，握手，没有寒暄，简洁地说：

“谢谢你能及时赶来。贝利茨先生，有一位中国人——卓君慧女士——要立即同你通话。她是通过元首热线打来的。你去吧！”

白宫办公室主任领他来到热线电话的保密间，总统和国务卿跟着他进来。贝利茨拿起话机，对方马上说：“是老贝吗（卓君慧常这样称呼他），我是卓君慧。”

“对，是我。”

“我有极紧要的情况向你通报。请把我的话传达给贵国决策者，并请充分运用你的影响力，务必使他们了解情况的严重性。因为……”她冷峻地说，“据我估计，他们的理解力不一定够用的。”

“我会尽力的。请讲。”

卓君慧言简意赅地讲了事情的整个经过：卡斯皮的谈话，她丈夫司马完的打算，她对一六〇小组其他六个成员意识的秘密探查……

“我很歉疚，我的秘密探问是越权的。我……”

“你的道歉以后再说，说主要的。”

“我确认，小组中有两个人，即我的丈夫和松本清智先生，会把终极能量用于当前的战争。我随后又用其他方法，对两人的态度做了直接验证。验证后我采取了断然行动，使用美国 XADS 电击枪将他们变成了植物人。关于松本先生的情况，你们可以通过日本政府得到验证；关于我丈夫的情况，你是否需要亲自来验证一下？这一点很重要，你可以带上一个官方代表。”

贝利茨已经猜到了卓君慧以下要谈的事。他略微犹豫一会儿后，说：“不需要了，我信得过你。你继续说吧。”

她加重语气说道：“我们已经做出了足够的自我克制，希望这种克制能得到善意的回应。”她重复道，“希望你能把这些话传达给贵国决策者，挪亚方舟的存亡在他们的一念之间。我希望在三天内听到回音，可以吗？”

“可以的，三天时间够了。再见。”

“再见。”她说了一句美国人爱说的话，“愿上帝保佑美利坚，也保佑整个挪亚方舟。”

贝利茨挂上电话，陷入沉思。总统一行人一声不响地等着他说话。等了一会儿，国务卿忍不住问：“贝利茨先生，那位中国女人所说的终极能量是怎么回事？”

贝利茨笑着说：“我是个机能主义者，我认为电子元件同样能承载一个人的智慧，说不定，那样的智慧会更纯净呢，因为人性中很多的‘恶’与我们的肉体欲望有关。”

在场的几个人都不明白这番没头没脑的话，心想也许贝利茨先生是老糊涂了，不过他们都礼貌地保持着安静。但贝利茨显然没有糊涂，他目光灼灼地扫视着众位首脑，有条不紊地吩咐着：

“请立即给我安排一架专机，我要尽快赶到特拉维夫，在那儿查证一样东西。明天晚上我会返回白宫，那时请今天在座的各位再次聚在这儿，我们再详谈吧。”

第三天上午，贝利茨和国防部副部长拉弗里来到新墨西哥州的阿拉莫戈多“三一”核试验场。这是美国进行第一次核试验的地方，后来的核试验改在内华达地下核试验场。不过，这次贝利茨要求在这儿做地上实验，他说：

“在地上做这件事更直观一些，我知道有些人的IQ有限，直观教具对他们更适用。”

前天他赶到特拉维夫，在亚伯拉罕电脑的资料库中仔细查阅了上次智力联网的记录。他十分相信卓君慧，相信她说的事实都是可靠的，但对于如此重大的事情，他当然还要再亲自落实一下。结果正如卓君慧所说，她确实在做智力联网巡回时悄悄叩问了几个人的潜意识，包括贝利茨的。她的叩问很小心，被问的六个人当时正致力于向“终极堡垒”进攻，都没有觉察，但都以潜意识的反应做出了不加粉饰的回答。有四个人坚决拒绝把终极能量用于战争，贝利茨是其中一个，他的回答是：

“在任何情况下我都不会把终极技术用于战争。”

但司马完的回答是：“除非我的国家和民族处于危亡时刻。”

松本清智的回答模糊一些：“只要别人不首先使用。”

卓君慧的思维潜入这件事本身是不光彩的，但此刻贝利茨反而很感激她。作为一六〇小组的组长，他是大大失职了。他太相信六个人的誓言、相信他们的高尚，却没考虑到在事关国家和民族生死存亡的时刻，这样的誓言是不可靠的。这是因为准备违背誓言的两个人都不是为了私利，而是为了大义，他们自认为动机是完全纯洁的，因而就具备了违背誓言的必要勇气。这样看来，自己太书生气了，也许——他很不愿意这样想，但此刻他无法否定这个想法——他当时提议创建这个超智力网络，发展出“五百年后”的科技，本身就欠斟酌。潘多拉魔盒不该被提前造好，因为只要它造好就有被提前打开的可能，再严密的防范也不行。

坐实了卓君慧说的事实之后，他又在这儿停了一夜，在亚伯拉罕的帮助下，他把自己的思维全部输到电脑中去。严格来说不是全部，在输入时他设了一个严格的过滤程序，把藏在自己思维深处的肮脏东西，那些披着圣洁外衣的肮脏——对暴力的迷恋、嫉妒、自私、沙文主义、种族优越感等，全都仔细剔除。这种输入很费时，直到第二天上午九点才完成。他同亚伯拉罕匆匆告别，坐专机返回了美国。

回到白宫之后，他向椭圆形办公桌后边的那些首脑讲了他所知道的全部情况，客观而坦率。他讲了终极能量的可怕威力，尤其是人体自我引爆的便于实现。他说，卓女士说得很对，她和她的国家已经做出了足够的克制。现在，那两个打算把终极能量用于战争的人都被封了口，其中一个甚至是卓的丈夫，是她亲自对丈夫下的手。但世界上还有五个人会使用它，包括中国的卓，她在做出“足够的克制”后，正在等着我们的“善意回应”呢。她只给了我们三天时间。万一终极能量被使用，万一有十个八个因绝望而愤怒的人（说不定他们还有美国公民身份呢）来到华盛顿、纽约或东京引爆自身，那将是何等可怕。

他说：也许你们都不相信终极能量可以轻易释放，也想象不到它的威力，所以我准备做一个公开的试验。咱们到阿拉莫戈多试验场，我削下一截六克重的指尖并把它引爆——这大约就相当于1945年在广岛扔下的那颗“小男孩”的爆炸当量，一点三万吨TNT。你们睁大眼睛看看吧！

现在，具体操办此事的国防部副部长拉弗里带贝利茨来到试验场中心。送他们来的黑鹰直升机没有熄火，时刻准备着接他俩返回。这儿非常荒凉，渺无人迹。当年第一次核试验的“大男孩”钚装药六点一千克，TNT当量二点二万吨，核爆时产生了上千万摄氏度的高温和数百亿个大气压。三十米高的铁塔被瞬间气化，尸骨无存。地面上有一个巨大的弹坑，沙石被熔化成黄绿色的玻璃状物质。现在，弹坑旁新搭了一个帐篷，这是应贝利茨的要求搭建的，目的是防止卫星拍照，因为——那老家伙说，他会绝对小心，绝不让人体引爆的操作方法被人窃去。他对总统斩钉截铁地说：

“在任何情况下，我都不会把可怕的终极能量用于战争。关于这一点，请不要抱任何幻想。”

他还说，只需使用能装在上衣口袋里的某种器具，就能引爆自己“削下的指尖”。现在，在他的上衣口袋里确实装着一个硬硬的家伙，但扣子扣得严严实实，不知道那是什么玩意儿。拉弗里真想把那东西抢过来，然后变成美国军队的制式武器——这个前景该是何等诱人啊！当然，只能想想而已，这会儿他绝不敢得罪这个老家伙。

贝利茨把周围查看了一番，表示满意，用手中的手术刀指指直升机，对拉弗里说：“行了，以下的操作只能我一个人在场，你先乘直升机离开吧，把军用对讲机给我留下就行。等我该离开时，我再召唤直升机。”

拉弗里不情愿地离开了，直升机来到十七公里外的地下观察所。这是当年第一次核试验时的老观察所，已经破败不堪，只是被草草地打扫了一遍。十几个情报人员正在里面忙碌着，布置和操作各种仪器——昨天他们已经抓紧时间在那座帐篷里布下了针孔摄像头和窃听装置。拉弗里一下直升机立即赶到屏幕前，屏幕前的情报官看见拉弗里来了，回过头懊恼地说：

“副部长先生，情况非常糟糕，贝利茨肯定正在找咱们的秘密摄像头。”

他没说错。从屏幕上看，贝利茨正在帐篷内仔细地检查，而且很快找到了目标。现在屏幕中现出他的笑脸，因为太近而严重变形，几乎把镜头完全遮盖了。贝利茨微笑着，在对讲机里说：“拉弗里，我想这会儿你已经赶到监视屏幕前了吧。这个摄像头的效果如何？”

拉弗里只有摁下对讲机的通话键，硬着头皮回答：“不错，我看你看得很清楚。”

“那就对不起了，我往下操作之前，首先要把这个镜头盖上。请通知总统，我不能回去了。我曾说，我会引爆自己削下的一个指尖，实际上指尖削下后就不是我自己的了，而是变成了普通物质。普通物质终极能量的释放要相对困难一些，需要若干比较复杂的设备，但现在已经来不及了。所以我不得不留在这儿引爆自身——目前我无法控制只让一个指尖起爆——它大致相当于一亿吨 TNT。你目前所处的观察所还太近，请立即后撤，至少到八十公里以外。另外，爆炸将造成强大的电磁脉冲，请通知五百公里以内的飞机停飞，以免造成意外事故。我给你三个小时做准备，请按我的吩咐做吧！”

拉弗里十分吃惊，他在心里狠狠骂着这个自行其是的老家伙。这些变化超出了上头事先拟好的应急计划，他不敢擅自做主。这时总统及时插话了，他和有关首脑一直在白宫监控着这儿的局面。他说：

“贝利茨先生，既然这样，请你改变计划，不必引爆自身了。你的生命比什么都贵重。请立即停止，我们再从长计议。”

贝利茨讥讽道：“我的生命比战争胜利更重要吗？或者说，美国人的生命比敌国已经死去的二十万条生命的价值高一些？谢谢你的关心，但我不打算停下来。我知道某些人，比如此时在屏幕前的拉弗里先生，不见到棺材是不会落泪的。我必须把终极能量变成他能看见的现实。另外，我还有点儿私人的打算，”他微微一笑，“我想同中国的老朋友，司马完先生，来场小小的赌赛，那家伙为了信仰不惜把自身变成一个巨大火球，我想让他知道，美国人也不缺少这样的勇气。不要多说了，请开始准备吧。三个小时后，即十二点十五分，我将准时起爆，不再另行通知。现在，请设法接通我家的电话，我要和妻子告别。”

总统不再犹豫，命令手下立即按照贝利茨先生所说的进行准备：飞机停飞或绕道，五百公里内的交通暂时中断，医院停止手术，所有电子设备关闭，一百公里以内的人员尽量向外撤退或待在地下室里。同时，他命人接通了贝利茨家的电话，再通过军用对讲机中转，电话接通了。

贝利茨夫人刚刚从总统办公厅主任那儿知道了真情，顿时惊呆了。丈夫三天前被总统召见时，她绝对想不到会出现这种结局！更想不到那天的匆匆告别会是他们的永别！她哽咽着说：

“亲爱的……”

贝利茨笑着说：“不必伤心，琳达，我爱你，正因为爱你我才这样做。如果我的死能让人类从此远离战争，那我的六十四公斤体重可就是宇宙中价值最高的物质啦！再说，世界上有哪个人能像我死得这样壮丽？在一瞬间抹平肉体的褶皱，回归平坦空间，同时放出终极能量，变成绚丽的火球。琳达，不要哭了，当命运不可逆转时就要笑着迎接它。”

琳达忍住眼泪，不哭了，两人平静地（表面平静地）闲聊着。这边州政府宣布全州进入紧急状态，警察、军队和准军事力量全部被动员起来，进行着紧张的撤离。这对老夫妻一直聊到中午十二点，贝利茨温和地说：

“再见，琳达。替我同孩子们说声再见，同巴比说声再见。我该去做准备了。”

琳达强忍住泪水说：“你去吧，我爱你。我为你感到自豪。”

那边的对讲机关上了。一片寂静。安全线外，几百台摄像机从四面八方对准了爆心，记者们屏住气息等待着。这些镜头向全世界做直播，所以，此刻至少有十亿双眼睛盯着屏幕。十五分钟后，一团耀眼而恐怖的巨大光球突然蹿上了天空，火球迅速扩大，把整个沙漠和丛林映照得雪亮，天空中原来那个正午的太阳被强光熔化了。那景象正如印度经典《摩诃婆罗多》中所说：“漫天奇光异彩，有如圣灵呈威，只有一千个太阳，才能与之争辉。”

爆炸点上空那汹涌翻腾、色彩混沌的烟云慢慢散开，在爆心处留下一个巨大的岩浆坑。岩浆在凝结过程中因表面张力而把表面抹平了，变成了一个近乎抛物体的光滑镜面。

安全线外的观察者们通过护目镜看到了这一切，而通过实况转播观看的十亿人只能看到电视屏幕上剧烈扭动的曲线，因为在那一瞬间，看不见的巨量电磁脉冲狂暴地冲击着这片空间，造成了电磁场的畸变。不过，电磁脉冲是不能久留的，它很快就越过这儿，消失在了太空深处。屏幕上的图像逐渐还原。这次非核物质的爆炸景象和当年的第一次核爆一样，只是威力大了八千倍。这不奇怪，按照终极公式，在更深的物质层级中并没有铀、钚和碳水化合物的区别，没有所谓“核物质”和“非核物质”的区别。它们全都是因畸变而富集着能量的空间，也都能在一瞬间抹平空间的褶皱，释放出相等的终极能量。

战争很快结束了。在贝利茨造成的这次爆炸之后，各国政府都迅速下达了“暂停军事行动”的命令。一个星期后，八国政府首脑会集到中立国瑞典的斯德哥尔摩，开始了紧张的磋商。在激烈地、充满仇恨地争吵了两个星期后，终于达成了一个妥协方案。没有一个国家对这种妥协满意，“新海豹”中的韩国代表甚至痛哭着说，如果他不得不在这个“丧权辱国”的投降方案上签字，他将蹈北海而死，无面目见故国父老。而“老海豹”们同样不满，他们不得不吐出很多已经和即将到口的利益。

但不管怎样争吵、怎样谩骂，妥协还是达成了。因为有一件东西明明白白地摆在那儿，谁也别想忽视它：那种可怕的终极武器。如果它被普遍使用，即使不会毁灭地球，至少也能毁灭人类文明。没人敢和它较劲。另外，人们还普遍存在着隐秘的，但又是非常强烈的希望：既然终极能量已经可以掌握，那能源之争就没有必要了。

于是，这场蓄势已久的战争，在尚未爬到峰值时就出人意料地戛然而止了。后世历史学家把它命名为“2.5次世界大战”。以色列的卡斯皮先生在两年前就造出了这个名称，因而在媒体上大出风头。当然，他当时所持的观点并不正确（他认为双方力量的悬殊将造成一场非对称战，而不是说大战将因终极武器而半途结束），但这并不影响他拥有“2.5次世界大战”的命名权。人类的历史往往就是由这样的阴差阳错构成的。

世界在狂欢。各交战国，各非交战国，华盛顿、东京、伦敦、新德里、首尔、北京……北京是用爆竹来庆贺的。爆竹声传到了司马完的私寓。卓君慧正在为丈夫喂饭，是用鼻饲的办法，把丈夫爱吃的食物打成糊糊，通过导管送到胃里。每天她还要不停地给丈夫翻身，防止因局部受压而形成褥疮；要把他扶起来拍打胸部，防止肺部积水造成肺炎；等等。这些工作又吃力又琐碎，研究所为他聘请了专职护士。但只要有可能，卓君慧还是喜欢亲自去做，她想通过亲身的操劳来弥补对丈夫的歉意。

近一个月的劳累让她显得有点儿憔悴。狂欢声传进屋里时，她微微笑了。这个结局是她早就预料到的，或者说是她努力促成的，为此她不得不做了一些违心的事，也付出了巨大的牺牲，把她丈夫还有松本先生变成了植物人。还有一个重大牺牲是在她的意料之外：她的朋友“老贝”也为此献出了生命。

她附在丈夫耳边轻声地说：“老马，战争停止了，没有战败国。你的心愿达成了，你该高兴啊！”

丈夫面无表情，他现在连饥饱都不知道，更不用说为战事停止而喜悦了。墙上是儿子的遗照，穿着戎装，英姿飒爽，从黑镜框中平静地看着她，似乎对这个结局并不吃惊。卓君慧看着儿子的眼睛，说了同样一番话。忽然，电话铃急骤地响了，她拿起话筒，液晶屏上显示的是日本的区号。电话那边史林兴奋地说：

“卓师母！战争结束了！我也可以回国了！今天上午日本警方把我释放了。”

“小史你辛苦了，快点儿回来吧，我和司马老师都盼着你早点儿回来呢。”

“我是否带着松本先生一块儿回来？你说过的，他，还有司马老师，你都能治好的，是不是？”

卓君慧笑了：“当然。普通医学手段对这种植物人状态无能为力，但你不要忘了，这两个病人的大脑都有神经插头啊！通过思维联网，由其他小组成员‘走进去’唤醒他们，一定能成功的。小史，我已经通过外交途径和日本政府联系过，你直接去找他们，请求派一架专机将松本先生送到北京，再带上司马老师，飞到特拉维夫。我已经通知一六〇小组其他成员在那里集合，我们将合力对他俩进行治疗，另外还有亚伯拉罕的帮助呢！”

“太好了，师母，只有把他们两人治好，我才多少能减少一点儿自己的负罪感。我这就去联系。”

第二天上午，一架波音787停在北京首都机场，一架舷梯车迅速开来，与机门对接。机门打开，满脸放光的史林在门口向下面招手。早就在机场等候的卓君慧让两个助手抬着丈夫，沿舷梯上了飞机。飞机内部进行过改装，几十张椅子被拆掉，腾出很大一片空场，在空场中摆了三张床，其中一张床上睡着松本。护士们把司马完小心地放在另一张床上，与松本先生并肩。卓君慧走过去，端详着松本的面容，轻声问候着：

“松本，你好！不要急，你马上就会醒来的。”

飞机没有耽搁，立即起飞。机舱内还有第三张床，是手术床，周围已经装好相应的照明设备、手术器械架等，这是按卓君慧的吩咐安装的。她拍拍史林的肩膀，微笑着说：

“小史，我已经口头征求了一六〇小组其他组员的意见，他们同意你加入小组，到特拉维夫后会履行正式手续。所以，你是否愿意让我现在给你做手术？这种激光手术的刀口复原很快，明天你就能加入思维共同体中，和大家一起唤醒这两位沉睡者。手术的安全性你不用担心，飞机在平流层时飞行平稳，完全可以实施手术。你愿意做吗？”

史林从口袋里掏出一张纸，那是他事先已经签字的加入小组的申请：“我当然愿意，这是我的书面申请。谢谢师母。”

“好的，那就开始吧。”

史林躺在手术床上，卓君慧的助手先为他剃光了头发，然后进行麻醉。在他还未进入深度麻醉时，手术就已经开始了，由卓君慧亲自操刀。史林的头骨被钻开，一束细细的“无厚度激光”向颅腔内深入，轻轻地割开了他左右脑之间的胼胝体。不过史林没有感觉到疼痛，更感觉不到激光的亮度。说来很奇怪，大脑是人体感觉中枢，所有感觉信号都在这里被最终感知，但它本身却没有痛觉和其他任何感觉。胼胝体被切开后，一个极精巧的神经接头板被准确地插入，它是双面的，左右两面互相绝缘，分别与被切开的胼胝体两个断面紧密贴合，断面上原有的两亿条神经通路各自对应着一个触点。这些神经触点的材质是有机材料，与人脑神经原有很好的生物相容性，所以，当触点与某一条神经通路相接触时，会形成永久性联结。由于切口极光滑，这种联结是在分子范围内进行的，所以速度非常快，二十四小时内就可以完成。手术后，左右脑半球彼此独立，分别通过胼胝体的两亿条神经通路，再经相应电路传到脑腔外的左右接口。左右接口可以彼此对接（此时就恢复了大脑的原始状态），也可以与电脑或其他大脑相连。

没多久，卓君慧就把左右脑的接头对接上了。这时，史林感觉还像未做手术一样。

手术顺利完成了，而此时史林才逐渐进入深度麻醉。他的意识沉入非常舒适的甜梦中，听见卓师母轻声说：

“好了，让他安静地休息吧。明天他就能正常活动了。”

史林睡了一个很长的甜觉。等他醒来时已经是第二天了，睁开眼，他看见了那个熟悉的地下室，听见卓师母欣喜地说：“好了，醒过来了。小史，你感觉怎么样？”

史林坐起身，晃动一下脑袋，说：“一切正常，就像没做手术一样。”

“那就好。这儿一切都准备好了，就等你醒来。现在开机吧。”

一六〇小组的其他成员走过来，依次同他握手。松本和司马睡在他身边的两张床上，仍然没有知觉。随着低微的嗡嗡声，电脑屏幕亮了，亚伯拉罕的面孔像往常一样闪出来。不过今天屏幕上又出现了另一副面孔，是贝利茨先生的。电脑的相貌生成程序非常逼真。屏幕上，老人慢慢睁开眼，迷茫的目光逐渐聚焦，定到卓君慧的脸上，他高兴地说：

“哈，既然你们唤我醒来，估计战事已经结束了吧？”

卓君慧素来以安详的微笑应对一切事变，即使丈夫倒下她也没有流泪，但这时她却忍不住哽咽了：“老贝，你好，你说得对，各国已经达成妥协，战争结束了。”

贝利茨大笑：“那么我的演技如何？我想我能赢得国会大剧院的表演奖。亲爱的卓，那会儿我决定配合你演一场逼真的戏，不过我知道，不，我确信，即使我最终未能说服我国的当权者停战，你也不会把终极能量用于战争和杀人。我说得对吗？”

卓君慧的眼泪夺眶而出！她猛烈地啜泣着，断断续续地说：“是的，是的……我绝不会使用……谢谢你的信任……谢谢你所做的一切……”说到最后她的感情失控了，失声痛哭着，“可是我没有料到你会那样啊，你完全不必那样啊……”

贝利茨安慰她道：“傻女人，干吗哭啊，你应该高兴呀。我不过是失去了肉体，对，还失去了我头脑中肮脏的东西，现在，一个良心清白的我，在智力网络中得到了永生，有什么不好吗？喂，”他把目光转到其他成员身上，“你们这些反应迟钝的男人，快点过来，安慰安慰那个小女人呀！”

格拉祖诺夫笑着，首先过来，把卓君慧搂到怀里，在他两米高的身体旁，卓君慧真成了一个小女人。然后西尔曼和史林也过来拥抱她，吉斯特那莫提不大习惯这样的拥抱，走过来，向卓合手致意。她的泪水还在淌着，不过脸上已经绽放出笑容。贝利茨说：

“好了，进入正题吧，今天是什么日程？”

卓君慧说：“请你首先主持投票，决定是否接纳史林加入小组。然后大家联网，合力唤醒松本和司马完。我想唤醒是没问题的，我对此有百分之九十九的把握。”

“好的。不过按原来的小组章程进行表决会有麻烦，因为它规定新加入者必须经全票通过，这会儿松本和司马并未失去成员的身份，但又不能进行投票，只能算作弃权。这样吧，咱们先以三分之二多数票对章程进行修改，将‘全部成员同意’改为‘全体成员同意或不反对’，再进行接纳表决，行不行？”

大家同意，于是首先对一六〇小组章程的修正案进行表决，五票赞成，两票弃权，刚好超过三分之二票数，修正案通过；再对接纳史林的动议进行表决，仍是相同的票数通过。贝利茨说：

“史林先生，祝贺你。你已经成为一六〇小组的正式成员了。”

史林激动地说：“谢谢大家的信任。我会努力去做。”

他随即在小组成员保密誓约上签了字。贝利茨提出第三项动议：重新选举一六〇小组的组长。“我将永远是一六〇小组的成员，但仍由我担任小组长就不合适了。显然，我以后出门不大方便。”他开着玩笑，“因此我建议大家新选一个组长。作为原组长，我推荐卓君慧继任，因为，经过这场惊天大事变，她的睿智、果断、处事周详，更不用说品行的高尚，都是有目共睹的。请大家发表意见。”

四个成员都表示同意。卓君慧没有客气：“那我也投自己一票吧。谢谢大家，我会努力去做，不让老贝落个‘荐人不当’的罪名。”

“我相信自己绝不会走眼。那么，我现在正式交棒，请新组长主持以下的议程吧。”

卓君慧为其他四人连接了神经插头。当史林头上对接的插头被打开，又和大家联网后，他感受到了此生最奇特的经历。首先，他的自我被突然劈开，变成史林 A 和史林 B。两个独立的意识在空中飘浮着，像是由等离子体组成的两团球形闪电。然后，两“人”同时进入一个大的智力网，或者说他的大脑突然扩容，这两种说法是等效的。现在这儿包含了史林 A 和史林 B、西尔曼 A 和西尔曼 B、格拉祖诺夫 A 和格拉祖诺夫 B、吉斯特那莫提 A 和吉斯特那莫提 B、老贝利茨（他是以整体存在的），以及一个非常大的团聚体——那是从电脑亚伯拉罕的电子元件中抽出来的意识，它向集体智力主要提供后勤支持（巨量信息）。这些智力场相对独立，各自有自己的边界，但同时它们又是互相“透明”的，每个个体都能在瞬间了解其他个体的思维。这些思维互相叠加，每一点神经火花的闪亮都以指数速率加强、扩展，形成强大的思维波。

史林（史林 A 和史林 B）在第一时刻就感受到了合力思维的快乐。那简直是一种“痛彻心脾”的快乐，其奇妙无法向外人描述。

现在这个共同体开始了它的第一项工作——唤醒沉睡者。在智力网络中还有四个黑暗的聚合体，只能隐约见到它们的边界。它们沉睡着，其内部没有任何思维的火花。其他团聚体向这儿集中，向它们发出柔和的电脉冲，那是在呼唤：

“醒来吧，醒来吧，战争已经结束了。一六〇小组的伙伴们在等着你们，亲人在等着你们。醒来吧！”

没有回应。于是唤醒的电脉冲越来越强，像漫天飞舞的焰火。但那四个黑暗的团聚体仍执拗地保持沉睡状态。这时，又有两个球形亮团加入进来，是卓君慧（A 和 B）。她镇静地对大家说：

“不要急。如果一时唤不醒，就撇下他们，开始你们对终极理论的进攻吧！也许这样更容易唤醒他们，因为，对终极理论的思考已经成了他俩最本能的冲动，比生存欲望还要强劲。”

于是所有球形亮团掉转头，开始合力对终极理论进行思考。史林（A和B）乍然参与进来，一时还不能适应。或者说，他还不能贡献出有效的思维，只能慢慢熟悉四周的环境。他很快消除了与其他智力团聚体进行交流的障碍，建立了关于共同思维的直观图像。那是宇宙的生死图像，是空间的褶皱和抹平。几百秒的人类思维重演了几百亿年的宇宙生命。

这个“褶皱与抹平”的过程，在宇宙公式中已经得到圆满的解释，所以思维共同体没在这儿多做停留。它们把注意力集中在奇点内部。奇点内部没有时间也没有空间，处于绝对的高熵或者混沌状态，没有任何有序结构。但超级智力仔细探索着，在极度畸变的奇点之壁上发现了一种悖论式的潜结构——它们是不存在的，绝对不会有任何信息显露于奇点之外；但它们又是潜存在的，一旦奇点因量子涨落而爆炸，“下一个”宇宙仍将以同样的方式从空间中撕裂出同样的粒子。

也就是说，一个独立于宇宙之外的力量，仍将以同样的方式创造另一个宇宙。

关于这一点也许大家已经形成共识，所以合力思考的重点是：如何在“奇点之外”的宇宙中设法验证这种悖论式潜结构；或者说，如何在宇宙之内验证宇宙之外的潜结构。按照拓扑学理论，这两种说法也是完全等效的。

思考非常艰难，即使对这样的超级智力而言也是如此。一个想法在某个团聚体中产生，立即变成汹涌的光波漫向全域。随后，更多的光脉冲被激发，对原来的光波进行加强，产生正反馈，使它变得极度辉煌。但这时常常有异相的光脉冲开始闪现，随后慢慢加强，冲销了原来光团的亮度。于是一个灵感就被集体思维否决。然后是下一个灵感。

思维之大潮就这样轮番拍击着。在思考中，史林（A 和 B）感受到强烈的欢快感，比任何快感都强烈。他迷醉于其中，尽情享受着思维的幸福。不过，今天的智力合击注定得不到结果。因为，在周围辉煌光亮的诱惑下，那四个黑暗的团聚体中，忽然迸出一个微弱的火花。火花一闪即逝，在漫长的中断后，在另一个团聚体中再次出现。火花慢慢变多了，变得有序，自我激励着，明明暗暗，不再彻底熄灭了。忽然，哗的一下，一个团聚体整体闪亮，并且保持下去。接着是另一个，又一个，再一个，四个团聚体全部变得辉煌。

其他人一直沉醉于幸福的思考，没有注意到四个沉睡脑半球的变化。但卓君慧（A 和 B）一直关注着。这时她欣喜地通知大家：喂，你们先停一停，他们醒了！

她从智力共同体中退出，并且断开了其他人的神经联结，最后再断开那两个原植物人的。在未断开前，松本和司马完已经醒了，他们睁开一只眼，再睁开另一只眼，生命的灵光在半边脸上掠过，再在另外半边脸上掠过。等卓君慧把他们的左右神经接头各自对接，他们才完全恢复正常。他们艰难地仰起头，司马完微微笑着："是不是……战争……已经结束了？"他的话音显得很滞涩，那是沉睡太久的缘故。松本也用滞涩的语调说："肯定……结束了，我刚才……已经感受到……共同体内的……喜悦。"

卓君慧同松本拥抱，又同丈夫拥吻。"对，战争已经结束了，而且，没人使用终极能量。也没有战败国。"她喜悦地说，"我也没有打败仗啊，在唤醒手术中我总算成功了。松本、老马，我为当时的行为向你们道歉。”

两人都很喜悦，也有些赧然，司马完自嘲地说：“应该道歉的是我。很庆幸，我的激愤之念没有变成现实。”松本也说：“我和你彼此彼此吧！卓女士，谢谢你。”其他成员都过来同两人拥抱。贝利茨在屏幕内说：“别忘了还有我呢！你们向屏幕走过来吧，原谅我行动不便。”两人还不知道贝利茨的死亡，疑惑地看着卓君慧。卓难过地说：“非常不幸，老贝牺牲了，为了配合我……”

她没有往下说，因为两人已经完全理解了。他们立即向屏幕走过去。刚刚从一个月的沉睡中醒来，他们的步履显得僵硬和迟缓。两人同屏幕中的老人碰碰额头，心情既沉重又充满敬意。贝利茨很理解他们的心情，笑道：

“我在这儿非常舒适，你们不必为我难过。司马，”他坦率地说，“多学学你的妻子，她比你更睿智。”“我已经知道了。我会学她的。”卓君慧说：“我刚才和老贝交换了看法。从某种角度上来说，我们一六〇小组是现存世界上最大的危险。我们创造了远远超过时代的科技，对于还未达到相应成熟度的人类来说，它其实是一个时刻想逃出魔瓶的撒旦。当然，我们也不能因噎废食，把小组解散。但要做更周密的防范。我想再次重申和强化小组的道德公约。第一条：一六〇小组任何成果均属于全人类，小组各成员不得以任何借口为人类中某一特殊群体服务。第二条：鉴于我们工作的危险性，小组成员主动放弃隐私权，在大脑联网时每个人都有义务接受别人的探查，也可以对其他人进行探查。你们同意吗？如果同意，就请起誓。”

每一个人依次说：“我发誓。”司马完又加了一句：“我再也不会重复过去的错误。”他们在誓约上郑重签字。史林急急地说：“我能不能提一项动议？”大家说当然可以。“我想，我们的下一步工作是把终极能量用于全世界，当然是和平目的。能源这样紧张，把这么巨量的干净能源束之高阁，那我们就太狠心了！如果这个冰窟窿不扩大，战争早晚还会被催生出来的。当然，把终极能量投入使用前，要先对人性进行彻底净化。”

大家互相看看，没有作声。屏幕中的贝利茨叹了口气，说：“我们会朝这个方向努力的。不过，你说的人性净化恐怕是另一个终极问题，现在还看不到胜利的曙光。和人打交道不是物理学家们的强项，不过，我们尽量早日促成吧！”

二维战争

文 / 刘洋

第一章　纸页间

在我面前的书桌上，放着一本破旧的、泛着些许霉味的笔记本。

说起来，第一次见到这个笔记本，似乎是在遥远的小学时代了。那时候的我热衷于写日记，班上有点儿什么鸡毛蒜皮的小事都兴致盎然地诉诸笔端，像谁考了第一名，受到了老师的表扬；谁穿了身新衣服，却被沾染上了污迹；等等。每天都要写一大堆文字，好像是在排出身体里的某种代谢物，无论如何也憋不住。

家里很穷，买不起那种精美的硬壳笔记本。大多数时候都是写在学校作为作业本发下来的横格软本里。虽然自己也想办法攒钱买了些硬壳本，可是七八十页的本子，要不了多久就会被密密麻麻的文字填满。后来，我便只把那些很“重要”的事情写在硬壳本上，而且是用最细小的字号来写，这样才可以维持得久一点。

学校的垃圾场里，每天都会有别人扔掉的笔记本。有的只用了几页，上面用拙劣的画风涂描着一些人物和风景。我把这样的笔记本捡回来，小心地撕掉前面用过的几页，然后把它保存在自己的抽屉里。

眼前这本大概就是那时候捡回来的吧！封面画已经模糊得什么也看不清了，里面纸张的边缘也已泛黄了，而且因为一直压在抽屉底部而变得潮潮的。如果不是因为前一阵子搬家，这个笔记本不知道还要在这个老旧的抽屉里埋藏多久。

笔记本几乎是空白的，只在第一页上画着一群一寸大小的小人。大概是想着第二页还可以写点儿东西，我并没有撕掉这一张纸。我对着笔记本感慨了一番：自己是从什么时候起停止写日记的呢？大概是在高中时期吧，从那个时候开始，我迷上了足球，业余时间总是和同学一起在操场上奔跑追逐，加上课业也繁重了起来，于是渐渐觉得日记这种东西，一天不写也没什么关系——到最后就完全不写了。

现在想想真是遗憾。翻开儿时的日记，那时发生的一幕幕竟然又重新闪现在脑子里，就像昨天发生的事情一样。虽然大部分事情很幼稚，但却是自己真实的足迹。反而是高中和大学时期，就算是竭力回忆，也想不起几件印象深刻的事情来，最多有一些模糊的影子，却平面得很，一点儿都不鲜活——简直像是自己在时间轴上突然跳过了一大段似的。

我叹息着把笔记本放回书桌。

书桌是新买的，房间里大部分东西都散发着一股新鲜的木香味。

搬家有个好处，就是让你觉得应该振作一下。换个环境，让一切重新开始。

我翻开笔记本，拿出削好的铅笔，准备在上面写点儿什么。可头脑里却一片空白。笔尖颤动着，悬停在纸页上方一厘米的高度，迟迟不能画上去，仿佛有一层无形的薄膜阻隔在中间似的。

竟然完全想不到有什么可写的！自己的生活从何时起变得如此枯燥无味了呢？我苦笑一声，把铅笔放下，合上了笔记本。

搬家后，那个笔记本一度在书桌上静静地放置了很久。某一天，我终于有了写作的欲望，再次翻开它，拿起笔筒里的铅笔，准备往纸页上画去。可是，我持笔的右手不知为何突然停了下来。有什么不对劲吗？刚开始，我只是隐隐地有这种感觉。我对着笔记本仔细地端详起来，大概过了一分钟，我终于意识到不对劲的地方在哪里了——那几个小人不见了！

铅笔的痕迹，随着时间的流逝，确实会慢慢地变淡，但是眼前却绝非那样的情形。那几个小人所在的地方什么也没有，和其他空白的位置一样，只有微微发皱的纸张和点点霉迹。

就好像那些铅笔画出的小人从来不存在一样！

我疑惑着回忆了一下，确实是在这个地方看到过几个涂鸦小人啊！难道是我记错了？我随手往后翻了几页，突然睁大了眼睛，在第五页上，我看到了那几个小人！

怎么会跑到第五页去了？我茫然地看着它们，感觉自己的眼睛出了问题。

难道它们还会自己移动不成？我呆呆地对着它们看了半晌，可是它们却一动不动，完全不像是活物。本来就是嘛！几幅铅笔画而已，怎么可能自己动起来呢？

我合上笔记本，晃了晃脑袋。不知为何，突然觉得周围的一切都瞬间失去了真实感，像是某种廉价的布景似的。也许自己应该好好休息一下了。

然而，第二天我再次翻开笔记本的时候小人已经跑到了第六页。哦，准确地说是第六至七页。有一个小人到了第七页，剩下的几个在第六页，还有一个最奇特：它的身子一部分已经到了第七页，而另一部分却留在了第六页。因为六、七页是在一张纸上，所以看上去那个小人的身体就像缺了一块似的。我仔细端详着它们的动作，果然保持着一种跑动中的形态。可是我盯着它们看了许久，仍然没有亲眼看到它们移动一下。

是不是移动得太轻微，肉眼无法分辨呢？我这样想着，然后拿起铅笔，在其中一个小人的脚尖画了个圈，作为标记。又等了一会儿，我拿起放大镜，仔细地看着画面：我确定它们并没有发生哪怕一丝一毫的移动。

奇怪了，它们是什么时候移动的呢？我合上笔记本，胡乱地想了片刻。几分钟后，我再次翻开笔记本，不禁大吃一惊。这会儿工夫，已经有三个小人到了第七页，留在第六页的只剩下两个了。

更奇妙的是，我画的那个标记用的小圈居然不见了。我仔细寻找了片刻，在第七页找到了它：那个小圈正被一个小人拿在手上！小人用疑惑地眼光看着它，那眼神似乎在说，咦，这个小东西是从哪里来的呢？

从那以后，我对笔记本上的小人简直着了迷。即使是上班，我也随身携带着笔记本，一有闲暇，便翻开它，看一眼其中的小人。经过一段时间的摸索，我逐渐有了一些发现和经验。我把这些发现整理在另一本笔记本里，用工整的字迹记录下来，那认真的态度简直像是回到了小学时期。

小人在笔记本打开的时候是不会动的，但在笔记本合上以后，它们可以像活物一样移动。

这一条是我在不断地开开合合中总结出来的。那些小人就仿佛在和我玩“123，不许动”的儿童游戏一样，每次一翻开笔记本，它们就一动不动了。

我对这古怪的发现感到非常讶异，这一切就像是发生在某个童话故事里的情节。而更奇怪的是，我用铅笔画上去的图案，竟然引起了这些小人的注意，并与其发生互动。也就是说，我随手画出的东西，以这种方式获得了某种真实性！在小人们看来，或许它们还会疑惑地问：这些东西何以凭空出现呢？

单纯从画工来说，那些小人画得着实粗糙，极似出自儿童之手。可是这不妨碍它们可以自如地在纸页间奔跑，时聚时散，有时候还可以看到它们停下来，盘腿坐下，在某一页休息片刻。一些小人不时把头凑在一起，从姿态、神情和口部的开合推测，它们应该在交谈着什么——虽然我什么都听不见。

从日上中天，到夕阳西下，不知不觉中，我已经花了半天的时间，持续地关注着这些小人的情状。看上去它们很慌乱，一直处于奔跑的状态，偶尔停下休息，也只停留很短的时间，就像有什么东西在后面追赶似的。很快，它们已经跑到第十八页了。

它们为什么要跑个不停呢？

很快我就找到了这个问题的答案。不知什么时候，在笔记本的前面几页，出现了一种很奇怪的东西：它身形庞大（比起小人来说），几乎占满了笔记本的一页纸，长着尖利而凸出的牙齿，额头隆起，上面有一根独角，全身布满皱褶，四肢粗短，看上去像是一只变异的犀牛。这只怪兽不停地向前追赶着，它的速度似乎比小人更快，因为我发现它和小人之间间隔的页数正在逐渐变少。

不知为何，我突然变得紧张起来。看着纸上那些可怜的小不点，一种类似于责任感和正义感的东西开始出现在我的情绪之中。

我决定要救这些小人。

在怪兽前进的路上，我画了一堵墙。还特意将墙体画成了厚厚的方块状，一直顶到了笔记本页面的最上沿，中间用铅笔全部涂成黑色——看上去是一堵非常坚固的墙了。

很快，怪兽来到了墙的面前。它露出疑惑的眼神，用鼻子拱了拱这块拦路的大石头。似乎没有觉察出什么危险，它接着用角顶了顶墙体，墙体纹丝不动。

"哈哈，这下你过不去了吧！"我像是恶作剧得逞了似的，得意地笑了起来。我翻到后面几页，看着那些还维持奔跑状态的小人，心里想："不用担心了，你们安全啦！"可是我该怎么告诉它们这个好消息呢？我想了片刻，毫无头绪，便又翻回怪兽的页面，一看之下，我不由得大吃一惊。

那个怪兽竟然已经攀爬到了墙的上面！因为墙的高度就是纸张

的高度，所以现在怪兽的头部，在纸面上已经看不见了，只剩下后肢和一条短尾巴还悬在墙边。

现在我才发现自己犯了一个严重的错误。因为是在笔记本上发现了这些小人和怪兽，我便想当然地以为这个笔记本的纸页就是它们活动的全部空间，或者说，笔记本的纸张的边缘，就是它们世界的边界。现在我才知道，事实并非如此。

这本笔记本上的画面，更像它们所在世界的某种投影。就像电影胶片，截取了真实世界的一部分，呈现在人们面前。

它们是某种真实的存在，而并非只是存在于我笔记本上的玩物。我终于意识到了这一点。

而这也就意味着，我想把怪兽堵住的想法落空了。因为我只能控制投影在我笔记本上的这一部分空间，而怪兽可以绕过我的控制，就像现在，它从我画的墙体的上方爬过去了。

很快，我又想到了另一种办法。

我沿着笔记本页面的上下边缘和右边缘画了三条粗大的黑线，看上去就像一个缺了一条边的长方形。这是一个陷阱，我的打算是，等怪兽进入这个框架之后，我便迅速地把剩下的一边封好，这样不就可以把它关在里面了吗？

可惜，怪兽到了这里，只是探头朝方框里看了看，便果断地从方框上爬过去了，没有进去的意思。

这时，我突然想到，何必这么麻烦呢，直接画一个封闭的框把它关起来不就行了？想到这里，我立刻翻到怪兽出现的页面，在它的前后画出了粗黑的线条，然后在页面下方也涂上一道黑杠，把左右两边的黑条连接起来了——好，现在就差封上方的口子了。可是，问题来了。我突然发现，怪兽头顶的角高高耸立，一部分已经超出了页面的范围。我不管不顾地直接在上面画上了一条黑色的线条，这条线的一部分覆盖在了怪兽的角上。

奇怪的事情发生了，覆盖在怪兽角上的那一部分线条很快就变得模糊起来，几秒钟后，便消失得无影无踪。接着，连离怪兽很近的那些线条也渐渐消失了。

这个破破烂烂的牢笼当然是关不住怪兽的。

我又总结出一条规则来：在页面已有事物的附近空间，是无法作画的。

认真地思考这一条规则，它其实是非常合理的。在空间的某个地方，如果本身存在某种东西，你再想把别的东西塞在那里，当然是不可能办到的事。这让我想起了泡利不相容原理：在特定的原子轨道上，不能有两个相同自旋的电子同时存在。从某个角度来说，泡利不相容原理所带来的斥力，正是维持我们这个世界稳定存在的基石。

没办法啊！看着从不完整的牢笼中挣脱出来的怪兽，我只好画出一道又一道栅栏，来尽力减缓它前进的速度。

不知不觉我想起了几万年前，那些原始人类的生存境遇。他们是不是也像这些小人一样，被各种野兽追逐，无时无刻不在战战兢兢地生活呢？那是一段多么黑暗的岁月啊！他们是如何熬过来的呢？

对了，火！

火可以说是早期人类最重要的发现了，凭借它，人们驱逐野兽，而且也吃上了熟食，大大改善了自己的生存境遇。我能不能用火来驱逐这只怪兽呢？

我用铅笔在怪兽的前面画了一团火焰。或者说，是一团看上去像是火焰的东西——我对于画画，其实并不擅长。结果令我失望，那团“火”成了一块凝固的奇异石块，甚至丝毫没有引起怪兽的注意。

是不是颜色不对？我从儿子的文具盒里找来了彩色铅笔，用红色的铅笔又画了一团火，结果并没有什么不同——它只不过变成了一块红色的石头而已。

我突然有了一丝明悟：火不过是一种剧烈的氧化反应所产生的现象而已，它并不是某种实物！只有像栅栏、墙、牢笼这种具体的事物，我才可以画出来，将它们实体化！

想到这里，我顿时觉得有些沮丧。虽然我有女娲之手一般的创世之笔，可面对这区区一只怪兽，我竟束手无策。趴在桌子上，看着夕阳一寸寸地落下，绯红的阳光从窗户缝隙里渐渐褪去，一种黑夜所独有的静匿便慢慢氤开在卧室之中。

“爸爸，我回来了！”

“老公，你在干什么呢？怎么不开灯啊？”

妻子和儿子的声音出现在门廊里。这是一个周末，妻子带着孩子去了乡下她的哥哥家玩，我借口要加班，没有和他们一块去。大舅子是一个有点儿刻薄的人，我和他也没有什么共同语言。

我叹了口气，合上了笔记本。

第二章　火种

办公室里非常安静，只有键盘的敲击声和纸张翻动的声音偶尔响起。我最后扫了一眼显示屏上的文档，把它保存好，用邮件把它发送到它该去的地址。屏幕右下方的时间显示，距离下班还有半个小时。

我在一家进出口贸易公司上班。最近因为与A国和其他几个周边的小国关系紧张，不时爆发一些小冲突，对外贸易也受到了一些影响。公司的业务减少了很多，但对我来说，倒也乐得清闲。

主任在他的办公桌上打盹。我用手碰了碰旁边的小张，他警惕地抬头看了我一眼："干什么？"

我伸过头去，看了看他的屏幕，好像是什么网页游戏的界面。

"没事，你继续。"我笑了笑，说，"下了班一起吃饭？"

"嗯……下次吧，我答应老婆一起去逛街。"

"哦，那算了。"我有些无趣地摆了摆手。小张有些怕他妻子，这倒不是说他妻子很凶，只是他的性格使然。他性子很软，平时在公司，有什么麻烦的活，主任总是让他做，他一次也没拒绝过。虽然如此，可是也不见上司在哪里表扬过他，同事们对此也习以为常，似乎在大家的脑子里写着一条定律：这种事就该小张去做！我倒是替他不平，还曾经发过几句牢骚，别人还没说什么，他反而先劝我："没事，没事，反正我现在也闲着。"如此一来，我也就不好说什么了。

小张对同事都如此，对妻子就更加言听计从了。我跟他算是很熟了，却从来没听说过他和妻子起过什么争执。

算了，待会儿还是直接回家吧。妻子是中学老师，今天下午正好有课，比我下班还晚。儿子学校今天有活动，要晚上才回来。所以回到家里也没有半个人。我有些无聊地坐在椅子上转了一圈，右手不自觉地拉开了桌子右边的抽屉。抽屉里是挤成一堆的财务报表，中间夹着那本老旧的笔记本。

我翻开笔记本，准备看看那些小人的情况。

还有那只怪兽，是不是还在追它们呢？

我一手捏着书脊，一手拨开另一侧的页面开口处，哗啦啦地扫了一遍。没看到有黑色图画的页面。咦？我有些奇怪地仔细翻了一遍，还是没有。

那些小人和怪兽都不见了。无论我如何睁大眼睛寻找，就是找不到一丝铅笔画的痕迹，仿佛它们从来就没有在这个笔记本上出现过一样。

这时候，我不禁开始怀疑起自己的眼睛来。昨天看到的那些奇怪的小东西，难道是幻觉不成？这倒真是个唯物主义的结论。画在纸上的图画，又怎么会动呢？一个声音在我脑子里说，那分明就是我的幻觉嘛！

可是那幻觉也太真实了吧……

我靠在椅背上，神思恍惚，感觉身边的一切都变得模糊起来。

“柳文！”一个声音突然在我耳边响起。我猛地睁开了眼睛，主任那瘦长的脸突兀地出现在我的面前。

“你搞什么啊？”他把一份计划书扔到我面前，“这什么乱七八糟的？”

那是我今天上午交上去的一份计划书。有什么问题吗？我疑惑地拿起那本十来页的文件，翻开来。

就在那一瞬间，我惊讶得几乎要跳起来。

打印纸上，那些本来规则而整齐地排好版的宋体字全都变得歪歪扭扭的，有的甚至还挤成了一团，大部分则零零散散地分布在页面的边缘，看上去像是一幅拼图被人打了一拳的样子。我继续翻，所有的页面都是这样。终于，我的眼前出现了文档上本来没有的东西：一个铅笔画的怪兽！看它的样子，似乎在用角顶开排列在它前方的文字，努力地向前穿行着。我心里咯噔一下，赶紧向前翻了几页。果然，我看到了那些小人，它们正夹杂在文字的间隙里，状若飞奔。

“我一会儿重新打一份给你！”

“快点啊！明天开会要用的！”主任一脸不悦地走开了。

我想起来了，早上我把笔记本带到了办公室，这个计划书刚好是紧贴着放在笔记本下面的。是不是小人跑到笔记本最后一页后，然后就顺道跑到这个计划书上来了呢？

这件事让我再次吃了一惊。本来我以为它们是无法出现在除了笔记本以外的其他载体中的，但现在看来不是这样的。我把笔记本放在那计划书的下面，用力压着，过了一会儿再看，果然小人和那怪兽又重新回到了那笔记本上。

现在，计划书上只剩下些乱七八糟的文字了，就像一座战乱后的废墟。

这事儿挺有意思！

之后，我对于这种事便像上了瘾似的，乐此不疲地玩开了。我经常找一些不用的书籍，让小人和怪兽在上面碾压一遍，看着那些整齐的文字被撞得凌乱不堪，竟有一种另类的趣味。因为文字的阻挡，怪兽的速度明显减慢了，这一阵子，也不见它和小人的距离在缩短，而小人们停下来休息的时间却大大增加了。我偶尔还会看到，它们经常搬起一块块文字，翻来覆去地研究，似乎对这些密密麻麻排列着的东西产生了浓厚的兴趣。

这期间，公司组织了一次旅游，我带着妻子和儿子一起，去泰国度了一个星期左右的假。本来我对于A国的很多名胜景点很有兴趣，但考虑到现在的局势，去A国很有可能惹上不必要的麻烦。“泰国也不错啊，可以看看泰姬陵什么的。”妻子说：“唉，拜托，泰姬陵虽然有个‘泰’字，但它是在印度，好不好？”我在心里腹诽了一番。总之，我们最后还是去了泰国。走之前，我把笔记本放在一大摞书的顶部。我估计了一下小人和怪兽前进的速度，在我回来的时候，它们应该还在这堆书里面追逐。

回来的那一天，我按照估算的进度，抽出这摞书里的一本词典。那是一本老旧的《中国汉语词典》，似乎是我上中学时用过的，又厚又重。一翻，果然在词典的后部找到了那些小人。我颇为得意地笑了笑，再向那些小人细看过去。

那一刻，我仿佛被一大桶冰水从头顶灌下，全身突然僵住了。一股寒意从心里升起，笑容也似乎在脸上凝固了一般。

那些小人把词典上那一页的中央搬空了，腾出一片空白的区域。在那片空白的区域中，排列着一行歪歪扭扭、大小不一的宋体字：

主人啊，请拯救我们吧！

这些字明显是它们从字典的其他地方搬运过来，放在一起的。大概是没有标尺，所以这些字排列得不是很规则，但看得出它们已经尽力了。

它们正在试图和我对话！

我对它们可以如此迅速地领悟汉字的意义感到惊讶，而且，它们竟然不知道在什么时候觉察出了我的存在。我在它们的眼里是什么样的形象呢？大概是神通广大，或者说无法理解的存在吧。而且，我曾经竭力阻碍过怪兽的前进，所以它们应该也可以体会到我的善意吧。

就在这时，我突然冒出了一个想法。

我拿起笔，在那行字的下面写道："好，我会帮助你们的。"

合上笔记本，过了片刻再打开，它们又拼出了新的话："万能的主人，我们如何才能脱离这永恒的苦难？"

"要有火！"我回答道。

我试着教它们钻木取火。

首先，我让它们打造了一个尖锐的长条，再找了一块厚实的方块，在上面凿出了一个细缝，把长条插进缝里。"然后，快速旋转这个长条！"我吩咐道。

它们之后的行动让我很意外：它们拿着这个长条的一端，舞动着旋转了起来。

"不不不，不是这样转，应该是沿着轴向旋转！"

这之后，我努力向它们解释着应该怎么旋转，但它们仍然很难跟上我的思路。我花了很长的时间和它们交流，终于发现了问题的根源所在。不是它们笨，而是“沿着轴向旋转”这个动作在它们的世界根本无法完成。

它们生活在二维世界里——我终于确定了这一点。

我曾经仔细地思考过，二维世界里的它们何以会出现在我的面前呢？严格来说，我们这个世界没有什么东西是二维的，即使是单分子薄膜，也有它的厚度。如果一个真正的二维世界生物出现在我们面前，我们会发现它们吗？答案是：不会！因为真正的二维物体无法反射光线，也就无法被我们感知。

也许在我们周围的空间里，到处充斥着各式各样的二维世界，只不过没有被我们发现罢了。在这些繁多的二维世界里，因为某种巧合，一些世界可能和我们的三维世界产生了某种耦合，比如有可能是受到某种波动的影响，让它们的宇宙结构出现了皱褶——就像微风吹过的水面。这样，它们的世界从二维暂时变成了准二维，也就具有了与三维世界产生相互作用的可能。

无论如何，这个二维世界开始以某种方式投射在我们的三维世界里。与此同时，因为耦合的相互性，我们这个世界里的东西也进入了它们的宇宙中，并与它们产生了相互的影响。那些纸上的文字，和我笔下的涂鸦，就这样进入了它们的视野而得以与它们产生互动。

虽然不知道真相如何，但这是我能想到的最好的解释了。

既然转动行不通，那只有换一个思路了。其实钻木取火，关键在于通过摩擦产生热能，倒不一定非要通过转动的方式。我让它们拿着棍子，在缝隙里纵向摩擦，发现效果不太好。可能是接触不够紧密、接触部位太少的缘故。之后我又试了几种其他摩擦方式，最后形成的一套装置是：两个紧密嵌套的圆环，内部固定，外部的环上则缠上了一圈圈的细绳。小人拉着细绳的一端向外跑，可以带动外环转动，从而与内环持续进行摩擦。

随着一个又一个方案的推进，我对产生火焰的信心也越来越少。且不说这种程度的摩擦是否足以触发物质的燃烧，一个更根本性的疑问出现在了我的心里：在它们的世界里，物理法则和我们一样吗？

如果它们的物理法则和我们迥然不同——它们的物质的内能也许并非来自分子的热运动，甚至它们的世界里根本就没有分子和原子——那么，毫无疑问，这个摩擦生火的实验就会以失败告终。

但是事实令人欣慰：在一阵高速旋转之后，内环开始冒出淡淡的黑烟，然后猛地燃烧了起来。

我长嘘了一口气。看来，它们的世界虽然是二维的，但其物理法则，和我们的世界却是非常相似的。这也许正是这个二维宇宙能够和我们的世界产生耦合的原因吧。

我静下心来，饶有兴味地观看眼前的画面。我第一次看到了二维世界的火焰是什么模样。它焰色泛青，燃烧得迅速而猛烈。虽然只能看到静态的画面，但我也能想象出，在真正的二维世界的彼端，这场大火是多么震撼地席卷了大片空间，简直和爆炸相类似了。

我记得曾经在某本科普书里看过，维度越高的物质，其性质越稳定，比如一个三维的简单立方晶格，每一个原子都和六个其他的原子通过化学键相连接。而在一个单层的准二维晶格中，每一个原子与外部相连的化学键的数量便减少为了四个。宏观物质正是通过这些化学键，形成了自己稳定的结构，也就是说，三维的物质，往往比二维的层状物质更稳定。

眼前的大火如此猛烈，很显然，在它们的世界里，物质更容易发生“燃烧”这种剧烈的氧化还原反应。

小人们都惊呆了。它们满是敬畏地看着这有如神迹般的现象，身体开始不自觉地向远处躲去。即使我命令它们拿着一根长棍去引火，它们也战战兢兢的，半晌不肯靠近火焰。最后用了很长的时间，它们才逐渐消除了对火的恐惧，并且成功地把手中长长的“火炬”引燃。

在彼端的世界里，这些小人第一次掌握了一种非自然的力量。这种力量也让它们在凶恶的怪兽面前，第一次拥有了一丝与之相抗的勇气。

火种已经点燃，接下来，它将会燃向何方呢？

第三章　女儿

小张也会和妻子吵架，这让我大吃一惊。

起因竟然是给女儿起名字的事。他妻子前几天生了个女儿，这几天因为要办出生证明，需要起一个名字。在这件事上，他和妻子的意见出现了分歧。他起的名字是“张心琪”，他妻子却执意要用“张银娇”这个奇葩的名字，理由是有“银”又有“娇”，长大以后可以嫁到有钱人家。

“庸俗！”他灌了一口酒，闷闷地说。

“是啊，这名字也太难听了。”我拍拍他的肩，“我支持你。”

“我平时什么事情都依着她，这回她为什么就不能听我一次呢？”他好像有些醉了，口音变得有点儿奇怪。

“对，名字是很重要的。名字起得不好，可能还会造成孩子的自卑心理。这件事你可一定得坚持。”

那天我们是在一间灯光昏暗，却异常冷清的酒吧里。他虽然只喝了一瓶啤酒，但已经醉得话都说不完整了。后来我才知道，他平时是滴酒不沾的。最后我只好把他塞进出租车里，并且把他家的地址告诉了司机。第二天上班，他还是一丝不苟地穿着西装打卡进了办公室，一点儿也看不出昨夜的醉态。只是在下班以后，他把我拉到一边，偷偷地跟我说：“我们决定抓阄。”

“什么？”

“名字啊！抓到哪个算哪个！”

“哦……”我想起了昨天他说的起名字的事，“这样也不太保险了吧？万一抓到那个烂名字怎么办？”

他叹了口气说：“没办法，我又争不过她，这已经是我争取到的最好结果了。”说到这里，他有些神经质地看了看四周，凑到我耳边说：“不过啊，我看过一本魔术解密的书，有一种手法……”他把手伸到我面前，正反面都给我看了看，什么都没有，“让你想抽到什么，就抽到什么！”

说到这里，他中指和无名指微微张开，从指缝间掉下了一个不起眼的小纸团。

“今天一整天我都在练习。”他一脸认真地说。

抽名字的那天我也在。作为他在办公室里少有的同事朋友，我偶尔也会去他家里打扰一番。他妻子看上去柔柔弱弱的，不像是那么固执的人。

我从一个签名本里撕下两张纸，一张写上“张银娇”，另一张写上“张心琪”，然后仔细地折叠成小小的方块，放进一个纸箱子里。

在妻子的注视下，小张慢慢地把手伸进箱子里。我注意到他的腿在微微发抖，看来是紧张得不得了。突然，我在他的脚下看到了一个白色的碎屑。我弯腰假装系鞋带，不动声色地捡起了那个碎屑，打开一看，上面写着“张心琪”三个字。

“糟了。”我心里暗道一声。

计划是这样的。他用隐蔽的手法，事先夹好两张写着不同名字的纸条，把手放进箱子里。食指和中指间，夹着“张银娇”，无名指和中指间，夹着“张心琪”。之后，他把两张纸条释放到两个不同的位置，然后把“张心琪”那张拿到手上。不要忘了，箱子里本来还有两张纸条，他需要把那两张纸条找到，把他们重新隐藏到指缝间，再把手抽出来。

整个过程最难的是，在箱子里单手把纸条隐藏起来的这一步。所以，事前他反复练习的，也是这一步。可是事到临头，他显然太过紧张，竟然让指缝间夹着的纸条掉了出来。

他的腿抖得更厉害了。我想他现在应该发现情况不对了。

现在他的指缝里，应该只剩下那张写着“张银娇”的纸条了。

他的脸色灰白，手僵硬地在箱子里左右晃动着。

过了片刻，他似乎死心了，硬着头皮，终于把手伸了上来。手里拿着一张纸条。我想他应该没有释放指缝间的纸条，而只是随机地从里面拿了一张上来。

毕竟，他把最关键的那张掉在了地上。一切安排都失去了意义。

他耷拉着脑袋，像一只斗败了的公鸡。虽然还没有打开纸条，但显然他已然受到了巨大的打击。

我从他手里拿过纸条，慢慢地放在面前的茶几上。电风扇吹得纸条轻微地晃动，我便从随身背着的公文包里拿出一个笔记本，把纸条小心地压住。我看着他们夫妻二人的脸，认真地说道："既然找我来做公证人，那就应该尊重我，尊重抽签的结果。待会儿，我打开纸条以后，不管名字是什么，你们都要认可，不要再为此争执了。你们同不同意？"

两人都默默地点了点头。

我把笔记本拿开，取出纸条，展开：张心琪。

小张瞪大了眼睛，一副不敢相信的神情。过了半晌，才听到他长吁一口气的声音。"运气到底是站在我这边的。"他大概是这么想的吧。

事后，我翻开笔记本，在最后一页，看到了"张银娇"三个字。当然了，那是小人们从那张压着的纸条上搬过来的。

我并不打算告诉他真相——就让他做一次幸运先生吧。

小人们非常乐意帮我这些忙，因为我终于替它们除掉了猛兽。

它们非常聪明，远超乎我的想象。自从我教会它们用滚轮摩擦起火后，它们便对这种机械装置产生了浓厚的兴趣。它们制造出了各种各样的机械零件，拼凑在一起，观察它们的联动效应。很快，我就在这些幼稚的简单机械中发现了斜面、杠杆、齿轮、滑轮等基本的机械单元。小人们很快就总结出了这里面的数学规律，开始自主设计一些更为复杂的机械装置。几天后，它们制造出了一架庞大的机械弩，等怪兽来临的时候，第一次主动向其发动了攻击。

攻击没有取得任何效果，怪兽被激怒了，一掌拍碎了机械弩，小人们再次仓皇逃窜。

可是它们并没有放弃，继续改进弩的制作工艺，并且找到了一种更好的弹性材料，绞合起来作为弦。第二次进攻让怪兽受了轻伤，但结果还是以小人的溃败告终。

之后，不管它们如何改进制作工艺，始终无法对怪兽造成真正的威胁。它们只好再次求助于我。

这几天我也一直在思考如何消灭这个怪兽的问题。有一天，我看到铅笔盒里的橡皮，突然产生了一个大胆的想法。

既然我用铅笔画的图像可以在二维世界里变成真实的东西，那么我用橡皮擦掉画中的事物，会对那个世界产生什么样的影响呢？

我翻开笔记本，用橡皮擦掉了那只怪兽。

怪兽消失了，从此以后再也没有出现过。

对于这件事，我是这么考虑的。虽然从二维世界的角度来看，有时候物质会凭空消失，或者凭空产生，其实这并不奇怪。因为与我们这个世界的耦合，那个二维世界从一个封闭系统变成了一个开放的热力学系统。两个世界产生了物质交换，交换的通道，便是我手下的这个笔记本。

总之，我就这样拯救了它们。

看着这些可以安心生活的小人，我刚松了一口气，另一个“小人”却又哭哭啼啼地来到了我面前。那是我的儿子。

“你儿子被人打了，你也不管管？”妻子怒气冲冲地责问我。

说起来，这事我还真有责任。因为几个争议岛屿，最近与A国的矛盾越发激化了。最近一段时间，海上冲突不断。电视和报纸上每天都是舰船对峙的画面。两个国家，互不让步，事态丝毫看不到缓解的迹象。人们的排外情绪也分外高涨，不时就有A国产的轿车被不知道什么人给砸得稀烂。儿子的同桌是一名混血儿，母亲是A国人。不知道怎么回事，成人世界里的紧张气氛显然也对校园产生了影响——这位混血小孩开始被班上很多同学欺负。

“A国人都是大坏蛋！”调皮的同学向混血小孩挑衅般地喊道。

“我不是A国人。”后者也不甘示弱地反击。

“你妈妈是A国人。你妈妈是大坏蛋！”

“我妈妈不是大坏蛋。”

“就是，就是。我爸爸说的，他们都是大坏蛋。”

“我妈妈不是大坏蛋！”这个小孩突然冲上去，抱着前面挑衅的男孩，滚到了地上。两个人顿时扭打成一团。其他的孩子有起哄的，也有合伙帮着踢打混血小孩的。

说起来，儿子曾经问过我这个问题：“A国人都是坏蛋吗？”

“当然不是啊。”我理所当然地回答。现在想来，就是这句话让儿子也挨了打。

那时候，儿子挺身而出，想把他同桌从地上拉起来。其他孩子问他：“你怎么帮他？”

“我爸爸说A国人不是坏蛋。”

“胡说！A 国人都是坏蛋。你帮他，你也是坏蛋！”

就这样，儿子也被视为 A 国人的同伙，足足挨了几下。我看着站在我面前哭哭啼啼的儿子，一时也不知道该怎么安慰他。

虽然我很快联系了他们的班主任，而后者也立刻批评教育了那几个调皮的学生，让他们向我儿子道了歉。但儿子从此在班上便开始备受排挤，到处都有莫名的敌意冒出来。

没办法，过了不久，我们只好让儿子转了学。

这件事着实让我闹心了一阵子。在小张女儿的满月酒上我还向他抱怨来着，那时候我喝了些酒，借着酒劲儿说了些什么“还是女儿好啊，女孩子不会惹事”之类的话。在席间，我就看了他女儿一眼，因为周围一大堆亲戚抢着要去抱这个小家伙，人群围得里三层外三层的，吵吵嚷嚷，简直像是见识一件了不得的宝物似的。

像所有的爸爸一样，小张非常宠爱这个女儿。每次下班回家，我们从公司去往地铁站的途中，都会经过一家婴幼儿玩具店。他总是不知不觉就走进店里，认真地挑选起那些花花绿绿的小玩意儿来。

“这个昨天不是买过了吗？”有一次，看着他拿在手里的布偶，我提醒他说。

“不一样。”他把东西摊在手里，给我看，“看这里！昨天买的是红头发，手张开的，这个是粉色的头发，而且手的姿势也不同。”

我盯着布偶仔细看了看，似乎确实和上次买的有些不一样。我突然觉得有些惭愧起来。我很少给儿子买什么礼物，印象中买得最多的是各种启蒙识字用的漫画书。这大概和我喜欢看书有关系。

在儿子眼中我是一个什么样的父亲呢？我想，他大概觉得我很无趣吧。

第四章 战争

战争就像人类的某种阵发性群体症，在漫长的文明史上，每隔一段时间，它就发作一次。起因多种多样：为了地盘、为了资源、为了复仇、为了权力、为了女人……规模有大有小，小的近乎群体斗殴，大的则席卷全球。虽然有些战争是毫无征兆，突然爆发的，但大多数情况下，其总是有迹可循的。在事前，双方的气氛总是剑拔弩张，政府间互相抨击对方，民众的情绪也逐渐高涨，就像在一间瓦斯泄漏的屋子里，一丁点儿火星就可以引爆。

现在与A国的情况，就是这样。

走在街上，到处都是义愤填膺的声音，那些声音大骂着A国人如何卑鄙龌龊，如何亡我之心不死，如何妄图夺我国土。本来历史上就和A国打过几场仗，现在旧恨未消，又因为在几个岛屿上的领土争端，彼此添了新仇。

“不要说什么A国人也有好人的话了，知道吗？”我告诫儿子说。我怕他又被别的孩子欺负。现在别说这些小孩，就是我，在办公室里聊天时，也不得不更加小心谨慎了。前几天有激进的游客在A国的一个知名景点放了一把火，因为那里都是木质结构建筑，结果造成了一场严重的火灾，死伤无数。消息传回，举国震惊，而细看那些网上的评论，竟然绝大多数都是赞赏之语。政府的发言人仍然是一如既往地互相指责对方，言辞也越发激烈了。

几天后，两国互相召回了各自的大使。

我仿佛已经闻到了浓浓的瓦斯味。

火星在不经意间便出现了。两国在争议岛屿上方的巡逻机偶然发生了擦撞，飞行员虽然及时弹射出仓，跳伞逃生，但是后续赶到的双方的战斗机却做出了惊人的举动。不知道是谁开的第一枪，总之，在不知不觉中，他们便已经处于互相开火的境况中。事后有人猜测，很可能在双方的飞行员中，有一位激进的民族主义者——他引燃了这场战争的导火索。

战争就这样爆发了。虽然两国政府都指责是对方发动了战争，但这已经不重要了。

不知道从何时起，城市的上空便不时响起防空警报的声音。看着天空，偶尔会发现一些快速移动的小黑点——那便是 A 国的无人轰炸机。它们对这个城市并没有兴趣，只是从灰白色的上空一掠而过，像迁徙的大雁，排着队，目的明确地向前方翱翔而去。防空导弹网开始在城郊部署起来，接着便可以看到几个黑影蹿起，带着红色的尾迹，陡然冲向那无人机的机群。

同事间大部分时间谈论的也是关于战争的话题。昨天又轰炸了 A 国的什么海军基地呀，击沉了几艘军舰哪，哪里又爆发了大规模的游行示威呀，物价又上涨了多少哇……如此之类。

这天，小张突然神神秘秘地跑到我跟前，面有喜色。我以为他也是从哪里听来了什么关于战争的小道消息，要说与我听。没想到他却拿出了手机，打开了一段录音。声音很小，我附耳过去，仔细听着——那好像是婴儿在嘟囔。突然之间，一道清晰的声音传出，那声音虽然稚嫩，虽然音调不准，而且带着一种不自然的拖长音，但我还是在第一时间听懂了。

“爸……爸……”

我转过头，看着小张，他一脸得意地说:“我女儿会喊‘爸爸’了!”

“这有什么了不起的，我儿子九个月就会了。”我一脸不屑地转过身去。我可以理解他的情绪，想当初儿子第一次叫我“爸爸”的时候，我也曾激动得不能自已。况且，他又是那么宠他的女儿。

他没有不高兴，还是乐呵呵地拍了拍我的肩，回到了自己的座位上。那天，我注意到，他过一段时间就会打开手机，戴上耳机听几分钟的录音。听的时候，眼珠子一动不动，嘴巴咧开，一脸陶醉状。

说起来，最近这段时间我很少去关心那些铅笔小人了。主要原因是我发现它们的科技发展停滞了。那个在短时间内便发展出各种机械装置，梳理出一整套刚体力学框架的聪明的种族，似乎一夜间被人掉了包，变成了一群懒惰散漫、不思上进的家伙。每次翻开笔记本，看到的都是差不多的画面，唯一的变化，便是他们的人口开始增多。刚开始，我还认真地研究了它们如何抚育自己的小孩，但我发现这个过程和我们也差不多，并没有什么特别之处。久而久之，我也就不常去看他们了。

今天，又到了等下班的时间，百无聊赖的我打开网页，去各大门户网站逛了一圈，发现全是关于战争的新闻。我叹了一口气，一时兴起，便从办公桌里翻出笔记本来，准备看看这些小人。

几秒钟后，我看到了一幅让我完全意想不到的画面。小人们会聚成两部分，形成了两个类似部落的群体。在两个群体的接壤处，小人们拿着长矛和弓弩对峙着，在另外的地方，有的小人已经混在一起，肉搏了起来。我瞪大了眼睛，仔细扫过整个画面，终于确信，眼前确实发生了一场非同寻常的事件：战争。

小人们竟然也会发生战争，这完全出乎我的意料。想当初，在怪兽的追逐下，它们是多么的团结。虽然那时它们的力量远比现在微弱，但会聚在一起，足以抵御怪兽的袭击。

现在想来，我用橡皮擦消灭了怪兽，对他们而言，倒未必是一件好事。没有了悬在头上的达摩克利斯之剑，它们便开始有了私心，开始为了自身的利益而互相争斗。另外，没有了来自外部的强烈威胁，也就没有了发展的动力，我想，这正是这段时间以来，它们的科技进步缓慢的原因。

我拿起铅笔，开始与它们进行沟通。

作为主人一般的存在，它们对我还是相当有敬畏感的。见我出现了，两派都争相向我告状，讲述对方是多么的邪恶，做了哪些人神共愤的事情。从这些话里，我可以听到各种带有偏见和歧视的叙述，这让我顿时产生了时空错乱之感，仿佛在看某个论坛上抨击A国的帖子。不过，我还是耐心地倾听着它们的述说，然后劝导它们应该彼此体谅。

这些劝导确实起了作用。它们收拾好武器，愤愤不平地回到了各自的部落。我欣慰地合上了笔记本，长长地嘘了一口气——不管怎样，我阻止了一场战争。

可惜，我并没有为自己的行为高兴太久，这些小人便再次兵戎相见了。第二天上午，我翻开笔记本的时候，画面中已经出现了一些战死的小人了。我再次发挥自己的影响力，暂时中止了这场战争。后来几天，小人们之间且战且和，而我发现，自己的劝导正在逐渐丧失原有的作用——它们开始不太听我的话了。

终于有一天，我只能手足无措地看着它们，完全无法阻止战争的进行。

这时，我突然冒出了一个有些邪恶的念头：让我把怪兽找回来吧！

我小心翼翼地翻开笔记本，在小人们所在页面的前面几页，开始描绘一个怪兽的图像。我并不确定这能不能成功，因为以前我还从来没有画过有生命的东西。我仔细回忆起以前那个怪兽的样子，再把它付诸纸上。半个小时过去了，虽然我画得不是太好，但一个似曾相识的怪兽的图像再次出现在了笔记本上。

我合上笔记本，闭上眼，等待了片刻。重新打开本子的时候，我发现，那个怪兽果然向着前方移动了一定的距离。

它活了！怪兽再次回到了这个世界！

小人们看到怪兽时的震惊和恐惧是可想而知的。当它们仍然混战成一团时，一个庞大的黑影缓缓出现在了它们的身边。它们抬起头，望着这个曾经主宰着这个世界的生物，睁大了眼睛，愣了片刻，然后开始飞快地逃跑。它们把手中的长矛都扔向了怪兽，可是毫无用处。怪兽仍然以它固有的步伐，不急不缓地向前追逐着。

一切仿佛又回到了最初的起点。

在这个无可抵御的威胁面前，小人们重新团结了起来。它们抛弃成见，密切合作，那个聪明而富有灵性的种族又回来了！而且，这一次它们走得更远。

相对我们的世界而言，在二维宇宙中，化学键更不稳定。这让化学能的利用显得更加自然和方便。三天后，小人们便制造出了第一个利用化学能驱动的引擎——“工业革命”开始了。

这之后，它们制造出越来越厉害的热武器，对怪兽的抵抗也越发有力起来。一个星期以后，一枚威力巨大的炸弹在怪兽的脚下被引爆。这个庞然大物终于轰然倒地，停止了它前进的步伐。

看着一团蘑菇云从怪兽的尸体上腾腾升起，我再次生出一股强烈的错愕和非现实感来。

战胜了怪兽的小人们，这次没有重蹈覆辙。它们的科技继续突飞猛进地发展着：我看到纸上出现了类似汽车的一种交通工具，很快，飞艇也出现了。接下来，二维的晶体管，二维的可编程计算器，各种二维的智能机械也出现了。渐渐地，我发现自己的知识水平已经跟不上它们的步伐了。它们发明了一种奇妙的信息传输方式，然后以此构成了一个庞大的联通网络。这之后，很多造型奇特而优雅的装置开始出现在它们的生活中，而我却看不明白这些东西是干什么用的。

有一天，我正在整理一份文档，突然看到一个熟悉的身影出现在文档的页面底部——那是一个铅笔小人。奇怪，我想，这份文档并不是和笔记本放在同一个抽屉里的啊！那些小人是怎么跑到这个文档里来的啊？

“你怎么会在这里？”我在他身边写下这个问题。

“这是一次空间跃迁实验。”他回答道。

“空间跃迁？！”我看着那四个字，久久说不出话来。

他们就这样把人类甩在了身后。

第五章　怪兽

人生就像一列飞速前行的列车，不同的是，前方的每一寸轨道都铺在你从未去过的地方。你不知道前方有什么样的风景，也不知道哪里埋伏着什么样的危险。你以为铁轨会一直延伸下去，但它却往往在你意想不到的时候断裂了。

那是一个很平常的下午。防空警报又一次响起，我挤在人群里，一起向地下避难室走去。天上的无人机最近开始对城里的一些军用设施进行轰炸，虽然有时候也会误炸一些民房，但这种事情发生的概率很小，所以说实话，我们在撤离的路上也没有多担心，只是例行公事般默然前行，最多是嘴上骂两句，心里有些无奈而已。

经过一座悬梯时，突然有一个小黑影从悬梯上掉落下去。那东西沿着悬梯下的倾斜路面持续滚动着，一直滚到了马路尽头。我向人群里看了一眼，只见小张正焦急地看着那个路口处，脸色有些犹豫。

“是你的东西？”我挤过去问他。

“嗯，”他有些沮丧，“给女儿买的玩具，刚才在悬梯上太挤了，手滑了一下。”

“算了吧，不要了。”我看着前行的人群，“回头再买一个。”

“那是最后一个了。”他显得更加难过，“我找了好多地方，才在一个偏僻的小店里找到的。”他犹豫着停下了脚步，一会儿看看那个路口处，一会儿又回头看看移动的人群。过了片刻，他终于下定决心，说："你等等我！"

他慢慢退下了悬梯，来到了空无一人的马路上，冲我挥了挥手，然后便向路口跑去。我也停了下来，看着他逐渐接近那个玩具。那时候，我倒也没觉得这事有什么危险，只是在心里腹诽了一下他对女儿的娇宠罢了。

终于，他到了路口那座五层小楼的下面，捡起了玩具。

"快点儿吧！"我远远地喊了一句。这时候，人群已经离开我们有几百米远了，我怕待会儿跟不上。

他没有应我，只是拿起那个玩具，拍了拍灰尘，然后翻看着检查了起来。也许是发现没有什么破损，过了一会儿，他很高兴地抬起头，望了我一眼，准备往回走。

就在这时候，意外发生了。在高空，突然响起一阵巨大的爆炸声，伴随着一道红光，某个黑影从天上急速地坠落下来。那是一架被防空导弹击中的无人机。那黑影呼啸着，离我们越来越近，而且，似乎正好就是冲着我们这个方向而来。

虽然我心里面陡然升起了危险的感觉，但在当时，脚步却完全无法移动，只有仰着头，看着那从天而降的黑影。

"嘭"的一声巨响，那无人机巨大的残骸掉落在了前方路口处的那座五层小楼上。小楼的顶层瞬间塌陷了，石块飞溅。

"啊，小张呢？"等我反应过来，仔细看去，他已经倒在了地上。"天杀的！"我大骂了一句，然后飞快地下了悬梯，向那边跑过去。

我永远不会忘记那天的情形。血从小张的额头上汩汩涌出，像泉眼里涌出的山泉。那里似乎被小石块或者别的什么东西击中了，出现了一个比拳头略小的血洞。我不敢去扶小张，怕会对他造成什么更严重的伤害，只是慌慌张张地拿出手机，拨打了急救电话，然后便蹲下去，大声地喊着他的名字。

他的意识渐渐模糊了，对我的呼喊也逐渐失去了响应。我注意到他的嘴巴一张一合，似乎在说着什么。附耳下去，我认真地倾听着他已经口齿不清的话，仔细地分辨着他说的每一个字。

“琪琪……名字是你……帮我……换了……我知道……谢谢你……”

刚开始我没弄明白他在说什么，后来我突然反应过来，他在说给他女儿起名字的那件事。他好像也发现了我似乎在里面做了什么手脚。后来我认真想了想，他应该是检查了箱子里剩下的那张纸条，然后才发现了这里面的蹊跷之处。

他的声音逐渐微弱起来。等救护车赶到的时候，他已经一动不动，完全失去了意识。血还在从他的身体里一点点流出。他像一个破掉的容器，再也无法承载这些红色的液体了。

就这样，我目睹了这场战争发生以来，第一千七百名人员死亡的全过程。小张的名字在隔天报纸上那一长串人名中，还是那么不起眼，就和他平时在公司的人员名单上一样。

我拿着报纸，手止不住地颤抖。如果当时我阻止他去捡那个玩具，也许这一切就不会发生。一股洪水般猛烈的内疚感突然从我心里涌出来，使我近乎窒息。在这一刻，战争的残酷以一种无比生动、无比痛彻心扉的形式，淋漓尽致地展现在了我的面前。

我突然对这一切产生了某种顿悟。这种事情是多么愚蠢啊！付出了如此惨重的代价，我们最后又得到了什么呢？这一切真的值得吗？

小张的追悼会简单而低调。除了同办公室的几个同事和几个亲戚，几乎没有来什么人。公司的一个小领导简单地说了两句，都是些陈词滥调。整个过程，我一直低着头，我不敢看他妻子和她手上抱着的女儿。

与此同时，战争却似乎并没有停止的迹象，相反，因为B国的突然加入，整个战局一下子变得更加复杂了。与A国不同，B国和我们一样，都是足以影响世界局势的大国。更让人担心的是，这是人类历史上，第一次两个拥有核武器的国家陷入了战争之中。

对于战争的前景，社会观感开始逐渐变得悲观起来。人们忧心忡忡地浏览着新闻，妄图从中找出一丝缓和的迹象。可是到了这个时候，很多事情已经不以个人的意志为转移了。

“我们承诺不首先使用核武器，但绝不放弃使用的权利！”报纸上总是这样说。

虽然如此，但总是无法给人安心的感觉，反而让人感到更加恐惧了。

“那种事情……应该是不会发生的吧？”

“谁知道呢？唉，真要到了危急关头，那也不好说。”

“我听说，现在最厉害的不是核弹了，是另外一个叫什么……什么来着……”

“中子弹。”

“啊，对，对，就是这个名字。据说比核弹还恐怖呢！”

“屁！那玩意儿就是一种小型氢弹，没什么了不起的。”

周围的人这样谈论的时候，我只是一语不发地看着手中的笔记本，愣愣地发呆。我想起了那些小人的战争——最后，因为我画出的怪兽而停止了。我突然想，要是现在在地球上，突然出现一头这样的怪兽，人类会不会停止这场愚蠢的战争呢?

这样想了一会儿，我便苦笑着摇了摇头。怎么可能会有这种事情出现呢!

退一步说，真要像那些爆米花科幻电影一样，从地下或者太平洋里蹦出几个哥斯拉之类的怪兽，在人类猛烈的攻击面前，恐怕也坚持不了多久吧。

因为B国的加入，战争果然如预想一般扩大了。听说C国和D国也可能在近期加入战团。看样子，这局势已经不是谁想停战就能停得下来的了。

很多工厂已经停工了。我们公司虽然还在坚持上班，但来的人也越来越少了，估计也坚持不了多长时间。因为城里有几个疑似军用的目标，对城区的轰炸也越发频繁起来。学校也都停课了。我已经和妻子商量好了，过段时间就带着儿子去乡下的大舅子家里避一段时间。老是听到尖锐的防空警报在夜晚响起，搞得我都快神经衰弱了。

公司很多业务都停了，去上班其实也没什么事。无聊的时候，我倒是对小人们的近况又关心起来。现在我已经很难理解它们的行为了，虽然看着它们在一大堆奇怪的机械面前忙碌着，可是却并不知道它们到底是在干什么。不过我倒是看出来有一个圆锥形的容器，那东西的作用是进行空间跃迁。每一次一个小人进去以后，它就消失在这个页面上，不知道它去哪里了。我在越来越多的纸张上看到了这些小人的踪迹，它们出现在我家里的各种书籍和报纸上、公司里的很多文档上，最近甚至已经可以直接出现在我的 iPad 屏幕上了。

“你们倒是哪里都能去了啊！”我感叹道。

“也不是哪里都能去。”小人表述，“在你们的宇宙中，只有一些准二维的界面，比如纸张、液晶显示屏、塑料薄膜等，才可以与我们的世界建立起稳定的耦合，让我们进行空间跃迁。”

“那也很厉害了啊！”我仍然衷心地赞扬道。

就在那时，一个模糊的想法开始出现在我心里。我仔细地思考和推敲了一下，这样做会有什么后果呢？那几天，我几乎沉溺在这个念头之中，连吃饭、睡觉的时候脑子里也一直在琢磨这件事。随着时间的推移，这个想法在我的脑海中逐渐变得清晰起来。

几天之后，我翻开笔记本，找到几个小人，在它们旁边用铅笔认真地、一笔一画地写下了四个字：

“帮我个忙！”

以下画面，一段时间以来，频繁地出现在电视屏幕上，在视频网站上的点击率也非常高。它们有的是通过各种摄像头拍下的真实影像，有的则是来自各种影视作品的片段。即使作为始作俑者的我，每次看到这些画面的时候，也会不由得产生一种惊心动魄的感觉。

我随便描述几个这样的画面。

B 国，总统办公室。总统正翻阅着最新的战报，这已经变成了他每天早餐后的习惯。战局很纠结，国内最近也掀起了一阵阵反战的浪潮，让他的支持率下降了不少。他皱着眉头，拿起一张还带着清新墨香的文档，靠在椅子上认真地看了起来。突然，他的眉头打直了，两只眼睛瞪得滚圆，仿佛见鬼了一般。显然，他完全无法理解眼前发生的事情：纸上的字母突然自己移动了起来，而在页面的中央地带，组合成了一句简短的话。他猛地扔掉了手里的文档，哆嗦着站了起来，犹豫了片刻，定了定神，终于拿起了桌面上的一部红色电话。

某导弹发射基地，一位士兵正注视着显示屏上敌机的运行轨迹。突然，有一些莫名其妙的黑点从屏幕周围慢慢移动到了中央。他用手抚了抚屏幕，当然擦不掉了。什么东西啊？他有点儿奇怪地想，正要向指挥官报告，却看到那些黑点又一点点地散开，慢慢组合成了一行清晰的汉字。

一所西南小城的重点高中。这里暂时还没有受战争波及，学校里还像往常一样书声琅琅。现在是上课时间，所有的教室里都整整齐齐地坐满了学生。课桌上，摆放着各式教科书，老师们正在一边大声强调重要的知识点，一边在黑板上奋笔疾书。“咦，什么东西？太深奥了吧……”一些嗡嗡的低语声突然在教室里响起。仿佛是在平静的水面上投下了一颗石子，某种不同寻常的气氛开始在课堂上传播开去。等老师略带不满地转过身来，准备整顿一下课堂纪律的时候，整个教室里却陡然爆发出一阵惊呼，伴随着不时传出的大口吸气的声音。在所有的教科书上，那些文字都颤颤巍巍地扭曲着、移动着，或者怪异地拆散开来，而一些新的文字在书本中央渐渐形成。

…………

类似的画面数不胜数。简而言之，在那个普通的上午，整个地球，所有正在被人阅读或观看的报纸、书籍、文件、电子书、电视、电影屏幕……所有这些有文字或画面的准二维材料的界面上，都发生了一件骇人听闻的事：那上面原本显示的内容都扭曲着移动到了边缘，而一句新的话则醒目地出现在了界面的中央。这句话有各种各样的语言版本，根据它出现的地区所最常用的语言显示，但意思都是一样的。在以中文为主的地区，这句话是这样的：

美味的地球虫子们，我来啦！洗干净等着我吧！

之后，这句话被无数的政客、科学家、社会学家，甚至灵媒解读过，但因为它是如此简单，语义又是如此明确，任何一个识字的普通人都可以明白它所表达的含义。那就是，某种异类，大部分人认为它是某种外星生物，正在前往地球的路上。而糟糕的是，人类在它面前，似乎只是一种美味的食物。

这个事实简直震惊或者说激怒了所有的人。每个人都从心底感受到了一种深刻的藐视，那和人类互相之间的藐视所不同，它根本就是把人类文明视若无物。

愤怒之后，接下来便是无边的恐惧。没有科学家可以解释清楚，为什么纸张上的文字可以自行移动，其原理到底是什么，这种外星异类的科技发展程度到底比人类高多少。各种访谈和专题栏目做了一期又一期，结论只有一个：它们的科技水平深不可测。

整个地球，大概只有我仍然保持着平和的心态。

没错，这事是我干的。

既然不可能有什么怪兽出现在地球上，那我就伪造一个出来。

结果一如我所预料的那样：战争在悄无声息中停止了。没有人宣布停战，他们只是默默地撤回了所有的士兵和攻击武器。也不再有人谈论之前的战争了。如果不是那些在轰炸中留下的残垣断壁还依然存在，这一场轰轰烈烈的战争简直就像从未发生过一样。

在这种压倒性的恐怖威胁面前，人类终于开始团结起来了。

几天后，联合国举行特别扩大会议，讨论如何应对此次威胁。所有的国家元首，友好的或不友好的，都坐在了一起。他们神情严肃，目光中再也见不到平素那种对彼此的歧视和偏见了。他们真诚地握手，如好久不见的老朋友一般。

有一天，儿子突然跑过来，拿着一本破旧的笔记本。

“爸爸，爸爸，它上面有奇怪的小人！”

“嗯……哪里啊？”

“这里，”他指着一个铅笔小人说，“它还会动呢！”

我看了看周围，没有别人，便低下头，轻声对儿子说：“过来，我告诉你一个秘密。不过，你可不许告诉别人哟！”

儿子瞪大了眼睛，使劲点了点头。

冰冷的救赎

文\焦策

一　权昌永，韩国海军陆战队炮手
阻敌地点：仁川海岸

我摊开记事本，并把录音笔调到Open挡，随后示意权昌永开始。

“我这么说你可能不太相信，因为战斗一打响，我就觉得要输。”

“为什么？”我一边记录，一边发问。

“因为我们根本无法取胜。”权昌永清了清嗓子接着说，“仁川是当时韩国最大的军港，除了常驻海军、陆军，还有我们盟友的军队。关键是，我们有电磁超导岸基轨道炮，500毫米口径，光炮弹就有这么大。”

权昌永用双手画了一个圆，比画了几下。

“我们在战前曾开玩笑说‘哪怕是敌人开着航母来了，一旦开战，也不会是轨道炮的对手’！”权昌永眉飞色舞地描述着。

“那你为什么觉得打不赢？”

“为什么？！”权昌永脸上的表情有些僵硬。

停顿了几秒钟，我分明地看见权昌永的眉头皱在一起。

“因为……第一发炮弹打出去以后，落在了海里……”

“没打中？”

“我们起初也是这么认为的，直到第二发炮弹打出去才看清楚，炮弹穿过了敌人防线直接落到了后面的海洋中。”

“那就是打中了。”

权昌永摇了摇头。

“不是那样的。命中的不是敌人实体，而是一种类似于幻象的舰艇的影子。敌人毫发无损，推进速度也没有任何减慢的迹象。当时我们的第一反应是敌人的实体绝对隐藏在海浪以下，于是立刻更换弹头，把470毫米的彻甲榴弹全部换成铝热燃烧弹，并且让射击的瞄准点降低到浪涌的根部。随后，六门轨道炮齐射。按照预想的那样，海浪被扯开了一条口子，三千摄氏度的高温能瞬间汽化了一大部分，剩下的则是爆炸产生的激波，沿着爆炸点为圆心的曲线向两边扩散。我当时就在海岸炮台上，将整个过程看得很清楚，浪涌在这次攻击过后明显减慢。是的，那是一种用肉眼就可以感觉到的变化。所有人几乎在这一刹那，触到了底部，发觉（胜利）也并不是那么难。”

权昌永说到这里，忽然有些语塞，脸上的表情逐渐凝重起来，并开始用舌头舔自己的牙齿。

“但是……”

“但是什么？”

权昌永闭上眼睛，左手的食指和中指按住鼻头，拇指则撑住下腭。

“但是，你绝对想不到接下来的场景……”

二　斯威特洛，俄罗斯坦克驾驶员；伊万，俄罗斯坦克车长 阻敌地点：意大利边境

对于俄罗斯老兵的总体印象，我认为用两个词足以概括，那就是“不善言辞”和“不修边幅”。就像此时我面前的伊万，他沉稳得像一辆 T99 重型装甲坦克。

然而斯威特洛却极大地颠覆了这个形象，他的滔滔不绝仿佛是与生俱来的。

“简直是太过分了，没有一个政治家站出来说两句。你知道吗？特别是在战争结束之后，他们（政客）就像是老鼠一样躲了起来！想当年，从亚平宁、阿尔卑斯直到乌拉尔，我们机动了大半个欧洲，牵制敌人陆上三分之二……哦，不对，应该是五分之四的兵力！而我呢？你瞅瞅，到现在也只是一个在酒吧里喝酒吹口哨的普通人。啧啧！”

斯威特洛一直在抱怨，旁边的伊万则静静地听着。

“听说法国人的攻势很猛烈，是吗？”我转向伊万。

“他们很强。”伊万平静地回答。

“哦，不，不，不。”斯威特洛抢着说，“他们并不强，反而笨得要死！”

“为什么？”我问。

斯威特洛咽了一口吐沫，然后开始讲。

“我说他们笨得要死，这点是有凭据的，伊万，你不必和我争。”斯威特洛瞅了一眼伊万继续说，“有一次，我们在布雷西亚H338高地做定点阻援，没错，就在意大利边境上。我们可怜的盟友，飞机驾驶员穆奇奥，负责把我们空投到目标地。但这个天杀的意大利人，哦，天哪！他竟然在出发前喝多了！我们的大宝贝（T99重型装甲坦克）被扔到距离高地九十多千米外的荒野上！你能想象我们当时是一种什么感觉吗？”

我摇了摇头。

“只有我们一辆车。”斯威特洛做了一个很滑稽的表情。

“好在燃料充足，我们开始向目的地进发。可就在我们走到一半的时候遇见了法国的装甲部队。很倒霉不是吗？……但幸运的是，敌人并没有发现我们。否则他们就不会排着奇怪的队形往前走了。所以我说他们很笨，他们做所有的事情都追求优雅，我估计他们根本就没开过炮。”

“那你们溜之大吉了？”

“溜？！哈哈，哈哈！行了，你肯定想象不到接下来发生了什么事？”

“发生了什么事？”

斯威特洛忽然抬起左手，指着伊万。

“就是他，我们本来可以……嗯……溜之大吉。可我们这位不要命的车长，指挥着车子横在了路中间。大模大样地面对着一条根——本——就看不到尾的勒克莱尔编组的装甲连队……”

“然后呢？”

斯威特洛用手捂住脸，而伊万则饶有兴趣地说：“我下令开火。”

这句话说完，我们仨沉默了许久。斯威特洛双手抱着肩，翻着眼睛回想着当时的情形。伊万则两手交叉放在膝上，嘴角露出微笑。

“不过我认为伊万做得对。”斯威特洛缓缓地说，“如果当时我们溜了，和那些该死的政客又有什么区别呢。虽然说战争很残酷，但我们却是极其幸运的。相比起我们的海军……他们连敌人长什么样都没看见，就都死了……”

斯威特洛竟有些哽咽，伊万拍了拍他的肩膀，两人就此陷入沉沉的悼念之中。

三　诺瓦克，美国空军上校，轰炸机侦察员
阻敌地点：日本博多

“我的任务是对敌人的高科技工厂进行地毯式轰炸。当时的情况比较被动，我们的舰队几乎在两个礼拜之内就全军覆没了。要知道，那可是美国，号称能够毁灭半个地球的顶级舰队。又怎么样呢？哈哈，只有两个礼拜。所以我们的任务无法获得更多的支援了，而且就当时全世界的战况来看，只有几个国家的空军和陆军还有剩余，海军绝对都不剩。”

诺瓦克伸手端起茶几上的水杯，抿了一口，他手臂上赫然印着

阿拉伯文的“幸运的自我”。

“那是2035年的一个夜晚，没有星星、黑漆漆的夜。我的身下是如墨的大海，找不到城市的任何标志。根据我们飞行的方向和距离估算，应该快到目的地了，但无法知道确切的情况。我们持续地飞着，正当筋疲力尽准备放弃寻找时，一道飘忽的光柱闪了一下，只有一秒钟，划破了黑暗。这是一个博多的市民打开房门紧接着又关上时留下的一道光柱。这足够表明城市就在下面。第一颗炸弹落下，点亮了目标，接着其他炸弹也纷纷落下，碎片横飞，瞬间敌人的城市就沉浸在一片火海之中。我们知道，这样做虽然很不道德……”

诺瓦克又端起茶几上的水杯，这次他喝了一大口。

“但这就是战争。我们普通士兵没必要为道德买单，那是政府的事情。更何况那些日本人……上帝！我不知道……还能否称其为人。那是一群异类，就是这样。”

四　权昌永，韩国海军陆战队炮手

权昌永示意我把录音笔关掉，我表示不解，他却说不希望留下任何关于接下来这段描述的声音资料。我点了点头，遵从他的意愿。

“那么，你可以开始讲了吧？”

“好吧。燃烧弹取得了短暂的优势，但实在是太短了，敌人很快发起更猛烈的攻击。我们的和盟友的舰艇一艘接一艘地被爆炸沉没，就好像海上的死亡烟花秀。轨道炮的火力全开，我们计算着它的频率，从第一发开始，在之后的八分钟里，一共击发了十四次，而且定标距离越来越近，最后一次打出去的炮弹，在脚下防波堤上炸开了。”

“用轨道炮轰炸防波堤？！”我吃惊地问。

“是的。但很快我们就意识到这是一个错误。防波堤的碎片飞得到处都是，它们有的落到了我们的队伍当中，有人开始惨叫。我也险些被砸中，一块大约五十千克的碎石落在我左面两米的地方，但我还是被飞溅起的水泥块伤到了手臂。”

权昌永说着挽起袖子，在他的左臂上有一块星状的疤痕。

“然后呢？敌人登陆了？”

“显而易见。”

“在轨道炮的火力下强行登陆？！”

“怎么说呢……”权昌永有些语塞，“我们起初并没觉得那就是敌人，以为仅仅是一波海浪。但随后发现这海浪在上岸后陡然增高，并以一种极不寻常的方式朝我们的阵地涌来。‘那绝不是普通的海浪！’这样的想法回荡在每个人的脑海中，于是所有的岸防炮火全部集中到了那里。但是……”

“但是什么？”

“但是……根本无济于事……”权昌永遗憾地摇了摇头，叹着气说，“那只是‘海浪’……只不过是有生命的‘海浪’……”

“敌人是‘海浪’？”

“是的。”

“那后来呢？”

“全军覆没。”

“那你？”

权昌永双手抱住头，弯下腰来，显得极为痛苦。

“我躲在磁轨炮的密封弹夹中，活下来了……我不想这样，但是我没办法……我害怕极了……”

我合上记事本，用力握住了他颤抖的手。

五　诺瓦克，美国空军上校，轰炸机侦察员

“战争呈现出非常奇怪的趋势。在欧亚大陆上，德法的邪恶轴心同俄国人打得热火朝天。可在太平洋战场上，我们的海军就像已宰的羔羊。更加奇怪的是，海军打了半天，连一份像样的敌军目击报告都没有。他们仿佛……嗯……仿佛是在同大海本身打仗。”

六　伊万，俄罗斯坦克车长

“没有任何迹象表明战争要结束。法国人被我们的兵团全线压制，他们很强，但我们更强。甚至在有些地方，我们把战线推到法国境内一百多公里。可是，我们却失去了制海权。”

七　斯威特洛，俄罗斯坦克驾驶员

“有一个小道消息，当然，这不是我在酒吧里听到的，是正规途径的小道消息。有人说，日本人开发出可以控制海洋的武器，从而把美国佬打得屁滚尿流。这太匪夷所思了，不是吗？那么大的海洋

怎么可能被人类控制？我搞不懂，真的不懂……”

八　威廉·爱德华·威利兹
瑞典皇家科学院生命科学分院教授

威利兹教授微笑地注视着我，像一位慈祥的祖父。一柄造型考究的石楠木烟斗隐没在他那浓密的大胡子当中。

“说出你的来意，孩子。”威利兹首先发问。

“教授，正如信上所言，我是来了解上一次的战争的事情的。”

“意义呢？”

“警醒世人。”

威利兹教授微笑地闭上双眼。我见状连忙补充道：“警醒每一个世人。”

“哈哈哈！”威利兹教授大笑着，烟圈被接连喷出来，像一个个花环。

“孩子，了解这段历史可是需要很大勇气的。而且，我不保证它会对你造成什么恶劣影响。”

我坚定地说：“我无所畏惧，教授。”

“不，不。你误会了，孩子。我是说……”教授把烟斗重新放入口中，含混不清地吐出几个字。

“也许……你会重新……认识人类。”

我翻开记事本，把录音笔调到 Open 挡。

而威利兹教授则拿出一张唱碟，并认真地安到一架老式留声机上。不一会儿，传出了悠远且浑厚的乐曲。那正是莫扎特的歌剧——《魔笛》中的曲子。

“我猜……你找到我肯定是为了那些离奇海战的故事。感兴趣吗？”

我点了点头。

“对，对。没人会对这事不感兴趣。”

“我听说了一个消息，教授。”

“什么消息？”

“他们控制了海洋。”

“不，错了。”教授神色凝重，“他们变成了海洋。”

“变成……海洋？！”

教授沉默了一会儿，烟气逐渐在我们之间弥散开来。随后他缓缓地说：

“日本是最危险、最可怕的法西斯，他们用非常极端的手段来达到目的。但从科学角度而言，这又是人类的一次进化。”

“教授，我不太明白，人怎么会变成海洋的？这不可能吧。”

“人体传真技术你了解多少？”

“知道一些，教授。”

“那是所有这一切的基础。”

“你是说……把人变成数字信号，然后借由电磁波为载体来传输？”

“没错，但他们（日本人）把载体换成了海水。”

“这怎么可能？！海水怎么能够成为电磁波载体呢？”

“孩子，详细的理论我不能告诉你。不过简单来说，海水中存在着一些神秘的电流源，就在大陆架与大陆斜面上，那里有一种非常丰富的东西——多细胞微生物。它们每个都很小，还不如人的头发丝直径的一百分之一，通过消耗海水的氧气而产生电流，并且为海床泥浆里的硫释放能量过程提供能量来源。我们发现上万米长的电缆细菌，能存活在一平方米的海床上。这是一个惊人的发现，而且在海洋中普遍存在了许久。”

威利兹教授深吸了一口烟斗，继续说：

“而日本人正是利用这一点，把人体传真信号压缩之后发射到海水中。这些代码信号在海床上迅速传播，并引起巨量的反应，最终使海水变成了整个个体——有意识的个体。”

我吃惊地听着教授的讲述，手中的笔一度停了下来。

“那……那最后他们去哪儿了？”

“他们还在那儿。”

“还活着？那些日本人？！”

“是的。不过他们哪儿也去不了了。”教授吐出一口烟气，“人类为了打败他们，甚至动用了核弹。”

“核弹也不能彻底摧毁他们吧。”

威利兹教授摇摇头，说：“不，那只是一种手段。我们目的是让海水被加热，从而导致跃温层的水密度极其不稳定。但这正是我们希望看到的结果，因为如此就能阻挡南面的暖流，引发大面积的海水凝滞。而且再加上从北面来的寒流持续加强，最后整个日本海都降到零摄氏度以下。”

“您的意思是……”

“是的，我们要把那些‘魔鬼’全部封冻在海中央。”

“天哪！”我惊呼道，“这太不可思议了。但是教授，用核弹加热海水会不会太微不足道，我是说，那一点点的热量。”

“嗯，你说得没错，核弹也不是用来直接加热海水的。”

“那是做什么用的？”

留声机里的乐曲越发高亢嘹亮，威利兹教授把烟斗从浓密的胡子中拿下来，认真地盯着我，说：

“我们引爆了富士山。”

九 后记

斯威特洛：“我想说，很艰难不是吗？可我们最终还是赢了！”

伊万：“我们胜利了。”

诺瓦克：“胜利，绝对的胜利！”

权昌永：“看着战友们全都尸骨无存，而我却活了下来……你无法想象那种屈辱感自始至终缠绕着我。不过……我们还是赢得了战争。这也算是对他们——所有在战争中牺牲的人们，最好的慰藉吧。愿战争永远封冻在海上，愿战士永远安息在天堂。”

去他乡

文 / 刘琦

献给我生活的这片热土，以及在其上生活的人们。献给那些苦难过往、辉煌历程和即将来到的明天。

1949，华中某地

四野的战线拉得很长，从华中到华南，解放军正在部署一张严密的包围网。在林彪的指挥下，这些如飓风般一路南下横扫敌军的东北部队，将在大半个中国，对白崇禧部、余汉谋部展开彻底围歼。

张强所在的兵团隶属四野，此刻正驻扎在湖南，再过几天，解放衡阳的战役就要打响了。

南方已入初秋，却仍干燥闷热，空气里弥散着浓烈的火药味，让人不安。张强站在连部驻地的院子里，闷头叼着旱烟卷，心脏狂跳，抑制不住激动之情。

自1939年加入八路军以来，大大小小的战斗，张强参加了几百次，最艰难的时刻他都能坦然应对，此刻却完全无法自持。他抽完烟卷，抖抖土，又站起来焦急地踱步，边踱边向门外张望。

终于，一个身影探身闪进来，那是一排二班班长，紧跟着他说了句地道的东北话："连长，那玩意儿修好了！"

张强一个箭步迎过去，急切地问："哪儿呢？"

正说话间，两个勤务兵抬着木箱，跟在班长后面，一齐进了院子。他们满头大汗，张强连声叮嘱："慢点儿放，慢点儿放！"勤务兵找了块平坦地面，轻手轻脚地把木箱放下，擦了把汗，又麻利地打开箱子，把那台笨重的机器搬了出来，小心地挪到院中的石桌上。

"修好了？"张强盯着它，还有些怀疑。

"连长，我可立了军令状，保证没问题。"班长说完，又低声嘟囔，"也就是咱们离团部近，可抱着这玩意儿，来回四十里地，真够受罪的。"

"你小子还发牢骚！"连长瞪了他一眼。

勤务兵小李立马拍拍胸脯，说道："团部的王师傅跟俺说，××电子零件坏了，俺也没记清，反正换了几个，这不，立马就有声了！"

说着，小李半蹲下去，打开那个机器的开关，旁边印着一行英文，在场的几个人没人看得懂。但大家都知道，这玩意儿是收音机，从老蒋手里缴获来的，通过它，能收听到几千公里外传来的声音。

"神奇！"张强赞叹。

随着吱吱的噪声响起，小李开始调动旋钮，"咔嗒""咔嗒"……

每一个声响，都让张强的心陡然紧张一次。

“咋还没声儿，不会又坏了吧？”张强看了看表，下午2时54分。

“再等等，连长。”小李又抹了把汗，太阳斜照，空气似乎更闷热了。

突然，一个响亮的声音从收音机中传出，震动空气，清晰有力，“……伟大的人民领袖和英明的政府领导者……已登上天安门城楼……正等待庄严一刻……”

“快！”张强命令，“让门外的同志们都进来，快点！”

连长一声令下，早等在外面的各排排长、班长和士兵们鱼贯而入，窄小的院落瞬间挤满几十号人，所有人都伸长脖子，努力向前凑，侧耳聆听。

两位广播员的声音交替响起，中气十足，给收音机前的听众转述盛况。

“这罪没白受，”二班班长嘿嘿笑着，挠了挠头，“真就让我们赶上开国大典转播了！”

士兵们围着连长和收音机，边听边低声交谈，神情激动。

“嘘！别出声，主席要讲话了！”

院子里瞬间安静下来，风掠过树梢，沙沙作响，所有人都屏住呼吸，默默等待。

“同胞们——”嘹亮的湖南口音响起。

“中华——”

“人民共和国——”

“中央人民政府——”

“今天——”

“成立了——”

余音作响，掌声雷动，院子里的士兵们情不自禁，跟着鼓起掌来。所有的人都热泪盈眶，这些和钢铁炮弹打交道的糙汉子落下泪来，为这个伟大的时刻而震撼、昂扬。接下来是礼炮声，《义勇军进行曲》响起，伴随着广播员柔和的解读，此起彼伏。

一个十七八岁的士兵抹着泪，抽抽搭搭地问：“连长，中华人民共和国成立了，好日子是不是就来了？”

“等解放了全中国，不光咱们，全国人民都能过上好生活！”张强回答。

“连长，你说，咱们自己打下的江山，未来得是个啥样？”

“未来？”张强卷起一根纸烟，用火柴擦着，叼在嘴里。他沉默半晌，说道：“我也不知道未来是个啥样，但肯定出乎咱们的想象。”他指指收音机，那里还在广播庆典讲解，“像这种神奇玩意儿，肯定遍地都是！不管未来啥样，我们的子孙都会记得，那是我们流血流汗，为他们奋斗出的未来……”

张强猛吸了口烟，抬起头来，他的目光越过院墙、越过柳树、越过云层，直越向那遥不可及，但终将来到的彼方。

2049，郭守敬基地，月球

张仪哈了口气，雾蒙蒙的冷气瞬间贴到基地玻璃上，氤氲一片。

“温度还在降。”张仪苦笑。

“已经到 -3℃了，总工，”副工程师哆哆嗦嗦，不住地跺脚，“这样下去，我们撑不了 12 个小时……也许，6 个小时都够呛！”

张仪回头看了眼，十几个研究员蜷缩在基地角落，脸色苍白，他们抱作一团，不说话，也不移动，尽量在减少热量消耗。

“看来我得去试试。”张仪回过身，盯着黑漆漆的月面，叹口气道。

“您知道，风险会很大！”副工程师劝阻道。

“可留在这儿，十几条人命都得没啊！”

“如果您执意要这么做，那我代替您去。”

“你应该清楚，”张仪神情严肃，说道，“在郭守敬基地，没人比我更懂核电站，我必须亲自过去！”

2030 年中秋节前夕，中国人顺利地在月球埋下了第一块建筑基石，成为建设外太空基地的首个国家。经过 19 年的发展，郭守敬基地已经成为集实验、生活、中转于一体的综合基地。它可容纳 15 名研究员，靠 25 公里外的小型核电机组供能。

基地以两年为期限和地球进行人员值班轮换，19 年来张仪在月球任劳任怨，勤勉研究，其间仅回过地球四次。作为总工程师，他把全部精力都投入在基地建设和发展上，甚至忽略了地球上的家庭。

对张仪来说，月球俨然成了他的第二故乡。

但就在 3 个小时前，主核电站被陨石意外击中，备用核电站随即启动。可祸不单行，老天爷似乎故意要跟基地作对，两个小时后，备用电站也因某种未知原因过载而陷入宕机。两座核电站先后停摆，在月球真空中，生存危机紧随其后，犹豫不得。没了动能，基地就无法进行水氧循环和供暖供电，他们甚至和地面失去了联系，至少在 24 小时内，地球救援队伍无法及时赶到。

“还有个很严峻的问题，”副工程师面露难色，说，“失去了动力，我们也没法给氧气瓶充氧，现在基地仅剩一个满装小容量的氧气瓶，使用时长只有1小时。”

“挂上吧。”张仪穿上宇航服，毫不迟疑。

“去备用电站需要15分钟，回程还要15分钟，所以你只有半小时维修窗口！”副工程师从旁边取下氧气瓶，挂在宇航服后面，嘱咐道。

“半小时够了，”张仪按下第一道气闸门开关，向外走去，“我会尽快赶回来的。”

他走出基地，身后的气闸门缓缓关闭。听着自己沉重的呼吸声，张仪定了定神，向两米外的月球车缓步跳去。月球车很快就发动起来，张仪看了眼导航，确定方向，向西南方21公里处的备用核电站开去。

路上要绕过一座环形山，但好在张仪熟悉地形，并且有几百次月球车驾驶经验。一路无险，15分钟内，张仪顺利赶到备用核电站。

“我已到达，准备作业。”通过无线电，张仪向基地汇报。

“注意安全，总工。”副工程师应答完，又劝诫道，“不管能不能修好，半小时后你一定要往回赶！”

张仪没有答话，他下了车，跳行着钻进核电站机组，开始检查。

从一个机组到另一个机组，从一条线缆到另一条线缆，张仪埋首其中，认真检查，汗水从两鬓渗出，滴在宇航服里，浸湿内衬。时间随着张仪的穿行移动，悄然溜走。

很快又过去了15分钟，无线电响起副工程师焦急的声音。

“总工，快到时间了，你那边情况怎么样？”

“还在检查，就快有眉目了……”张仪把探测器放在最后一个机组前，突然，“嘀嘀嘀”，耳机中响起提示音，“找到问题根源了！”张仪欣喜道。

他从随身携带的工具包里迅速更换下损毁的元件，张仪深吸一口气，打开总控面板。

“上面显示……”张仪看了看那行闪动的数字，他先是一愣，随即平静下来，对副工程师说，“系统需要20分钟自检，那之后，需要我手动输入秘钥，才能重新启动核电站机组。”

“20分钟！”副工程师惊呼，“总工，20分钟后可就只剩下10分钟了，你赶不回来呀！”

“嗯，”沉默数秒，张仪回复道，“我知道。”

“那！——”

“我明白这意味着什么。”张仪语调十分平静，随后关掉无线电，不再去理会副工程师的劝阻，他安然坐下，倚在电站金属支架旁，静静等待着。

一条命救下十四条命，早在离开基地前，张仪就已经在心里面做好了选择。

人生中从未有过的20分钟，张仪觉得空前的平静，他的心脏平缓而有力，他的大脑清晰地回忆着过去，同时，他也思考着该对未来留下些什么话。

随着一声长久的“嘀”声传进耳机，系统自检完成。张仪回过神来，轻飘飘站起身，抖落月尘，然后他一字一顿，带着神圣的仪式感，输入系统秘钥。

轰然震动感，从脚底板传来，备用核电站成功启动！

离氧气耗尽，只剩下8分钟时间。

张仪再次打开了无线电，耳机中是副工程师近似绝望的呼叫，“总工，你能听到吗？总工……”

“我听着呢。”

“动力恢复，基地各系统开始正常工作，我们也和地球取得了联系。”

“嗯。”

“我这就充好氧气瓶，去接你！”

“别徒劳了，你赶不到的。”

“可——”

“给我留点儿时间告别吧。”张仪走出电站，在一个月坑旁坐下，又问：“能直接和地面通话吗？”

“可以。”

几秒的转接程序后，张仪的耳机中响起中国国家航天局局长的声音。

“张仪同志，我们已经知道了你的选择，”局长声音沉重而缓慢，“我代表全体航天人员，对你表示由衷的敬意。”

“知道今天是什么日子吗？”张仪问。

“我们伟大的新中国成立百周年纪念日。”局长答，“庆典就要开始了，真希望你能看到。”

“不止如此，今天还是我的曾祖父100周年忌日。”张仪盯着夜空，看向遥远的黑色中那抹蓝色，那是地球，宁静而优雅。

“我的曾祖父，牺牲在了1949年10月1日的深夜。那晚，他的连部被敌军偷袭，他再也没有看到他所期待的未来。”

张仪似有哽咽，自言自语。短短几分钟，他给基地和地面控制中心讲了几个故事，他讲曾祖父在开国大典那个下午，怎样向部下期许未来；他讲曾祖母如何把他祖父养大，度过艰难岁月；他讲起许多家族事迹。最后，他讲起自己对20岁的儿子充满多少愧疚，如果有来生，他想多陪陪儿子……

所有人都不忍打断他，耐心地听他喃喃。

终于，氧气即将耗尽，张仪感觉喘息变得异常艰难，他躺下来，注视着夜空。

“我们该给子孙缔造怎样的未来呢？”他悄然自语。突然，他用尽全身气力，挤出一句微弱但清晰的话语：“你们猜，我看到了什么？”

“什么？”两秒的延迟后，局长问。

“未来……”缓缓地、轻轻地，张仪吐出遗言，“未来，我们在火星。”

2149，新成都市，火星

持续数日的火星尘暴似乎比往年更加猛烈。

新成都市市长站在落地窗前，盯着穹顶外暗黄色的天空，心中暗暗盘算着。还有36个小时，庆典就要开始了，如果尘暴再不退去，庆典恐怕就无法和地球同步举行。

他在全息面板前划过一个个人像，这些都是备选火炬手，但大多年迈或是弱幼。反复数遍，思忖良久，市长终于把画面定格在一个年方30岁的人像前。目前来看，此人是这次庆典唯一合格的人选，如果他愿意的话。

“老成都”火锅店人声鼎沸，热气蒸腾。

“诸位吃好，喝好啊！”店长张子衡拱手作揖，这是古老的地球习俗，对客人以示尊重。

“巴适得板！”食客操着老成都话，回道。

“可有老成都的味道？”张子衡哈哈一笑，从服务员手中接过一盘毛肚，亲自奉送到客人桌前。

“味道一样的嘛！”食客满意地说，“辣惨咯！”

“大家放心，即使在火星，也能让你吃到正宗的成都火锅！”说完，张子衡向众人宣布，“为了庆祝我们新中国200周年生日，今天所有食物一律半价！大家尽情吃喝！”

“那就不客气了哈！”

店里洋溢着欢快的气氛，正招待间，几个身穿正装、面色严肃的人快步走进来，凑在张子衡耳边低语了一阵。听完，张子衡跟着他们出了店门，钻进一辆白色的政府专车。

“市长？”刚坐稳，张子衡就惊讶道，他没想到这位天天在全息新闻中露面的人物，今天竟出现在自己眼前，“您找我有什么事？”

“你知道，庆典就要开始了。”市长说。

“当然知道，现在火星上各个中国基地不都开始准备庆祝节日了吗？听说隔壁东北市准备了千人歌舞队！”张子衡挪了下屁股，有些局促不安。

“我们市的庆典传统你也知道。”市长又说。

“被选中的勇士，在无防护状态下，手举圣火，从基地步行5分钟，点燃礼花引线……”张子衡说得条理清晰，无半点错误。

“你了解得很清楚嘛。”

“多少年的习俗了，从 35 年前新成都市成立，不一直都这样吗？”

“问题就在这儿！”市长接过话，继续说道，“这么多年，这个任务一直由一名政府工作人员完成，可他今年突然重病，接替的人没法从地球赶来，所以……”

“所以你们另需人选？”张子衡立刻把脸阴下，说道，“我不干！”

“这是为什么呢？”市长有些难堪，“档案里写着，你在出生前，就经过了三级基因改造，皮肤、骨骼、身体氧循环系统都极大优化，属于新人类一族。别说 5 分钟，就是在火星表面暴露 5 个小时，对于你来说不都是轻而易举的事情吗？”

“为什么不找别人？”

“新成都市 26 万人中，只有 17 个新人类符合要求，可他们要么年事已高，要么还未过哺乳期，你是唯一的合格人选……”

“要是其他任何时候，市长要求我做点儿事，我定义不容辞！可国庆当天，我……唉，我有难处啊！”

“什么难处？”市长追问。

半晌，张子衡掏出全息面板，轻划几次，一副太阳系全息影像展现在车厢内，影像向着一角放大。很快，被明显标注的一个红点呈现出画面细节，那是一架小型动力舱，看样式是百年前的工业产物，它正高速跃过柯伊伯带，向外飞去。

一行字显现在全息影像下侧：

他生在地球，死于月球，葬在太空。——纪念 21 世纪伟大的开拓者张仪先生

“这是我的曾祖父，”张子衡关掉面板，解释道，“100 年前，为

了挽救月球基地十几条性命，他死于供氧不足；巧合的是，200 年前，我的祖先张强也死在了开国大典当晚。这是个诅咒，对我们家族的诅咒！每逢百年纪念，我们家族的人就会出事。”张子衡神色严肃，咽了口唾沫，继续说道，“我知道，你会认为这是某种迷信，但多一事不如少一事，这几天我得避开风头，安全缩在基地里，哪儿也不去！”

“原来是这样，”市长苦笑，“那就不为难你了。”

“那庆典呢？”张子衡又好奇地问了句。

“我亲自出马。”市长叹口气，说道，“不瞒你说，我在出生前也经过基因改造，那时基因工程尚未成熟，改造也很初级。所以，如果没有防护服，我大概能坚持三五分钟，不过，差不多够了……”

“我不理解，您为什么执着于这个仪式？难道不能随便找个人，穿上防护服完成仪式吗？”

“你知道圣火最初源自何处吗？”市长反问。

“地球，老成都市。”

“所以，庆典很重要，仪式也很重要。这是某种凝聚力，每年庆典都是对市民的一次提醒，让我们时刻记得和地球的联结。那里有个国家，是我们的文化之源，也是我们走向未来的基石。”

张子衡沉默不语，似在思考。

“你考虑下吧，”市长给张子衡打开车门，“如果不想来，我们也不勉强。”

下了车，张子衡站在街边，望着百米高空外的穹顶，以及穹顶外无尽的黄沙，久久沉思着。他想起200年前，祖先张强的那句话：“我也不知道未来是个啥样，但肯定出乎咱们的想象。”他又想起

100年前，曾祖父躺在月尘中的遗言：“未来，我们在火星。”

祖先给了他未来，但未来又是从哪里来的呢？从过往的历史中、记忆中，从家族一代又一代传承而来。没了历史，又去哪里寻找未来呢？

思忖良久，张子衡咬牙，下定了决心。

半小时后，张子衡拨通了市长办公室的电话号码。35小时后，他站在基地气闸门前，屏住一口足以循环6小时的氧气，万众瞩目中，手举圣火，信步走入黄沙。

风沙很大，迷离了他的双眼，走了两分钟，张子衡迷失了方向。

那个遥远古老的诅咒突然在脑海中响起：每隔百年，张氏族人就要命丧黄泉，这次也不例外！

他不理会脑中幻象，继续摸索，突然一个手抓住了张子衡的肩膀，温暖而有力。张子衡抬眼望去，竟是穿着宇航服的市长。

“市长，你怎么……”

“其实我有点儿相信你说的诅咒了，哈哈。”市长笑了笑，说道，“所以我来为你导航，咱们一起用圣火点燃引线。这是个伟大的日子，没人会再死去！”

他们沿着斜坡向上，一起走到了布置好的礼花引线旁，时间倒计时10秒钟。

风沙似乎变小了。

张子衡俯下身，防护罩内的圣火沿着管道，接上引线，“吱吱”，声音通过耳机传来。200束烟花轰然升空。

风沙猛然散去，夜色澄澈。火卫一和火卫二点缀其上，异域朦胧。

烟花开始绽放，盛开成不同形状。抱竹而食的熊猫，蜿蜒穿行的岷江，黄星点缀的国旗，汉字排列的成都……200 束烟花用不同元素绘制家乡，遥寄给地球祖国的国庆祝福。

“真美！”张子衡说，“真没想到，那个崛起于遥远东方的新中国，不知不觉已经走过了 200 年岁月。”

“200 年沧桑巨变，”市长慨叹，“它还将继续走下去，向着更遥远、更令人期待的未来。”

“谁知道下一个百年，后代又会带着先辈的期许走向何方呢？”

2249，开拓者号，去他乡

张泽远醒过来，摘下头上的虚拟互动装置。

他起身，站在值班室，例行查阅航行数据。确认一切无恙后，他又坐回体验椅，长舒一口气，回忆刚刚结束的精彩历程。借由虚拟互动装置，张泽远的思绪沉浸在几段构筑的历史中，那些都是他的父辈亲身经历过的历史，通过人工智能构建，一一呈现在他的脑海中。

开拓者号是第一艘跨星际飞船，它承载着人类开拓外星家园的艰巨使命。船上其他 359 人处于休眠状态，这段时间，张泽远负责值勤，再过两小时，将有人醒来，接替他值班。

体验完虚拟互动后的某个瞬间，张泽远一阵恍惚，他突然想弄清楚自己是谁。他到底是张强还是张仪，是张子衡还是张泽远？那些过往的历史与记忆交织在一起，形成一种模糊但逐渐深刻的印象。

也许，他是他们所有人，张泽远想，他是300年来，张氏家族的集合体，他承载着300年的记忆，并带着它们飞向未来。

他的祖先来自那个伟大而遥远的古老国度，所以，张泽远也代表着那个国家的人，那些为了生活而辛勤奋斗的人，为了使命而牺牲自我的人，为了子孙而甘愿埋头耕耘的人，为了未来而铭记历史的人……

他记得一切，他代表一切，在那个瞬间，他成了我们所有人——每一个平凡但有价值的中国人。

耳边传来的信息提示音，把张泽远从出神状态拉回来了。他站起身，走到信息台前，点了一下接收按钮，一段全息影像呈现在值班舱里。

温柔而优雅的合成面孔念道：

“按照航线，开拓者号现在应该到达奥尔特星云边缘，真正的太阳系边疆，那里距离地球有一光年之遥，信息需要走上一整年，才能被飞船接收。

“所以，这是一封在国庆299周年录制的问候，当你收到时，我们正在庆祝新中国300周岁的生日。和你的前辈祖先一样，张泽远船员，你正在见证历史，同时也在为子孙开拓未来。

“全体中国人民，向开拓者号飞船上360名勇敢先驱致以崇高敬意！

“300周年国庆，节日快乐！”

声音消失，彩光褪去，播报完毕。

张泽远哼着国歌，对着地球方向，默声念道：“嘿，所有人，国庆快乐！”然后，他转过身，向睡眠舱缓缓飘去。

不久，他也会沉沉睡去，下一次醒来值班，将是700多年后。在他沉睡的这段漫长时光里，他会做一个长梦，一个关于父辈与子孙、过往与未来的梦。而开拓者号则会沿着既定航线，跨越群星，离开故土，去往他乡。

一程归途

文 / 分形橙子

一

路凡正在船舱里收拾装备，突然听见有人在走廊里喊，“能看见建木了！”

路凡快速将已经叠好的铁灰色制服胡乱塞进军用背包，然后快步跑了出去。走廊里都是新兵，他跟随着兴奋的人群来到了甲板上。新兵们正竞相簇拥在栏杆旁向南方眺望。有那么一会儿，路凡什么都没看到，但是突然，他瞥见空中有一丝若有若无的闪光，就像雨后的蛛丝。运输船正在调整方向加速前进，过了几分钟，那道隐隐约约的蛛丝凝结成了一条纤细的线。

几声惊叹声响起，少男少女们敬畏地看着那条连接海天的细线，天气晴朗，金色的阳光照射在细线上，熠熠生辉。在蔚蓝色的天空和深蓝色的大海之间，那道细线看起来是那么的脆弱，犹如连接大海和苍穹的蛛丝，仿佛一阵微风吹来它就会消失在蓝天里。但路凡知道，那条细线是人类有史以来建造得最坚固的东西，是人类数百年来科技文明的结晶，那是人类星海征程的起点。

“那就是建木天梯吗？”路凡身边一个女孩怯怯地问。

“对。”路凡说。

“为什么这座天梯叫作建木呢？”女孩的声音又响起来。

路凡转头看了女孩一眼，是一个褐发的白人女孩，脸上有几颗雀斑，看起来稚气未脱，他觉得有些好笑，“因为这座天梯是中国承建的，在中国的神话里，建木是连接人间和天界的通道。”

他顿了顿，决定多说一些，“就像欧美承建的天梯以巴比伦塔和雅各布天梯命名一样，这些都是神话中连接人间和神界的通道。”

“噢！”女孩露出恍然大悟的表情，“原来是这样，谢谢你。”

路凡暗自摇头，“这些都是最基础的知识啊，难道你们没学过关于天梯的历史吗？”

女孩露出不好意思的笑容，“当然学过，不过大概是上课的时候我睡着了吧，谢谢你。我是黛西，从美国来的，你呢？”

“我是路凡，很高兴……”

“快看，是建岛！”突然，一声惊呼响起。

路凡和黛西都抬眼望去，极目远望的海天交接处隐隐约约出现了一个黑色的小点，仔细分辨的话，蛛丝正是从那个小点升起的。没错了，那就是他们的目的地。这些年轻的士兵已经结束了为期一年的地面作战训练，即将从建岛乘坐太空电梯前往位于拉格朗日点的特训基地，在特训基地完成三个月的无重力特训后，他们将被分配到各大太空舰队，前往外太空和达瓦人作战。

同步太空电梯的基座都设立在赤道上。赤道穿过的区域大部分是海洋，但是基座却不能建立在浮岛上，因为海浪的侵袭会使浮岛产生比较大的位移，对太空电梯造成损害。所以为了建造位于海上的太空电梯，工程师们干脆设计建造了从海床直接探出海面的岛屿作为太空电梯的基座。

随着距离的缩短，建岛逐渐从一个小黑点显露出形状来。同时，天梯也变成了一根坚实的线条，但是和周围空旷的天空相比，它显得太纤细了，仿佛随手就能折断的铅笔芯。其实他们本可以直接乘坐运输机抵达建岛，但不知道为什么，运输方式临时被改成了海运。最初接到要乘船前往建岛的消息时，许多新兵都怨声载道，毕竟很多人都没见过真正的大海。他们见得最多的是描绘那场灾难的影像。在路凡的印象里，大海总是灰色的，沉重的波涛卷起肮脏的白色泡沫无力地拍打着岸边的废墟，瀑布般的水流从高楼大厦黑漆漆的窗口流下，与之对应的，天空永远是铅色的，布满了低垂的阴云。

建岛位于太平洋中部地区，路凡和同伴们登船从崇明港出发——据说几十年前崇明岛还是中国的第三大岛，但是随着泥沙的堆积，崇明岛的北部已经和大陆连了起来。最开始航行的几天，他们看见的大海都是灰色和黄色的，毫无生机。直到进入了深海，他们才看到了真正的蓝色大海。

“一想到要顺着这条细线爬到那么高的地方去，”女孩敬畏地说，“我就想起了那个杰克与豆茎的故事。”

路凡再次仰头望去，细线一直笔直地上升，最终消失在蓝天里，看不见尽头。但他们都知道那尽头连接着人类的太空城，在晴朗的夜晚，位于赤道上的人们可以清晰地看见苍穹正中的明星。越过太空城之后，细线会继续延伸到为太空电梯配置的太空港，他们不会在太空城逗留太久，会继续沿着太空电梯上升，抵达太空港，在那里完成为期三个月的特训后，再乘坐战舰前往星空。

等待他们的不会是下金蛋的鹅，而是比巨人更残暴的达瓦人。

周围有低低的啜泣声传来，不知道为什么，路凡感觉眼角有些湿润。他看着眼前的这一切，离开家已经一年了，他从未到过这么远的地方。这一年，路凡逐渐对这个世界有了更多的认识，课本上语焉不详的粗略描写渐渐沉淀下来，凝结成沉重的现实，让他喘不过气来，同时对达瓦人的痛恨也更强烈了。

所有人都被裹挟进了这场艰苦卓绝、永无止息的战争。这场战争不分昼夜，以数十亿人的死亡为开端，已经持续了数十年，却依然看不到结束的那一天。每分每秒都有战士在难以想象的漆黑深渊中化作点点星火，却从未照亮过那片黑暗。

二

这一切都是拜达瓦人所赐，四十多年前，达瓦人的袭击差点儿摧毁了人类文明。

时间回溯到2083年，各国的历史学家一致将那一年定为人类大宇航时代的开端。那一年，一个国际联合科学小组发现了安科粒子，在短短的几年内，中、美、俄、欧盟等四个实体分别研发出了自己的超空间跃迁引擎。从理论上来说，装备了超空间跃迁引擎的飞船可以在一瞬间突破常规空间，旅行到数百光年以外的地方。

第一次超空间跃迁实验选择了地球到火星，无人探测器首先跃迁到了火星轨道，然后又在地球控制中心发出的指令下跃迁回了地球，短距离跃迁实验获得了完美成功。后来，各国又进行了几次实验，最远跃迁距离达到了冥王星轨道，由于信号的传播依然无法突破光速，所以如果从地表发送信号给探测器需要四个小时。这也意味着，一旦探测器的空间跃迁引擎出了问题，地球就需要等待四个小时才能知晓探测器的消息。如果探测器以常规引擎返回地球，则需要花费至少十年的时间。所幸这一次实验也成功了，探测器跃迁后不久，在规定时间内反向跃迁回了地球轨道。

各国开始将目光转向 20 世纪末以来人类发现的数千颗类地行星，尤其是那些理论上位于宜居带的岩石行星都是炙手可热的目标。伴随着空间跃迁技术的突破，任何人都意识到大宇航时代即将到来。尽管有着《外层空间条约》的制约，但是哪个国家先发现了宜居行星，在未来的星际大移民中无疑会拥有更多的话语权。

于是，一场新的太空竞赛开始了。各国纷纷向类地行星发射无人探测器。由于探测器跃迁的距离越远，消耗的能量也越呈指数级增长，所以距离越近的类地行星越发被激烈争夺。太空竞赛逐渐演变成了空间跳跃距离竞赛，各国的探测器进行空间跳跃的距离越来越长，很快就突破了一光年，十光年，甚至一百光年。

直到 22 世纪初，NASA（美国航空航天局）发射的一艘派往距离地球 133 光年的绘架座 AB 探测飞船失踪了，给这场远距离探测竞赛画上了休止符。那也是人类发射的距离最远的探测飞船。

国际社会普遍认为，因为绘架座 AB 探测飞船飞离地球太远，超空间跳跃技术很可能遇到了意外，也许在大尺度的宇宙结构上，人类的超空间理论有些许瑕疵。这个探测器即使传回信息，地球也需要 200 多年才能收到，从理论上来说，除非将来有更先进的载人飞船跃迁到绘架座 AB 星域，才能回收这个探测器。但目前来说，没有国家敢于尝试，因为制造一架超空间跃迁引擎的费用极其昂贵。相反，为了避免损失，各国都收缩了探测距离的比拼，开始将精力聚焦在即将到来的星际移民计划上。

在这场持续了几十年的竞赛中，人类探测了大量以前发现的类地行星。最大的收获是发现了数十颗宜居行星，按照人类的技术能力，完全有希望在载人飞船成熟之后进行大批量移民。需要指出的是，在这些宜居星球上，人类发现了一些简单的生命体，但从未发现真正的外星文明。有科学家认为，要么是人类探测的范围太小，如果银河系是一个城市，人类探索的脚步基本上还没有走出家门口；要么在宇宙中智慧生命的产生是极端小概率事件，人类很可能是可探测星域内的唯一智慧文明。支持这个观点的科学家不在少数，他们认为人类的现代科技仅仅发展了几百年就发展出了空间折叠技术，如果其他外星文明也存在，他们也一定能够发展出这种技术。至于为什么外星文明没有来到地球，很简单，宇宙中的智慧生命极其稀有。

这个结论逐渐得到了越来越多的支持。一些致力于在宇宙中找到其他外星文明的人非常失望，而一些对星空抱着敌意的人则欢欣鼓舞。宗教势力又开始抬头，他们宣称，这些发现再次证明了人类是上帝的长子，整个宇宙都是为人类创造的。这种论调和大宇航时代的气氛相符合，人类社会越来越陷入冲向星海的狂热中，大人类沙文主义开始抬头，更极端的派别认为即使人类在星空中发现其他文明种族，也必须加以消灭，以保持人类天选之子的地位。

接下来，各大国开始建造能够进行星际移民的载人飞船，准备实施星际移民。各大国在谈判桌上唇枪舌剑，对已发现的四十二颗宜居行星进行争夺，面对星图画下了各自的势力范围，像极了西班牙和葡萄牙当年面对地球仪瓜分世界时的情景。

尽管有《外层空间条约》和瓜分协议制约，但几个大国还是偷偷建造了几艘装备了武器的战舰。讽刺的是，这个举动竟然无意中拯救了人类文明。

总之，在达瓦人的飞船到来之前，没有人将探测器的失踪和外星文明联系起来。

2113 年，达瓦人攻击了地球，于是战争便爆发了。

三

十五年后。

仙女座星云，仙女座 14-b 行星上空，距离地球 258 光年。

“破虏号”巡洋舰战斗群静静地停泊在 14-b 行星的同步轨道上。

一身便服的路凡在去餐厅的路上遇到了黛西，他刚走到餐厅门口，就听到有人在喊他，“路凡！路凡！”

路凡转头望去，只见一个身材婀娜的女孩一脸惊喜地朝他走来。

“黛西！”路凡脱口而出，“是你！你也来了？”

十五年前，一起接受完为期三个月的无重力特训后，他们就被分配到了不同的舰队。在那三个月里，两人建立了深厚的友谊。

十五年过去了，黛西早已从那个亭亭玉立的小女孩变成了一个成熟性感的女人。但她的面貌一直没变，路凡一眼就认出了她。

“是啊，原来你也在‘破虏号’上啊，”黛西走到他面前，惊喜地说，“我是刚刚登舰的，还在等待分配任务。”

“我一直在这艘舰上，”路凡打量着黛西，伸出手，“欢迎登舰。”

黛西握住他的手，真诚地说：“很高兴见到你，路凡。”

“我也是，”路凡说，“你是什么岗位？”

“我是武器操作员！”黛西自豪地说，“怎么样？”

“很了不起吧？”路凡由衷地说。武器操作员要做的工作可不仅仅是等着敌人进入瞄准圈以后按下按钮那么简单。真正的星际战争和好莱坞电影里的完全不同，人们不会看到战舰互相对射激光和太空鱼雷。太空战舰都装备着强力的激光武器，但真正的战斗几乎都是超视距的。严格来说，一旦你和敌人互相出现在对方的视野里，那么决定生死的将是射击反应时间。所以，战场预判与战舰主机的配合显得尤为重要。

一个优秀的武器操作员的反应时间并不需要有多快，受限于神经传导速度，人类的反应时间永远不可能追上计算机。人类战舰上配备的计算机能够在发现敌人的十亿分之一秒，也就是一纳秒内完成开火，这几乎是人类制造的计算机的极限了。在战争刚开始时，人类缺乏太空战经验，而且计算机的反应时间也比不上达瓦战舰的反应时间，所以损失惨重。世界科学院的科学家们仔细研究了战场记录后发现，反应时间并不能决定战场上的一切。

人类完全可以通过战场预判来提前定位敌人即将出现的位置，飞船主脑会根据武器操作员预判的位置做好准备，甚至提前射击，从光锥以外攻击敌人。而要进行战场预判，时常需要极其复杂的空间换算知识和惊人的直觉，有时候，一个好的武器操作员甚至可以决定一场战役的胜负。

“多谢夸奖！”黛西得意地说，“你呢，你是什么职位？”

这时正好有两个船员经过，他们见到路凡，立即立正敬礼，“舰长！”

路凡简单地回礼，示意他们放松。

站在一旁的黛西瞪圆了双眼，“天哪，你是舰长？”

路凡有些不好意思地点点头。

“我的上帝！”黛西情不自禁地立即立正，一双手都不知道该往哪里放了，“对不起，我不知道……”

“别这样，黛西，放松些，现在是休息时间，”路凡笑了，他朝餐厅的方向偏偏头，“要不要一起？”

“当然，我的荣幸。”

两人排队取了餐，然后找了一个能够看见行星的角落坐下来。一时间，他们竟然不知道该说些什么。黛西低下头扒拉着盘子里的食物，似乎因为路凡的舰长身份而显得拘谨起来。

“黛西，”路凡慢慢说，“还记得十五年前我们第一次见到建木天梯的时候吗？”

“当然记得，就像……杰克爬上豆茎？”黛西抬起头看着他。

“你还记得这个比喻啊。”他们一起笑了起来。

“在童话里，天上的世界有残暴的巨人和会下金蛋的鹅，我总是想着能找到下金蛋的鹅。小的时候，我以为找不到下金蛋的鹅是最可怕的，大一些的时候，我以为残暴的巨人是最可怕的，”黛西低头摆弄着刀叉，“但我现在觉得这些都不是最可怕的，最可怕的是杰克跟巨人根本没有互相交流的可能。”

“这不能怪我们，”路凡说，“是达瓦人先攻击了地球。而且，达瓦人对人类的呼唤从来都不理不睬。他们拒绝和人类做任何交流。”

“这正是我所担心的，他们到底是拒绝和人类交流，还是不存在交流的可能性，或者，还是我们没有找到交流的方式。”黛西的眉头皱了起来，显得有些忧心忡忡，“如果宇宙中所有的智慧种族都是天然互相敌对的，甚至连沟通的可能都没有，那是不是意味着，即使我们战胜了达瓦人，还会继续和新出现的外星人打仗，我害怕我们永远看不到战争结束。”

路凡慢慢说：“柏拉图说过，只有死者才能看见战争结束。不过……”他顿了顿，安慰道，“我不认为这是宇宙中的普遍状态，达瓦人跟我们技术水平相似，也是碳基生命，所需的资源也多有重叠，开战是必然的。”

“有人说这是新的费米悖论，”黛西歪着头看着他，“人类对世界的认知就是不断提出悖论，然后又不断打破悖论。”

“是这样的。”路凡点点头，“对于我们，最重要的事情是做好本职工作，我相信战争总有一天会结束的。”

“是吗？”黛西叹了口气，看向窗外。

这不是一个需要回答的问题，路凡不知道该说什么，两个人一起陷入了沉默。

这场战争已经持续了半个多世纪，没人知道这场战争什么时候能够结束。为了应对战争，整个地球都变成了一个巨大的战争机器和一座大兵营。人们过着贫苦的生活在工厂里劳作，少男少女们一批一批地走向星空，大部分人还没来得及品尝爱情的甜蜜就化作了星尘。

六十多年前，那艘达瓦人飞船飞抵太阳系，对地球发射了一种奇异的粒子束。人类为数不多的太空武装力量倾巢而出，付出了惨重代价，才将那艘达瓦人战舰摧毁。

起初，人们甚至没有意识到达瓦人的飞船对地球做了什么，绝大多数人认为达瓦人还没来得及发动攻击就被摧毁了。一些科学家却忧心忡忡，因为深处地底的探测器发现了一些奇异的闪光。关键是，造成闪光的现象不属于人类已知的任何粒子。

不久之后，不祥的迹象开始出现，一种奇怪的放射病同时在全球各地暴发，地球上的生物开始陆续死亡。直到此时，人类才意识到达瓦人对地球进行了攻击。根据判断，达瓦人很可能向地球发射了一种未知的高能粒子，这种高能粒子能够击碎生物的 DNA 链，导致 DNA 无法正常复制。大多数动植物也受到了影响，灭绝事件层出不穷。

这既是人类的不幸，同时又是人类的万幸。科学家判断，如果达瓦人早几十年发动攻击，人类就会全部灭绝，而地球的生态圈会遭遇一次空前的重创，90% 的动物和 80% 的植物会灭绝，只有少数幸运儿和非常简单的生命形式才能存活下来。根据推算，达瓦人的攻击可能会造成地球遭遇比二叠纪大灭绝更惨重的灭绝。

不幸中的万幸，大海中的藻类没有受到什么影响，而藻类负担了大气层 88% 的氧气生产。但地表上的植物就没那么幸运了，大片的森林和草原都枯死了，只有少数植物存活了下来。在安理会的领导下，科研攻关小组紧急成立，对动植物进行抢救。各大国立即解禁了克隆技术和基因编辑技术，将全部资源都投入了生物科技。科学家们努力将对人类至关重要的动植物基因保存了下来，并且进行基因编辑以及繁殖。幸运的是，末日种子库因为深藏地底，所以大部分农作物的种子都保存了下来，没有受到太大影响。

但是生态恢复是需要时间的，遭到攻击的当年和第二年，农作物大面积绝收。人类社会也经历了空前的大灾难，尤其是人口密集的国家更是遭受了大面积的饥荒，而各大国也自顾不暇，没有足够储备粮的国家遭受了大规模的人道主义灾难。

直到攻击后的第三年，社会秩序才慢慢恢复。那是一段不堪回首的岁月，很多人都因为放射病和饥饿死去了。幸运的是，在失去了几乎一半人口之后，人类文明终于挺了过来，也终于真正体验到了宇宙的险恶。

“路凡，你是怎么当上舰长的？”黛西打破了沉默。

“其实我一直在军情中心工作，你知道，那时候还没有足够多的战舰。三年后，我终于有机会登上战舰了，那是‘青岛号’……后来，我又在几艘战舰上服过役。直到八年前，他们找到了‘破虏号’，修复了它，正好少一个舰长，”他耸耸肩，“你知道，我的运气向来不错，很少有人能在那么多战舰上服役还能活下来，也许这就是他们选我当舰长的原因。”

“你们东方人总是那么谦虚，”黛西笑了，“对了，你父母还好吧？”

“我妈妈生下我不久就去世了，”路凡迟疑了一下，说道，“是我爸爸一个人抚养我长大的。”

他突然意识到他从来没有和黛西聊过彼此的家庭。十五年前，虽然他们在太空港一起接受了三个月的无重力特训，但他们很少有机会见面，当为数不多的见面机会来时却都有更重要的事情去做。和大多数人一样，很少有人去谈论自己的家庭。不知道为什么，此时此地，面对黛西，在这个距离地球两百多光年的地方，路凡突然有了一种强烈的倾诉欲望。

“对不起……”

“没什么，都是很久以前的事情了。爸爸说，妈妈死于一种肺病，现在看起来没什么大不了的，但当时缺乏药品，也没有好的医生医治，你知道，当时整个世界都刚刚从大灾变中恢复不久，一切都很混乱，最优秀的医疗资源都优先供应给了军队。”

黛西点点头。

“我爸爸在一家涡轮厂工作，每天都很忙，他的肺也不太好，晚上总是咳嗽。我小时候不懂事，总是嫌弃他咳嗽、嫌弃家里太小、嫌弃墙壁不隔音，”路凡苦笑着摇摇头，“后来我才知道是工厂里的粉尘造成的。他赚钱不多，也没有再结婚，我想大概是因为我。他不同意我参军，认为我再也回不去了，他朝我大发雷霆——他从来没有朝我发过那么大的火。我瞒着他递交了申请，你知道，当时我已经年满十六岁了，从法律上来说，其实他拦不住我。”

说到这里，路凡沉默了。

“你后悔了吗？”黛西轻声问。

“我后悔那时候不懂事，临走前那段时间，我一直不愿意和他说话。那时候，一想起自己马上就要离开那个阴暗潮湿的公寓，乘坐太空电梯前往星海征战，我就什么都不在乎了。后来，爸爸好像已经接受了事实，临走前，他给我做了一顿我最爱吃的饭菜，还允许我喝酒。我觉得，那天晚上，他真的把我当作大人了。他告诉我，不管走到哪儿，都要记住家在哪儿。”

“他是个好爸爸，”黛西说，“你应该回去看看他。”

“我已经很久没有他的音信了。最后一次通话还是十年前我回太空港的时候，但我没时间回家。他说他快退休了，让我不要牵挂他。他曾经告诉我，其实他的梦想就是离开地球，到群星之间去看看，”路凡耸耸肩，“我大概遗传了他这一点。”

“等战事缓和了，你可以打报告回大本营，至少也可以申请回去休个假，他们不会这么不近人情的。”黛西安慰他。

“谢谢，希望如此吧。”路凡说，“你呢，你有什么打算？”

“我不打算回地球了，”黛西耸耸肩，无所谓地说，“我在地球上已经没有亲人了，你知道的。”

“对不起。”

黛西笑了，“为什么人们总是为了不是自己犯下的错，互相说对不起呢？”

路凡也笑了起来。

“这也没什么，其实军队里也挺好的，我已经习惯了。”她犹豫了一下，继续说，“地球上的生活其实还不如战舰上，你知道的，安理会现在已经完全变味了。”

路凡下意识地向四周张望了一下，不过，十五年前的那种感觉又回来了，这种言论也只有黛西敢大喇喇地说出来。

看见路凡的样子，黛西扑哧一声笑了起来，她又俏皮地一笑，“怕什么，你不会去告发我的，对不对？”

路凡无奈地一笑，“当然不会。”

“其实，”路凡慢慢说，“我以前也抱着这种想法，但是现在看来，如果人类还是像以前一样四分五裂，恐怕早就战败了。”

“道理谁都懂啦，”黛西点点头，“要不是达瓦人出现，人类现在没准还在地球上打成一团呢。”

“你要知道，在当时，世界上只有安理会有能力将全球的人统一起来。”路凡说。

黛西不置可否地耸耸肩。

大灾变之后，社会秩序逐渐恢复。来自达瓦人的巨大威胁变得现实起来。对于达瓦人为什么只派出了一艘战舰对地球进行袭击，人类不得而知，但有一点是肯定的，达瓦人对地球抱有巨大的恶意。既然达瓦人已经掌握了地球坐标，那么后续的袭击很可能随时会来。而下一次来的可就不一定是一艘战舰了。

来自外太空的危险让人类社会瞬间摒弃了所有的内部纷争，奇迹般地恢复了和平。在五大常任理事国的强硬要求下，安理会的权力开始无限扩大。安理会很快就通过了第一个决议，成立由五大常任理事国军队为主体的武装力量作为地球常备军，由安理会直接领导。除了五大常任理事国之外，地球上所有的国家和地区将按照安理会决议裁撤军队，仅保留少数治安军，省下来的军费全部投入太空科技研发。

这个决议遭受了一些国家的强烈反对，他们认为这是新的霸权主义。这些国家认为，联合国安理会已经成为一个新的独裁强权，事实上原安理会五大国瓜分了整个世界。在此风潮下，各国的首都纷纷爆发了大规模抗议游行，他们高呼着口号，要求安理会解散，从本国撤出地球常备军。

安理会毫不手软，由五大国军队组建的常备军很快就进驻了这些国家的首都和各大城市，接管了电力、通信、饮水等基础设施，并快刀斩乱麻，迫令本地治安军全部缴械。同时，常备军的航母舰队也相继对反抗国发起了封锁，并且宣布对不服从安理会决议的国家和地区进行全面经济制裁。

在完成了几个国家的政权更迭之后，很快，所有的国家都认可了安理会和地球常备军的地位。人类世界第一次完成了表面上的统一，联合国已经名存实亡，安理会成为事实上的最高权力机构。

接着，安理会根据各国的气候划分出了农业区、重工业区、轻工业区等，还建立了世界科学院，对科研项目进行统筹管理，避免资源重复浪费。更重要的是，中国国家航天局、美国国家航天局、俄罗斯国家航天局、欧洲空间总署等几大官方航天机构全面合并，成立了联合国空间开发总署（UNSA），全面负责太空科技的研发。

很快，UNSA 的重要性就体现出来了，在几乎无限制经费和资源的支持下，UNSA 很快就攻克了太空电梯技术。沿着赤道，UNSA 建立起了十二架太空天梯，开始大量地运送物资和人员进入同步轨道，正式成立地球太空军。

严格来说，路凡和黛西都是 UNSA 的雇员。

黛西沉默了一会儿，接着又说，“你知道吗？世界科学院那帮人到现在连达瓦人的文字都看不懂。”

“我听说过一些，”路凡谨慎地说，“达瓦人肯定是有语言和文字的，据说在达瓦人的战舰残骸里的确发现过一些像文字一样的符号，但很难破译出来，因为达瓦人和人类的思维逻辑不一样，可能有很多概念都不相通。除非我们真的能抓一个达瓦人来教我们。”

“我看根本没那个必要，”黛西一挥手，“杀光他们就对了，我们没什么需要向他们学习的。”

路凡抬起头看着黛西的眼睛，“是的，达瓦人对我们发送的信息从来都不做理睬，根本没有和平谈判的可能，只能拼个你死我活了。”

黛西沉默了一会儿，又看向窗外，“我不明白我们跃迁到这里要做什么？这里是最荒芜的星域之一，这里没有类地行星，就连达瓦人对这片星域也不屑一顾。”

“我不知道，不过即使我知道，根据保密条例，我也不能告诉你。”

黛西笑了起来，“你还是那么一本正经，放心吧，舰长先生，即使你现在告诉我，我也会捂着耳朵走开的，我可不想连累你犯下泄密罪。”

“黛西，”路凡认真地看着这个阔别十五年的女孩，说，“说真的，已经这么多年了，你真的想在太空军里度过一生吗？”

黛西抬起头看着他，两人的目光在空中交会，片刻之后，黛西移开了眼神。

这时，餐厅里突然响起了一首古典钢琴曲，帮路凡解了围。喧闹的人们都安静下来。黛西惊喜地看着路凡，他们相视一笑，这支曲子他们再熟悉不过了，以前在太空港特训的时候，他们经常一起听这支钢琴曲。那是中国的古典名曲《梁祝》改编的钢琴曲，路凡曾经告诉黛西，那是一个凄美的爱情故事。

“我改变对‘破虏号’的看法了，”黛西微笑着看着路凡，“我以为这种歼星舰上都是一帮五大三粗的大老爷们儿，没想到你们的音乐品位还不错。”

路凡不好意思地笑了笑。

“还是说，你的部下一直都在看着我们？”黛西狡黠地一笑。

“不，”路凡摇摇头，“按理说，战舰上是不允许带这些违禁品上船的，指挥部曾经追查过，但查不到是谁干的。”

“啊？”黛西张大了嘴巴，“你是说，你们现在不知道是谁在放音乐？”

“嗯，大家都说这是‘破虏号’的上一任舰长詹姆斯的鬼魂在作祟，”路凡故意压低了声音，“你还不知道吧，这艘船上的船员可不止你能够看到的那些。”

“啊？”黛西瞪大了眼睛。

“这是‘破虏号’上的一个传说，据说有战死的战士的鬼魂还在船上，他们在船员休息的时候会出现在船上，在走廊里踢正步，在餐厅里对我们的表现评头论足。”

黛西不禁有些脊背发凉，她下意识地看了看四周。

路凡笑了，“放心吧，他们没有恶意。据说他们都是‘破虏号’上的上一批船员，八年前，‘破虏号’参加了格利泽星域的战役，在那场战役中，‘破虏号’被击穿了一个大洞，所有的船员都牺牲了。后来，救援队打扫战场时，发现‘破虏号’的引擎并没有损坏，于是他们修好了引擎，将‘破虏号’跃迁回了地球进行维修，给它重新安装了最新一代的主脑，更新了武器系统和船员，我就是那个时候被分配到这艘船上的。”

“难道真的会有鬼魂吗？”

路凡耸耸肩，“官方的解释是飞船主脑的一些进程偶尔会出现一些无伤大雅的小缺陷，比如莫名其妙地播放一些音乐，灯光闪一闪什么的，食物合成器出现菜谱程序里没有的菜等奇怪的事情……”他顿了顿，低声说，“不过，黛西，我总觉得这个飞船的主脑跟我有一种说不出来的默契。”

“怎么说？”黛西好奇地睁大了眼睛。

“很难说，”路凡微皱眉头，“你知道吗，这艘飞船不是第一次放音乐了。我刚登船没多久，有一天早上，我在睡梦中听到了一首歌，巧合的是，那首歌是我小时候，父亲最爱唱给我听的。”他顿了顿，眼神有些黯然，“我醒来的那一刻，还以为自己正躺在家里呢。”

黛西轻轻地握住路凡的手，柔软中带着一丝温暖，“我能理解这种感觉。”

“奇怪的是，后来我发现，只有我的舱室里放了歌，”路凡说，“据说那是船上的鬼魂在欢迎我们。”

“这样挺好的，我宁愿相信真的是他们的鬼魂，”黛西动情地说，“一想起这些前辈还在默默地照顾着你们，还是挺……温暖的……”

“是啊，大家都说，战场距离地球太远了，战士的灵魂找不到回家的路，只好继续待在这艘船上。”

黛西转头望向舷窗外，这里距离地球足有两百多光年之遥，他们看见的是陌生的星空。不过有一点是可以肯定的，在这寒冷广阔的星域，不管是活人还是鬼魂，都找不到回家的路。

四

三天后。

“破虏号”舰桥指挥室。

路凡站在宽大的舷窗前，静静地看着这片陌生的星空。据说早期的战舰内部非常逼仄狭小，所以舷窗都被设计得异常宽大，似乎想用外界的视野空间来弥补舱室的狭小。后来，人类的战舰越造越大，这种传统却保留了下来。

路凡刚刚收到了最新的作战命令，尽管他作战经验丰富，还是被这道命令惊出了一身冷汗。这是一场没人能想到的冒险。人类想不到，达瓦人更想不到。也许这就是大本营那些参谋制订这个计划的理由。如果计划成功了，人类将在达瓦人的防线上撕开一道口子。

指挥室的灯光突然闪烁了几下，路凡连头都没抬，他对此早习以为常。

自从“破虏号”重新服役之后，舰上闹鬼的传闻就传开了。不少士兵报告说舱室里的灯光会忽明忽灭，而且会传出不明的音乐声。最严重的一次是在作战时，有武器系统在未经操作员确认的情况下自行启动并且摧毁了一艘刚从跃迁点出现的达瓦战舰。

在战后的军情分析中，参谋部认为，那艘达瓦战舰的跃迁点当时正好处于战舰扫描的盲区，如果那个主炮没有自行启动，“破虏号”将被摧毁。路凡将报告发回了大本营，得到的回复是战舰的主脑可能有一些小小的缺陷，世界科学院正在紧急开发修复补丁。既然这个缺陷没有造成负面影响，“破虏号”就可以继续作战。这个信息并没有出乎路凡的意料，由于军力紧缺，大本营不大可能因为这点儿小事就将“破虏号”调回维修基地。

自从那件事之后，上一任舰长吉姆和他的船员们的鬼魂还在“破虏号”上的传闻就彻底传开了。但这一次，船员们已经不再害怕，相反，他们感到非常幸运。还有士兵每次在用餐时会在一个特定的空桌子上额外放一副餐具，传说那是上一任舰长吉姆常坐的座位。

路凡知道之后，付诸一笑，并没有阻止他们。在茫茫星海中作战，人们是需要一些精神力量的。路凡当然不相信这些传言，但他无法阻止别人胡思乱想，但不知道为什么，冥冥之中，路凡总觉得有一双无处不在的眼睛在看着他。

只是不知道，如果吉姆舰长的鬼魂得知了他们即将进行的计划，会不会阻止他们。

路凡叹了口气，接通了副官的电话，下达了立即召开军事会议的命令。

半个小时后，“破虏号”舰桥指挥室内。除了“破虏号”上的军官们，其他战舰上的校级指挥官都通过全息影像悉数到场，让本来就不大的指挥室显得有些拥挤。

“诸位一定对这次任务的目标感到疑惑吧？”路凡开门见山，“这片星域早就已被探明，并不存在达瓦人的前进基地。我们真正的目标是北冕座星域。”

“长官……”一名军官惊奇地问，“恕我直言，从来没有战斗群进行过二次跃迁，我们没有储备足够的安科粒子。”

“情报显示，”路凡没有理会质疑，继续说道，“北冕 -A 星有一个重要的安科矿场，矿场采集的安科粒子对达瓦人非常重要。更重要的是，这颗星球也是达瓦人一个非常重要的前进基地。”

他抬手示意了一下，灯光熄灭，三维立体星图出现在作战室里，众人立即沉浸在茫茫星海中。路凡的副官开始讲解目前的战场态势。

和人类的空间跳跃技术相似，达瓦人的空间跳跃距离也有一定的距离限制，超出一定距离进行的跳跃所累积的误差可能会非常大，而且信号的传输局限于光速，所以不管是达瓦人还是人类，都无法支撑远距离的大规模战舰投放。要想在距离地球上千光年的地方作战，至少要在一百光年之内建造一个前进基地。换句话说，不管是人类还是达瓦人，如果前进基地被摧毁，就会失去对一百光年距离之内星域的控制。

“总参谋部认为，摧毁这颗行星，能将达瓦人的防线压缩至少五十光年。我们的任务就是拔除这个跃迁点，这次的作战任务事关重大。我们这一次的行动是冒了极大的风险的，从来没有一个战斗群连续进行过两次跳跃。而达瓦人也知道这一点，也就是说，他们根本不可能预料到‘破虏号’战斗群会突袭这里。我们的任务是迅速解决战斗，在达瓦人的增援舰队跃迁到来之前彻底摧毁这颗行星，一举扭转战场态势。”

“很好，”副官解说完毕之后，路凡点点头，接着说，“诸位，我想已经不必重复这次任务的重要性了。今天，我想说一些别的。你们都知道，人类和达瓦人的战争已经进行了六十多年，而在此之前，人类甚至还在怀疑外星文明到底存不存在。人类一走出地球就遇到了达瓦人，差点遭遇灭顶之灾，这是人类的不幸，但我看到的却是一种幸运。试想，如果达瓦人的科技远超我们，我们就不可能在遭遇第一次攻击后幸存下来。而且，达瓦人和我们一样，都是碳基生命，而不是某种我们无法理解的东西，我们的武器能够对它们造成伤害，这也是人类的幸运。但是人类不可能一直幸运下去，这场战争拖延的时间太久了，人类已经遭受了太多的苦难，而战争却一再失利，如果我们输掉这场战争，人类将彻底灭绝。如果我们输掉眼前的这场战役，'破虏号'战斗群将没有机会跳跃回最近的前进基地，而达瓦人的后续舰队却会跳跃到我们的下一个前进基地，大本营不会有足够的舰队去保护它。这意味着，通向太阳系的防线很可能会被突破。"

听了这番话，指挥室里的军官们交换着震惊的眼神。

路凡的目光从部下们的脸上扫过，他继续说道："所以，形势已经很清楚了，这是一场达瓦人万万也不会想到的军事冒险，事实已经证明，我们在常规战场上无法彻底战胜达瓦人，但我们可以依靠我们的谋略来战胜敌人。根据这些年的战争经验，世界科学院已经建立起了达瓦人的社会模型。达瓦人是一个相信逻辑的种族，它们绝对理性，它们相信一加一永远等于二，它们的防线总是无懈可击，但它们的这种优势也恰恰是它们的弱点。达瓦人缺乏冒险精神，它们不相信奇迹、不相信精神力量，而这正是我们人类所相信的。我们的祖先曾经在战场上多次以少敌多，出其不意，创造战场上的奇迹。达瓦人不会相信人类会有几万个体为了胜利而抛弃自己的生命，但这正是我们要做的，我相信，我们必将取得胜利。"

五

事实证明，人类的冒险精神再一次取得了胜利。

达瓦人果然没有预料到人类舰队的出现。“破虏号”战斗群突然出现在北冕-A行星上空，瞬间就摧毁了达瓦人薄弱的防御力量。北冕-A行星外围空空如也，完全没有防备，只有几艘微不足道的巡逻艇。人类舰队中了头彩，达瓦人只要部署一艘主力战舰，都会使人类舰队遭受重大损失。

战舰里一片欢欣鼓舞，达瓦人根本就没想到人类敢于进行二次跃迁。

路凡站在操控室的舷窗边，看着数百颗亮点朝北冕-A行星降落下去，那是满载着陆战队的登陆舱。路凡曾经无数次见过这种场景，他知道有些人再也回不来了。经过这些年在战场上的磨炼，路凡早已能够平静地接受这个现实。但这次不一样，这一次，黛西也作为陆战队员参加了登陆任务。

路凡希望黛西能够平安归来。

他呼叫主脑，将地面影像接入了视域。

视域内，数十个登陆舱已经着陆，路凡看见身穿黑色动力装甲的陆战队队员们从登陆舱里冲出来，在空地上集结成一个个作战小组。陆战重装坦克也从登陆舱里开了出来，这些金属巨兽有着惊人的灵活性和强大的火力，它们甚至装备了战术核导弹。在他们的头顶，数十架高空歼击机呼啸着扑向灰色的达瓦人要塞。

北冕-A行星是一颗位于宜居带的岩石行星，体积比地球略小，海洋主要集中在北半球，南半球有两片大陆。达瓦人的指挥中心在靠近赤道的一个海港，防守严密。地球军必须尽快将其拔除，否则达瓦人的增援舰队很可能跃迁过来。好消息是，舰队暂时没有探测到跃迁的迹象，说明没有达瓦战舰在刚才的袭击中跃迁逃离。

陆战队开始向达瓦人的指挥中心推进，他们没有遭受任何抵抗。那些灰色的碉堡很轻易地就被炸成了碎片，没有收到遭遇任何反击的报告。

不对劲，路凡的心里突然有一种隐隐的不安，这一切都太顺利了。跃迁太顺利了，陆战队的突进也太顺利了。先头部队已经接近指挥中心了，依然没有遭遇任何抵抗。

突然，凄厉的警报声响起，红光闪烁，每一个屏幕上都出现了一行刺眼的警告：探测到大量空间畸变，预示着马上就会有大批达瓦战舰跃迁过来。

“糟了，难道这是一个圈套？”

路凡大吃一惊，他急忙点开操控界面，不可思议的事情发生了——操作界面被锁定。

“以下是来自最高指挥部的命令，请立即前往逃生舱，”主脑的声音在舱内响起，“逃生路线已经投射到你的视域，请跟随绿色的箭头前进。”

“这到底是怎么回事？”路凡紧紧地皱起眉头，因为最高指挥部的命令必须得到舰长确认才能发布。

指挥室的门滑开了，军情中心的军官们鱼贯而入，每个人的脸上都带着惊慌之色。

“不是我下的命令，”路凡看着他的部下们，他指了指眼前的操作界面，“有人劫持了这艘战舰。”

“难道是投降派？”有人脱口而出。

在安理会接管全球政治权力的过程中，在地球上曾经出现过三个派别，分别是逃亡派、享乐派和投降派。

有人质疑UNSA的权力过大，而且将全面备战作为首选之举并不可取。作为一个能够发动恒星级攻击的文明，达瓦人的科技水平一定远远超出人类，人类应该将所有的精力用于逃亡。这个派别被称为逃亡派，他们呼吁应该禁止星际战舰的建造，应该建造民用逃生飞船用于逃生。

与之对应的还有享乐派，这个派别的人数更多，一方面，他们赞同逃亡派对达瓦人的科技判断，认为联合国安理会的穷兵黩武毫无意义；另一方面，他们也不认为逃亡派是正确的，他们认为按照人类的科技实力根本无法制造出足够全人类逃亡的星际飞船。即使真的造出了逃亡飞船，也一定只有少部分精英才有资格登船。所以，这一派的观点是，人类社会应该继续重建文明，当作什么事情都没发生。即使达瓦人再来，反抗也无用，不如好好过完剩下的日子。政府应该将财富分发给普通民众，让大家都过上最后的好日子。这一派的观点蛊惑性很强，得到了许多处于社会底层的穷人的支持。

最后一个派别是投降派，他们的大部分观点和享乐派相同，唯一不同的是，他们主张人类应该立即派出飞船前往达瓦人星系递交投降书。他们认为，达瓦人一定会再次发动攻击，到那时，人类必然难逃灭顶之灾。唯一的希望是在达瓦人发动攻击前投降，甚至主张人类立即进行自我阉割，退回到前工业时代。派内更激进的人认为人类需要毁掉所有科技文明，退回到采集狩猎社会，方能保全人类血脉。这个派别竟然获得了动物保护组织和环保组织的一致支持，声势不小。

面对这种情况，安理会宣布，虽然达瓦人仅依靠一艘飞船就差点儿摧毁人类文明，但是根据世界科学院对达瓦人飞船残骸的研究，达瓦人的科技水准很可能并不比人类高多少。按照人类目前的科技水准，想摧毁一颗行星的生态系统，也不是没有可能。另外，达瓦人飞船的超光速引擎和人类研发出来的超空间跃迁引擎在基本原理上是一致的。这也说明一点，在技术的发展轨迹上，趋同效应也是存在的。毕竟技术都要遵循最基本的自然规律，这种现象在地球上并不罕见，最典型的例子是，“二战”中英国人和德国人都曾经独立研发出雷达。

基于这种判断，安理会宣布，不管是逃亡主义、享乐主义还是投降主义都为非法。所有相关的组织都被取缔，领头人和骨干们均被抓捕并判处苦役，悉数发配到月球从事军事基地建设和氦-3 开采。

但是依然有人认为有极端的投降派潜入了太空军，试图帮助达瓦人破坏人类的战略行动。但这种说法没有得到证实。

“不，”路凡摇摇头，“不是投降派。”

“舰长，侦测到大量空间畸变点，达瓦舰队正在发起空间跃迁，我们失去了对舰船的控制，”监测员紧张地汇报，他顿了顿，最后补充道，“我们从来没有遇到过这种情况！”

“你想说，是达瓦人劫持了战舰？”路凡皱起眉头。

“不，”监测员脑门上的汗珠滚落下来，“没有发现外来入侵，是……”他的动作突然停了下来，表情好像见了鬼，他抬起头看着路凡，“舰长，封锁来自内部……有人封锁了您的最高权限……我们失去了对‘破虏号’的控制。”

“这不可能！”路凡摇摇头，“这艘舰上，没有人能比我的权限更高。”

“天哪，难道是幽灵吉姆……”有人惊呼。

“住嘴！”一名高级参谋怒斥，“一定有达瓦人的间谍！”

监测员和副官对视了一眼，他们都觉得，与其相信舰上有达瓦人的间谍，还不如相信真的有幽灵吉姆。

“等等，”技术官眼睛一亮，“有人在给所有人下命令，要求去逃生舱……”

“命令来自哪儿？”

“是您亲自下的命令……”技术官脸上见了鬼的表情又回来了，“我们也接到了来自您的撤退命令……”

“我不会下这种命令的……”

“舰长，武器系统启动了。”监测员喊道。

“到底是什么人干的？对了，主脑呢？命令都是通过主脑下达的，主脑为什么没有拦截这种命令？”副官问。

“问题就出在主脑上，舰长，”技术官擦了一把冷汗，他终于反应过来，“准确地说，战舰被主脑劫持了。”

路凡面色冷峻，“这不可能！主脑只是人工智能，人工智能根本没有权限控制舰船。”

“只有这一种解释，舰长，”技术官结结巴巴地说，“等等，快看，主脑给我们指出了逃生路线，它解锁了逃生舱，它想让我们全部撤离。”

“不，作为一个舰长，我会与‘破虏号’共存亡，给战斗群其他战舰发信息，所有人必须坚守岗位，弃舰而逃视为叛变行为！”

“舰长，不可能了，所有内部通信和外部通信设施都已经被主脑接管了，”通信官说，“我们联系不到其他战舰。”

“有多少敌人来袭？”

“按照空间畸变指数，至少有三个达瓦人集群……舰长……”副官顿了顿，艰难地说，“这是一个陷阱。”

指挥室里一片哗然，路凡冷静地说，“这可能吗？”

一个参谋说，“这不是不可能，战争已经持续了半个多世纪，达瓦人不可能对我们没有研究。这个陷阱并不高明，但这么多年来，达瓦人在谋略方面一向表现得很弱势，虽然他们的技术比我们先进一些，但我们正是依靠优秀的谋略弥补了这一点。在这场战争中能够和达瓦人势均力敌，也正是因为这样，我们陷入了思维定式，根本没有想过达瓦人会设下陷阱。”

“这么说，我们一头扎进了这个陷阱？”

众人面面相觑，参谋说：“是的，我们低估了达瓦人。”

“三个集群的达瓦人，如果我们全力迎战，胜利的可能性有多大？”

“即使我们以逸待劳，最多能重创达瓦人的一到两个集群，但我们绝无可能全身而退……”

“舰长，达瓦人预计还有十分钟完成跳跃，我们的时间不多了。”监测员大喊。

所有人都看着路凡，路凡沉思了一下，说：“这么说，主脑的决策是正确的？如果我们还掌握着战舰，按照人类的思维模式，所有人都会死在战舰上。”

没有人应答，人们仿佛能听见时间流动的声音，气氛凝固得好像要滴下水。

“舰长，距达瓦人跃迁完成还有八分钟。”监测员的声音在死一般的寂静中显得尤为刺耳。

“我不会离舰的，”路凡郑重地说，“全体都有，我以‘破虏号’战斗群最高指挥官的名义命令你们，立即按主脑的指示前往逃生舱，准备弃船。”

没人动弹，一个参谋失声喊道：“舰长！”

“这是命令！”

副官摇摇头，“舰长，即使我们真的离舰了，也没有人能活下去的。”

经历了最初的慌乱，众人现在都已经冷静下来了，他们知道副官说的是事实。每一次超空间跃迁之后，超空间引擎都需要长达一个标准星期的维护和重新加注安科粒子，根本不可能及时启动。如果舰队全灭，也几乎不可能有援军跃迁前来救援。这是战场惯例，因为不管哪一方舰队获得了胜利，都会占据战场防备援军来袭。况且，战舰刚脱离跃迁时也是最危险的时候。

“舰长，收到一条来自‘磐石号’护卫舰的信息，”监测员惊喜地喊道，“等等……这不可能……‘磐石号’已经准备好了超空间跃迁引擎！‘磐石号’报告，他们的超空间跃迁引擎自己启动了，他们请求您立即前往‘磐石号’。”

“有这种可能性吗？”路凡问道。

“不可能，没有战舰能够这么快就开启跃迁引擎。”一名参谋官斩钉截铁地说。

“也许‘磐石号’提前加注了足够第二次跃迁的安科粒子。”有人猜测。

“不太可能，”技术官说，“这是严重违反战场规定的。每一次跃迁所需的安科粒子都会按事先根据跃迁距离计算出的加注量注入引擎，在跃迁开始之前，引擎中的安科粒子就会被消耗殆尽。加注量是严格计算出来的，如果加注了过多的安科粒子，有很大概率会导致引擎爆炸，战舰会在越过超膜的瞬间被撕裂成基本粒子。唯一的可能是，有‘人’违反了规定。”

“不管这个人是谁，他都很幸运，不是吗？”路凡说，“‘磐石号’并没有被撕裂，反而能把信息带回去。这个情报非常关键，如果没有人将这个情报带回去，大本营永远都不会知道达瓦人已经学会了基本的谋略，我们只要再输掉一两场关键性的战役，我们就会输掉这场战争。星海虽然广袤，但我们不能继续后退了，我们的背后就是地球。必须有人回去，没有时间了，执行命令吧。”

路凡顿了顿，然后补充道：“最后，很荣幸和各位一起作战。”

这一次，没有人再拖延，军官们纷纷朝路凡行礼，然后从舰桥鱼贯而出。

路凡重新坐下，他摘下军帽，放在桌子上。

舰身持续不断地震动着，那是逃生艇在离开战舰。透过舷窗，路凡看见逃生舱纷纷从弹射通道里弹射了出去。但他知道，他们大多数人的命运都已经被决定了，他们即使能平安降落到北冕-A 行星上，也必将陷入来自达瓦人集群的高空轨道轰炸。

但现在，能登上“磐石号”的人就有机会活下去。

这时，一切都仿佛离他远去了，路凡打开抽屉，拿出一个精美的木盒，打开后，里面竟然整齐排列着十只哈瓦那雪茄。

他知道，那个鬼魂又出现了。

“是你干的吗？”路凡取出一支雪茄，静静地说，“是你提前给‘磐石号’加注了安科粒子，对吗？”

没有声音。

“你到底是什么人？”路凡说，他知道鬼魂能够听到他的声音，“我知道你一直在船上，我不相信这个世界上有鬼魂，但我知道你没有恶意。”

还是没有声音，安静的舱室里只有路凡平静的呼吸声。他四处看看，没有雪茄剪，他分明记得雪茄剪也在抽屉里。

“咔嗒”一声轻响，雪茄剪掉在了地板上。

路凡弯下腰，捡起雪茄剪。原来你在这里。是谁把你放在桌子边缘的？

“你到底想做什么？”

他注意到一部分逃生舱前往“磐石号”，更多的逃生舱向北冕-A行星降落而去。几束刺目的光芒闪过，战斗群开始进行轨道轰炸了。

路凡明白了，既然这是一个圈套，那么地面上的设施也一定是伪装。真正的前进基地并不在这颗行星上。“吉姆老舰长”正在控制战舰消灭行星表面可能存在的埋伏，为即将降落的逃生舱和已经登陆的陆战队员清除可能存在的危险。

“没用的，”路凡说，“达瓦人会彻底清理这颗星球，没有人能活下来。不过你已经做得够好了，给‘磐石号’提前加注安科粒子，你到底是怎么做到的？”

一行字突然出现在路凡的视域里：“凡凡，该回家了。”

路凡顿时如遭雷击，他的手一抖，雪茄掉在了地板上，“你是谁？”

文字消失了，就像从未出现过。

“你到底是谁？”路凡大喊。

回应他的依然是一片死寂。

六

这时，指挥室的门突然开了，几个宪兵走了进来。

一名宪兵敬了个军礼，“对不起，舰长，我们接到了命令，要带你去‘磐石号’。”

“谁的命令？”

“命令来源是保密的，但有更高权限。”宪兵面色冷峻。

路凡叹了口气，他起身，在宪兵们的押送下走了出去。

登上逃生舱之后，逃生舱立即弹射了出去。

一名宪兵惊呼一声，让他们向外看。于是他们看到，战斗群开始分散队形，向空间畸变点的方向行驶而去。严格来说，空间畸变点其实是不可见的，它们是战舰进行跃迁时扭曲的空间点，准确地说，空间畸变点其实是一个通往超空间的入口。空间畸变点周围的空间被极度扭曲，透过超空间连接起遥远的出发点，只有通过扭曲的星光才能隐约将空间畸变点和周围正常的空间辨别出来。

“天哪，他们要干什么？”

一片阴影笼罩了他们，路凡抬头望去，只见“破虏号”雄伟的身姿正从他们头顶缓缓滑过。

“他们疯了吗？难道他们要直接撞击空间畸变点？”一个惊恐的

声音响起。

“不可能，如果靠近畸变点，只会自杀！”

说话间，他们的逃生艇已经靠近了“磐石号”，“磐石号”光滑的舰体上滑开了一个门，逃生艇准确地钻了进去。逃生艇停稳之后，舱门自动打开了，路凡在宪兵们的押送下走下逃生舱，只见大厅里到处都是忙乱的人群。

飞船主脑的声音在大厅里回响，“请立即沿指示前往过渡舱，‘磐石号’将在三分钟内开启跃迁。”

“不行，”路凡喃喃自语，“我不能走，黛西还在下面。”

他朝最近的舷窗走去，宪兵们试图阻拦，但路凡没有理会他们。走到舷窗前，他看到了不可思议的一幕，“破虏号”巨大的船身已经快看不见了。从这个方向看只能看到它的发动机喷出的长长的青白色尾焰。一艘达瓦人战舰扭曲着出现了，还未完全凝结成实体就被“破虏号”的激光束射穿了。

更多的达瓦战舰出现了，“破虏号”战斗群所有的战舰都在向空间畸变点发起冲锋。路凡注意到，首批完成跃迁的达瓦战舰并没有还击，他瞬间就明白了，达瓦人已经学会了先发送诱饵来消耗人类的火力。

“凡凡，该回家了。”

一个声音突然从他的通信器中传出。

路凡大惊，那分明是父亲的声音，这不可能，父亲分明还在200光年以外的地球。

“你是谁？”路凡惊叫，宪兵们不知所措地看着他。

没有声音，通信器里依然是一片寂静。周围的人群依旧消失了，路凡仿佛正在看一场无声电影。他看见人类战舰发起了自杀式冲锋，“破虏号”一马当先，冲向了空间畸变点最密集的区域。

这的确是单纯的自杀，越靠近空间畸变点，战舰越容易受到弯曲空间的影响而撕裂；而且无法对敌人造成伤害，因为从理论上说，敌人还在原地没有出发。贸然攻击空间畸变点也充满了危险，激光束同样会被空间弯曲影响，甚至可能误伤友军。所以在敌军战舰没有完全凝结成实体时，攻击不仅是无效的，而且是有害的。

这曾经是血的教训。人类刚开始与达瓦人作战时，还没有完全明白这一点。有一次导致了半数战舰被友军击毁，甚至有一艘战舰被自己发射的激光束洞穿。

就在路凡确信自己出现了幻听之后，他听到一声叹息。路凡的心中一颤，他太熟悉那声叹息了，当父亲得知他递交了参军申请之后，没有多说什么，而是慢慢地站起身走回房间，伴随着一声叹息。

时隔十五年，在距离地球300多光年之遥的北冕星域，在战火纷飞的太空，他又听到了那声叹息。

路凡没有看到最后的景象，宪兵们终于失去了耐心，他们押送着路凡在跃迁开始前的最后一刻冲进了快速休眠舱。

“磐石号”启动了超空间跃迁。

据说，超空间跃迁是不费时间的，当跃迁发起的那一刻，也就到达了目的地。根据UNSA的规定，战舰在跃迁时，船员们必须进入快速休眠舱进行休眠。

路凡不确定自己是否睡着了，他最后的记忆是在宪兵们的“贴身保护”下冲进了休眠舱。休眠舱内已经充满了麻醉气体，足以让人在几秒钟内陷入昏睡。

路凡睁开眼睛，发现自己正坐在那间他和父亲居住的公寓里，面前的桌子上是他昨天晚上放学后故意放在桌子上的征兵广告。

昨天夜里，路凡被父亲剧烈的咳嗽声吵醒了。老旧的空气净化器的嗡嗡声和父亲的咳嗽声混合在一起，让路凡愈加难以入睡。他们的空气净化器早就应该更换了，但路凡知道，父亲没有足够的钱。自从母亲去世以后，路凡就一直和父亲相依为命。父亲在一家战舰制造厂附属的涡轮厂工作，每天早出晚归，却只能赚到勉强够两人生活的微薄薪水。

"凡凡，你想去参军？"

路凡低下头看着眼前的征兵广告，几个大字印在广告纸上："你的战友需要你！"广告上一个身穿连体装甲作战服的军人正朝他伸出手，在军人的背后，是不知道哪颗行星的昏黄的天空，一辆陆地突击车的履带正碾过紫色的草原，三架流线型外表闪着寒光的歼击机从他头顶呼啸而过。还有一个身材火辣的女战士手握磁力步枪，面罩拉起，露出清秀美丽的面容，一头黑色的秀发随风飘扬。

他点点头。

"你知道我不会同意的，"父亲说，"你应该考大学。"

"爸爸，我的成绩……考不上什么好大学，"路凡鼓起勇气说，"参军有什么不好呢？"

父亲低下头看着那张广告，"在这个世界上，我只有你一个亲人了。"

路凡有些意外，父亲一向不善于表达自己的情感，一时间，他竟然有些感动，但更多的则是尴尬。沉默了一会儿，他才说：“爸爸，现在部队里很安全。”

“战争又不是游戏，战场上哪有安全的地方？”父亲反问，他看着那张征兵广告，“真正的战争可不像这张广告里画的那样，你看看，他们像是在打仗吗？凡凡，这些都是摄影棚里摆拍的，现实可不像广告里画的那么轻松美好。”

“就算是摆拍吧。不过，爸爸，现在基本上没有登陆战了，我听说都是舰队直接进行轨道轰炸，然后陆战队再登陆扫尾，根本不会遇到什么像样的抵抗。”路凡眉飞色舞地说，“再说了，我想在舰队里服役，最好能当战机驾驶员，不行也可以当武器操作员，反正我不会去当陆战队员。”

“当什么兵种，你以为是你说了算的吗？”父亲担忧地看着他，显得更加忧心忡忡了，他再次说道，“战争不是儿戏，战争可是会死人的。”

“爸爸，每个公民都有为人类文明尽责的义务，”路凡说，“再说了，部队服役期最多也就十年，而且舰队会为退役军人安排工作，退役军人的社会地位也很高，很多地方都会优待军人的。要是我有了好工作，没准咱们还能搬到更好的房子里，有什么不好的呢？”

“我哪儿都不会去的，”父亲闷闷地说，“这是我和你妈妈的家。”

沉默良久，父亲深深地叹息一声，然后站起身，朝门外走去。

走到门口，他停住了脚步，“早点回家，凡凡，爸爸会在这里等着你。”

然后他的背影就消失在了门外。

不，路凡站起身，追了上去，门外不是那条熟悉的街道，而是漆黑的虚空。

“爸爸！你在哪里？爸爸！”路凡大喊着。

“舰长！快醒醒！”有人在摇晃他，他睁开眼，映入眼帘的是焦急不安的船员们。他不在地球上，不在那座公寓里，父亲也不在他的身边。

跃迁结束了，“磐石号”脱离了战场。

等待他们的不是鲜花和掌声，而是冷冰冰的宪兵队。所有活着回去的人都被逮捕关押，进行了严格的审查。作为“破虏号”的舰长，路凡接受了更严格的审查。

经过长达半年的审查之后，路凡终于洗清了嫌疑，但他也不被允许继续待在军队里了，被要求强制退役。

七

路凡再次乘坐太空电梯回到了建岛。时隔十五年，建岛比他离开的时候扩建了很多。乘船离开时，他和很多新来的少男少女们擦肩而过。他们纷纷仰起头看着高耸入苍穹的太空电梯，啧啧惊叹，脸上洋溢着好奇和兴奋——一如十五年前的他。

他回了家，但是家里早就人去楼空了。民政部的人告诉他，父亲在他离开后不久就卖掉了房子，然后在银行里给他留下了一大笔存款就失踪了。没有人知道他父亲的去向，而那笔存款的数额远远超出那套房子的价值。

路凡发疯般地四处寻找父亲，却一无所获，父亲好像人间蒸发了。最后他终于放弃了，颓然回到了原来的家。他没有动那笔存款，而是用自己的退役补贴重新买下了那套房子，然后进入了父亲曾经工作过的工厂工作。

两年后，就在他以为余生就会这么度过时，有一天下班回家，他看见有一个女人在他家门前等待他。

是黛西。

在昏暗的客厅里，两人相对而坐，黛西告诉他，"'磐石号'离开之后，'破虏号'撞向了空间畸变点，不知道为什么，所有的战舰——我们的和达瓦人的，都突然消失了，就像它们从未存在过。"

"如果我们有这种武器，为什么从来都没有用过呢？"路凡问。

黛西摇摇头，"我不知道，事实上没有人知道，这件事情成了高度机密。"

"有多少人活了下来？"

"很少，"黛西露出一丝苦笑，"通信全部中断了，我们根本不知道发生了什么。战舰消失的区域变成了一片虚无，就连光线也无法穿透。我猜，那片区域的空间已经被彻底扭曲了，可能已经脱离了这个宇宙。换句话说，'破虏号'战斗群可能还继续存在，他们可能去了另外一个宇宙。"

"真的会发生这种事情吗？"

"这是有可能的，"黛西拿起桌子上的一张纸，将其折叠，她指着折叠点说，"我们和达瓦人使用的空间跃迁其实是利用从高维空间借用的能量来强行扭曲空间，一瞬间跨越很长的距离。借助安科粒子，超空间跃迁引擎能从高维宇宙获取能量，就像我的双手……"黛西示意了一下，"实际上战舰根本没有脱离三维宇宙，当战舰跃迁到目的地时，从高维空间借来的能量会一并归还，"她展开了手中的纸，“弯曲的空间会复原。其实在出发和到达的同时，安科粒子就已经消耗完了。”

“安科粒子到底是什么？”

“安科粒子其实是一种能够和高维空间起作用的奇异物质，你可以把它们想象成我这双手，但也不完全准确，弯曲空间是来自高维的能量，安科粒子只是一座桥梁，或者说是一种催化剂。当能量归还之后，安科粒子就脱离了和三维空间的联系，这也是为什么在跃迁过程中超空间引擎中不能留存安科粒子的原因。如果在跃迁的过程中，引擎里装有安科粒子，那么安科粒子借来的能量会大过我们所需的能量，很可能会导致撕裂的空间无法复原。”

“那样的话，战舰很可能无法重新出现在三维空间中。”

“是这样的，”黛西点点头，“所以，‘磐石号’的成功是一种幸运，我们不知道他是怎么做到的。”

“他？”

“那个鬼魂，”黛西紧紧地盯着路凡的眼睛，“是他向‘磐石号’超空间引擎加注了足够第二次跃迁的安科粒子。”

“世界上没有鬼，黛西。”

“也是那个鬼魂，在‘破虏号’接受改装时在神不知鬼不觉的情况下悄悄安装了空间畸变武器。”

“你到底想说什么，黛西？”

“你父亲呢？”黛西环视四周。

“他失踪了，我找不到他。”路凡低声说。

“他很爱你。”

“我不知道。”

“你们中国人总是那么含蓄，”黛西说，“即使是父母也很少对孩子说出‘爱’那个字。他爱你，路凡，他为你做了很多你想不到的事情。”

“黛西，”路凡抬起头看着她的眼睛，“这就是你来找我的目的吗？”

“我现在为战略情报局工作，”黛西站起身，走到窗前，望着窗外的万家灯火，天空已经晴朗了很多，即使在城市里，偶尔也能重新看见星星了，“路凡，以下我要告诉你的是高度机密，我知道你的父亲去了哪里。”

路凡依然安静地坐着，但他的心跳猛地加速，血液都涌上了他的脸。灯光从窗外照进来，给黛西的背影镀上了一层模糊的金光。

“你说什么？”

黛西转过身，双臂交叉在胸前，“这还要从人类接触达瓦人之前讲起，你还记得人类发射的那个失踪的探测器吧？”

路凡点点头，“就是它引来了达瓦人。”

“是的，”黛西说，“后来科学家查明了探测器消失的原因，我们的空间跳跃引擎没有问题，出问题的是量子计算机。”

“量子计算机？这和我父亲有什么关系？”

“耐心，路凡，这个世界上绝大多数事物都是有联系的，只是很少有人能意识到。”黛西微微摇头，“量子计算机之所以能够快速运算，是因为量子计算机能够同时在一系列平行空间中进行每一种可能的运算，换句话说，量子计算机本身也是一种连接其他平行宇宙的通道。在进行空间跳跃时，量子计算机的机制可能会出现紊乱，跳跃的距离越长，计算机出现的问题也就越多，准确地说，跳跃距离只要超过4光年，量子计算机就会完全失效。而达瓦人正是从失效的探测器中找到了地球的位置。”

“原来是这样啊，我想，这个问题已经解决了吧？毕竟我们现在已经能够进行100光年距离的跃迁了。”

“当然，问题解决了，因为我们找到了更强大的计算机。”

“什么？”

“这个世界上，比量子计算机更强大的计算机只有一种。”

路凡迷惑地看着黛西，“我不知道人类还发明了什么计算机……”

黛西叹了口气，她指了指自己的脑袋，“人脑。”

“你说什么？”路凡屏住了呼吸，整个世界都开始旋转。

“人脑是人类见过的宇宙中最精密的机器，是造物主真正的杰作，是数十亿年的造化之工，只有人脑才能经受住长距离的空间跃迁，只有人脑会在出现损伤后进行自我修复。”黛西顿了顿，继续说道，“是的，你没有听错，他们开始用人脑替代战舰上的计算机。”

“不可能！为什么没有人知道这种事情。”

“大脑是不能直接拿来使用的，”黛西说，“需要计算和去除不相关的部分。路凡，你知道吗？我们的潜意识和直觉，其实是后台进行了大量的计算，我们自己根本意识不到。如果将大脑运用到飞船上，需要将大脑连接外界的视觉、听觉、触觉、嗅觉等全部去除，只取最核心的能够提供算力的部分，然后与飞船的系统进行连接。这样，大脑才会成为飞船的核心计算机，换句话说，我们将一个人的身体替换成了一艘飞船。”

“天哪……”路凡惊呆了，“他还有意识吗？”

“这正是争论的焦点之一。有科学家认为灌入程序之后，这个大脑会以为自己生来就是一艘飞船。更多的声音则认为这个大脑根本不会存在自我意识，它就是一台高效的生物计算机，最终这个说法占据了上风。但更重要的是，人类需要立即开发出能够远距离作战的战舰，不然人类只会被活活地困死在太阳系里。”

“我知道，这是近海舰队和蓝海舰队的区别。”

“是的，就是这个道理，所以这项技术被秘密使用了。”黛西说，“事实上，这是个明智的选择，有数千艘战舰已经应用了这项技术，没有出现过任何问题。那些大脑尽职尽责，比人类制造的任何计算机都可靠。”

“那些大脑从哪里来？”

“志愿者，”黛西说，“志愿为战争献身，政府会给家属留下一大笔钱。”

“这不是真的。”路凡慢慢地说。

“你的父亲，”黛西盯着他的眼睛，“路凡，‘破虏号’就是你的父亲。”

“不，”路凡站起身，地板在倾斜，整个世界都在崩塌，他扶着桌子，泪水潸然而下，“不，”他大吼起来，“不！你撒谎！”

黛西的眼中也盈满了泪水，“你的父亲可能是唯一一个有记录的觉醒者，他有了自我意识，可能还恢复了一些记忆。‘破虏号’上的那些闹鬼事件，其实都是你父亲制造出来的。还记得那些专门为你而放的音乐吗？他知道你在船上，是他保护了你。”

“凡凡，该回家了。”

泪水一滴一滴地溅落在桌子上，路凡浑身颤抖着，他想起自己小时候总是很调皮，在外面玩到天黑都不回家。父亲做好了饭就会出来找他，他总是很温和地说那句话：“凡凡，该回家了。”

汹涌的悲伤从他的脚底升起，一直将他淹没。

黛西等待着，直到悲伤的潮水缓缓退去。

“不，我父亲，他怎么会懂得超空间引擎和安科粒子，他只是个普通的工程师啊……”路凡喃喃地说。

“他已经不是你的父亲了，他是‘破虏号’，作为一艘战舰的主脑，我们并不知道他到底在想什么，飞船上的每一个监视器都是他的眼睛，每一个传感器都是他的神经末梢，他感知到的世界是我们无法想象的。”黛西摇摇头，“根据战略局和军情中心的推演，你父亲做出了人类做不到的决定，如果不是他，我们会彻底输掉那场战役。事实证明，他对空间畸变武器的理解比我们所有人都更深入。‘磐石号’带回来的情报非常重要，将会对以后的战争产生非常深远的影响。”

黛西顿了顿，说：“他不仅救了你，还救了我们。‘磐石号’返回后，救援船很快就出发了，不然我们只会困死在那颗星球上。”

“他……‘破虏号’……你说他还活着？”

“他可能去了另外一个宇宙，就像从一本书的书页跳到了另外一页，”黛西说，“我们大概永远也无法联系到他了。”

“安科粒子……你说过，安科粒子是一种桥梁……”

“但我们并没有完全理解安科粒子，我们只是学会了怎么去应用它，就像古人并不知道火是什么，但这不妨碍他们使用火去烤熟猎物。”黛西说，“也许有一天，人类能够真正打破平行宇宙的屏障，我们还能找到他。”

“我的父亲，”路凡喃喃地说，“他一直向往星空，他曾经告诉我，他最大的心愿其实是在群星中漫游。”

“他的梦想实现了，他已经变成了一种我们无法理解的生命，”黛西轻轻握住路凡的手，“但他知道你在船上，他一直在守护着你，路凡，他一直都爱着你。”

真实世界

文 / 何涛

一

到处都是断壁残垣和报废已久的车辆，目光所及之处看不到一丁点儿绿色，城市废墟在烈日下绵延不绝，不知何处才是尽头。

我躲在一堆混凝土碎块后，透过望远镜观察着前方的路口。出现在视野中的是一个大块头，身高超过两米，全身上下都泛着铁灰色的光泽。它的外观很像人类，但我清楚，它只是一名雷暴兵，冷酷无情的杀人机器。

雷暴兵已经离我很近了，我能清楚地看到它三只眼睛中的红光、肩头醒目的闪电盾标志以及固定在前臂上那挺令人恐惧的加特林多管机枪。那玩意儿有六根枪管，每分钟能射出一万发高爆子母弹，弹幕铺天盖地，足以在一瞬间将任何有生目标撕成碎片。死于多管机枪之下的人只能用“惨不忍睹”四个字来形容，只消目不转睛地盯着尸体看一会儿，保管你端起香喷喷的蛋白质粥就会吐出来。这也许就是拥有了多种能量武器和更为先进的动能武器之后，这些智能机器还一直不肯抛弃火药武器的原因。它们要用这种极其残酷的杀戮方式来打击人类的抵抗意志。

林娜向我靠过来，飞快地打起了手势。雷暴兵的拾音器能分辨出方圆五百米内任何细微的动静，发觉异常立即就会开火扫射。这种杀人机器全身上下都是武器，火力全开的话足以在几分钟内将一栋大楼夷为平地，别说我们两个，就是一整支巡逻队也无法与其正面抗衡。为了保证不被发现，我们只有用手语来取代队内通话。

我明白林娜的意思，她是让我留意还有没有别的雷暴兵。这些机器杀手通常都是单独行动，但偶尔也会有例外，针对可能有大批抵抗组织成员聚集的区域，机器主脑就会派出由三台到五台雷暴兵及大批突击者组成的清剿部队。

我小心地转动镜头，搜索附近的可疑目标。望远镜和我身上的作战服一样，都有光学迷彩涂层，能瞒过雷暴兵的电子眼，只要动作幅度不太大，它们很难发现我们。但是光学迷彩服瞒不过热像仪，所以我们还需要在作战服外喷一层强效制冷剂以消除热痕，或者燃起几堆火，用火焰的热量来混淆雷暴兵的侦测系统。

无异常，只有一名雷暴兵。我转过脸，轻轻摇了摇头，以示没有发现。林娜放下狙击步枪，取出腰间的储物罐，拧开了盖子。我提心吊胆地看着林娜的一举一动，唯恐她弄出什么响声来。

罐子里装着三只地鼠，雷暴兵对这种体形很小的啮齿动物没什么兴趣，但地鼠受惊奔逃时还是会引起它短暂的注意，我们争取的就是这几秒钟的间隙。

林娜把储物罐递给我，莞尔一笑，洁白的牙齿在阳光下微微闪亮。我明白她在笑什么，如果地鼠不能成功地吸引雷暴兵的注意，那就轮到我去当诱饵了。没办法，谁叫她是神枪手呢。

我故作镇定地耸耸肩，用力把储物罐远远地投了出去。罐子在空中画出一条完美的抛物线，落地后又弹跳几下，最终滚到了一根扭曲不成形状的路灯杆下。不锈钢罐身与坑洼不平的地面相摩擦，发出了刺耳的擦刮声，三只地鼠钻出来，没头没脑地四下狂奔。

遗憾的是，雷暴兵并没有追踪那三只地鼠的动向，反而转过脑袋，盯住了我们的藏身点。

诱敌失败。林娜推了我一把，又伸手指指街道对面。她的嘴唇紧紧地抿着，眼睛里满是焦灼，看来她和我同样紧张。没办法，只有我亲自上阵了。我深吸一口气，纵身跃起，一溜烟奔向街道另一侧。那儿有几辆焦黑变形的汽车，可以暂时提供掩护。

我刚刚跑出数米，加特林机枪那独特的嗡嗡声便骤然响起，无数弹丸如雨点般飞来，化作一道道流光穿过空气，追逐着我的身影。碎石乱迸，周围满是尖厉的啾鸣和混凝土爆裂的闷响，一块碎石划过我的脸颊，疼如刀割。我没有回头，但我知道，林娜一定架好了狙击步枪，瞄准了雷暴兵的后颈，那儿是它唯一的要害。

果然，就在我一头扑到汽车后时，狙击步枪那悠长的声音横过天空，林娜开火了。加特林的嗡嗡声并没有停顿，但数不尽的弹丸飞向空中，机枪偏转了方向。我不等狂跳不已的心脏恢复平静，就取下肩上的步枪，探出脑袋去看。

雷暴兵双臂胡乱挥舞，步履蹒跚，浑身颤抖不已，像是喝醉了酒，在跳着某种奇怪的舞蹈。抛射榴弹、等离子炮、针刺弹、弹射飞刃、火箭弹……所有的武器都在向四面八方胡乱迸射。烟尘滚滚，爆炸声接连不断，一栋原本摇摇欲坠的大楼轰然坍塌，两辆废弃的轿车被榴弹击中，在巨响声中高高飞离地面。一柄飞刃旋转着呼啸而至，正钉在我面前的引擎盖上，寒光闪闪的刀刃不住轻颤。这玩意儿极为锋利，足以把我拦腰切成两半，我急忙又缩回了脑袋。

两分钟后，一切归于沉寂，雷暴兵停止了活动。我再次小心翼翼地探出脑袋，那名机器杀手扑倒在道路中央，手脚仍在微微抽搐。成功了！林娜果然没有让我失望！

“干得好！”我跳起身来，向林娜高高竖起了大拇指。林娜脸上却没有半点儿欣喜，丢下狙击步枪，加快脚步奔到我面前，关切地问：“你有没有受伤？有没有受伤？”

我笑着摇摇头，撩起垂落在林娜面前的黑发，避开她脸颊上的冷凝剂，在她汗津津的额头上印了一个吻，“没有，我福大命大，那些机器崽子的子弹看到我就会自动绕道。”

林娜没有理会我的冷笑话，低着头在我身上打量了一会儿，最终吐了口气，“还好，只有脸上擦掉了一块皮。还有不到五分钟，走吧，我们把电池取出来。”

智能机器会回收阵亡的同伴，每当雷暴兵或突击者被击毁，很快就会有大批机械螃蟹出现，带走机器残骸。摩西说过，这是主脑为了防止人类得到它们的装备技术。以前有一支分队带走过一台被打坏的雷暴兵，想卸掉它身上的武器，结果却酿成了一场灾难。数以千计的机械螃蟹蜂拥而至，袭击了分队基地，整个基地几乎全军覆没，只有寥寥数人得以逃出生天。

我们走到雷暴兵身边，两人合力，费尽气力才把这台已经报废的机器翻了个面朝天。林娜取出电动螺丝刀，卸下雷暴兵胸前的防护装甲，我们要拿的燃料电池就位于装甲后方。

没我什么事了，林娜会搞定这些。我拎起突击步枪，食指虚扣在扳机上，扫视着空荡荡的街道。虽然没发现什么动静，但还是不能掉以轻心，机械螃蟹很善于伪装，收拢肢体静止不动的话，看上去就像一块灰扑扑的石头，如果有人从它旁边经过，它就会展开肢体猛扑过来，用锋利强壮的螯爪把人撕成碎片。

这些玩意儿有可能从任何一个角落里涌出来。

“到手了！”林娜抬起头，高高举起一枚圆筒状的东西，涂过冷凝剂的脸上绽开了欢快的笑容。

那就是燃料电池，雷暴兵的动力核心。我不明白上面为什么需要这个，为了收集这种燃料电池，救世军已经损失了数十名优秀战士。但我只是一名小兵，摩西才是发号施令的那位，我无权质疑首领的决定。

眼角的余光瞥到了一点儿动静，我机警地转过头去。前方，乌黑闪亮的合金钢爪出现在一扇破碎的长窗上，两只圆溜溜的小眼睛从窗台后方探了出来，眼睛中闪动着不祥的红光。紧接着，倒塌的大楼后、街道拐角、车顶上方……废墟中到处都冒出了一对对闪着红光的小眼睛。

机械螃蟹，来得真快！

“快走！”不等林娜把燃料电池收进背包，我一把就抓住她的胳膊，掉头就跑。这些机械螃蟹个头不大，会用钢爪发动攻击，同时还能发射含有神经毒素的针刺弹，虽然比不上雷暴兵难对付，但数量众多，令人防不胜防。

“等一下，等一下。”刚刚跑出几步，林娜突然挣脱了我的手臂，“我的枪，我不能丢下它。”

“咻，咻，咻。”几枚针刺弹从我们身边呼啸而过，机械螃蟹发动了攻击。我再次抓住林娜的胳膊，怒吼道：“别管你的枪了，快跑！”

林娜没有听从，拔出手枪连开几枪，弯着身子向自己的狙击步枪奔去。

“见鬼！”我反身看了一眼，足足有几十只机械螃蟹挥舞着咔咔作响的利爪，飞快地摆动着八条腿，贴着地面向我们冲来。我半蹲在地上，端平突击步枪压下扳机。火舌喷吐，弹丸落在机械螃蟹的甲壳上，叮当作响。两只机械螃蟹被打翻在地，但其中一只很快又跳起身来，举起两只利爪，向我射出了一连串针刺弹。

细长的弹丸挟风而过，一枚针刺弹正中头盔，震得我脑袋发麻。头盔和胸前的护甲能挡住针刺弹，但肢体被射中后，弹头内蕴含的神经毒素还是足以致命。我俯下身体，咬紧牙关再次扣动扳机，突击步枪不安分地在我手中抖动，嘶吼着喷出了长长的火舌。

与这么多机械螃蟹对抗无异于自寻死路，我很想逃跑，可我不能，林娜需要我的掩护。

又有两只机械螃蟹被打翻在地，螯足抽搐，在地上翻滚挣扎。但是更多机械螃蟹越过被击倒的同伴，向我蜂拥而来。它们是机器，它们不畏惧死亡，或许，这些钢铁杀手的电子芯片里根本就没有上载“死亡”这个概念。

“嗖”，一枚圆滚滚的手雷从我的头顶上方飞过，不偏不斜地落在拥来的机械螃蟹中间，同时身后响起了林娜高亢的呼声，“趴下，快！”

白光闪过，手雷爆炸了，响声震耳欲聋，几只机械螃蟹被高高掀飞。灼热的气浪扑面而来，我急忙低下脑袋，无数混凝土碎片噼里啪啦地落在我背上，其中还有一只仍在伸缩不已的断肢。

是时候撤退了。不等林娜再次呼唤，我已经挺身跳起，跟在她身后向废墟深处狂奔而去。

射来的针刺弹稀疏了许多，机械螃蟹没有追上来，它们的目的不是杀戮，回收雷暴兵的残躯才是它们的首要任务。

二

“该起床了，亲爱的。”略带沙哑的低语在耳边响起，温暖柔软的手抚摸着我的脸颊。

我睡意蒙胧地咕哝着，伸出手臂环住了莎拉的纤腰，用下巴上的胡茬去蹭她的脖颈。莎拉咯咯大笑，挣脱我的搂抱，在我屁股上拍了一巴掌，“你忘了今天是什么日子了吗？快起床，懒虫！”

“没有，没有，我怎么会忘呢？”我打着哈欠睁开双眼，“今天可是我们的结婚周年纪念日，仅次于我出生的大日子。”

“怎么？结婚周年比不上你生日重要吗？”莎拉故作不满地嘟起了嘴。

“那当然，我不出世的话，怎么有机会遇到我生命中最重要的人呢！”

“这还差不多。”莎拉满意地笑了，按动床头柜上的控制键，窗帘徐徐滑开，自行折叠收拢。向阳面的玻璃窗渐渐变得透明了，明媚的阳光倾泻到卧室的每一个角落。莎拉沐浴在阳光里，长长的金发瀑布般泻落肩头，她的脸庞和发丝都泛着七色光晕，看上去既圣洁又美丽，如同天使降临凡间。

“再给我一个拥抱。”我掀开毯子伸出双手。

莎拉又笑了，轻轻俯下身子，给了我一个满含温情的吻。她的气息暖暖的，唇齿间依稀带着丝丝香甜。

“莎拉，你真美！”我痴痴地望着莎拉波光盈盈的蓝眼睛，拥住了她的腰肢。

“风，风。醒一醒，醒一醒。”一只手在用力摇动我的肩膀。

“嗯？”我从睡梦中惊醒，睁开了双眼。整洁明亮的卧室在视野中隐去，取而代之的是低矮污秽的行军帐篷；怀里的莎拉也消失不见，躺在我身边的人变成了林娜，一名救世军战士。

“你又梦到莎拉了。”林娜收回手臂撑住脸颊，黑白分明的大眼睛专注地看着我，“这两天你老在梦里叫她的名字。”

我揉揉太阳穴，略含歉意地笑了笑，“不好意思，我也不知道最近是怎么了，老是梦到以前的事。”

“那只是虚幻的记忆，是主脑对我们大脑神经元释放的电流刺激，严格来说，虚拟世界里的一切从未发生过。”

记忆中的往事只不过是一场梦，我们每个人从出世就开始做的梦。我把一只手举在眼前，久久地凝视着，“我明白，可是那种感觉太真实了，让人无法区分哪里才是现实。”

我并非生来就是抵抗军战士，我原本只是一名小职员，有一个温柔贤惠的妻子——莎拉。我生活在主脑创建的虚拟世界里。

莎拉是主脑虚拟出来的人格还是真有其人？我搞不清楚。但是关于那些过往的回忆是如此真切，以至于我经常会怀疑那个世界才是真实的，而现在，我只是在做一个又长又恐怖的噩梦。

林娜凑过来安慰我，“不用担心，你这种情况很常见，我刚醒来那会儿也和你一样，动不动就会想起虚拟世界的往事，大多数觉醒者都是如此，过一段时间就会自行恢复。”

觉醒者，我们就是这样称呼自己的。至于那些仍然生活在虚拟世界中的人，我们称之为沉睡者。

没有人知道现在是哪一年，也没有人清楚地球上还有多少人类，但大家公认的是：人类文明早已败亡，绝大部分人成了智能机器的奴隶，觉醒者不足沉睡者的万分之一，数以亿计的人类仍然生活在那个由无数数据构成的虚幻世界里。

我们把智能机器的首领叫作“主脑”，整个地球都处于它的统治之下，包括我们人类。主脑没有彻底消灭我们，当然不是出于仁慈，而是因为它需要人类大脑中的神经元来建立神经元连线，以维系其庞大繁复的数据运算。

抵抗军与智能机器的战争已经持续了一个世纪，至于人类是何时被机器取代则已经成为过于遥远的传说，没人能搞清楚曾经发生过什么。唯有一点可以确信：智能机器占据了地球，世界不再属于我们。

或许是为了便于管理，主脑创建了一个栩栩如生的虚拟世界，而数十亿人则在数不尽的茧形舱中沉睡，人类自以为生活在现实里，其实不然。

我曾经生活在主脑创建的虚拟世界里，林娜也一样。准确来说，大部分救世军的成员都曾是沉睡者，只有一个人例外——摩西。

摩西是一个高大强壮的中年人，不苟言笑，满头白发，炯炯有神的双眼时而会放射出一道冷电般的光芒。他的年龄应该介于四十岁和六十岁之间，可很多人都不那么认为。

据年龄最大的老乔伊说，他加入救世军时摩西就是首领了，直到如今。

摩西曾告诉我们，他以前生活在一条大河边的城市里，那儿是地球上最后一个人类聚集地。后来，机器军团攻陷了城市，大部分人都死于非命，只有摩西等十几个年轻人得以逃出生天。摩西是一个伟大的家伙，坚忍不拔，勇猛善战，同时还具备堪与智能机器匹敌的谋略。就是他率领那些幸存者组建救世军，拯救了一批又一批人类，我就是其中之一。

从觉醒到现在已经过去了四个月零十三天，我记得很清楚。可是，我是怎么觉醒的呢？我曾无数次拼命回想，但虚拟和现实之间隔着一片混沌，关于觉醒的记忆仿佛是沉没在海底深处的无数碎片，抓不住，也拼不起。

据林娜说，每一个觉醒者都是如此。好像是觉醒的过程过于痛苦，大脑自行启动了防御机制，把那段记忆选择性地遗忘了。我对这个答案很不满意，就去询问别的战友，但大家都这么回答。

这个问题困惑了我整整两个月，直到我加入一次搜救行动，亲手解救一名觉醒者之后，才算打消了疑虑。

搜救行动在臭气熏天的下水道中进行。我们身穿厚厚的防水服，戴着过滤面罩，却仍然闻得到那刺鼻的恶臭。下水道倒不是很狭窄，但阴暗潮湿，污秽遍地，肥硕的大老鼠和各种爬虫到处出没，间或还能看到腐烂生蛆的尸体和累累白骨。队长姚建告诉我：觉醒者大多数会被主脑冲进下水道，任其自生自灭，而且觉醒者长期生活在虚拟世界里，肌肉已经严重退化，再加上苏醒初期意识模糊，根本没有能力自救，如果不能被及时找到，他们就会死在下水道里。

那名觉醒者是一名白人男性，赤身裸体地躺在一堆排泄物中，如果不是他的眼皮忽然动了两下，我还以为他只是一具过分苍白的尸体。在姚建的指令下，我屏住呼吸，强忍着呕吐欲，蹚着漫过膝盖的秽物把他拉了出来。

参与搜救的后果很严重，林娜拒绝让我碰她，直到三天后，身上的臭味完全闻不到了才允许我和她睡在一起。

这一次搜救让我印象深刻，从那时起，我就再也不肯参加搜救了，与其相比，我宁愿去面对可怕的雷暴兵。倒是姚建乐此不疲，搜救队员换了一拨又一拨，但每次都是由他带队。后来我问过他原因，姚建笑着指指自己的鼻子，告诉我：他的嗅觉有问题，无论是馨香或是恶臭，什么味道都闻不见。

推翻智能机器的统治就是救世军的宗旨，每一个觉醒者都要做出选择：加入救世军，与机器大军作战；或者是成为流浪者，在荒芜的大地上独自生活。在我之后苏醒的人都加入了救世军，没有例外。据老乔伊说，以前也有少数人选择离开，但他们很快就被游猎兵逐一猎杀了，最终化作秃鹫和野狗的口中餐。

我不清楚世界上还有多少支抵抗队伍，摩西认为遥远的北方和大洋彼岸都有幸存者在反抗智能机器的统治，但至今为止，救世军还没有同别的抵抗队伍取得联系。

也许，抵抗者只剩下我们了。

目前的据点正北方就是机器城，绵延数十公里，如同一头过分庞大的怪兽横亘地表。机器城的中心位置有一座堡垒，那就是机器主脑的所在地。城中的雷暴兵数以千计，负责巡逻的游猎兵数量不详，相信不在雷暴兵之下，至于突击者和机械螃蟹等个头较小的家伙更是不计其数。

据说，主脑并非只有一个，同样规模的机器城地球上还有许多。

智能机器遍布大地，而救世军只有区区七千多人，为了防止被机器大军围剿，还分散成了十几股，在城市废墟之间东躲西藏。我们没有重武器，药品和食物也不多，经常处于补给不足的紧张状态。用血肉之躯和装备精良、钢筋铁骨的机器大军抗衡，说实话，我看不到任何取胜的希望。

唯一能给予我们希望的人就是摩西。

三

救世军已经收集了将近二十枚燃料电池，摩西却没有再发出任何指令。冒险接近机器城，却又按兵不动，我想不明白摩西到底在谋划什么。

指尖灼痛，香烟快燃尽了，我又贪婪地猛抽两口，才依依不舍地把烟头在地板上摁灭。这玩意儿可是珍稀品，救世军无法定居，种植烟草不太可能，再说也没人知道烟草长什么样。这包香烟还是一个月前在废墟里找到的，我只有实在忍不住时才舍得拿出来抽一支。当时老乔伊和小李子都要用别的东西来和我交换，我没有同意，只是很慷慨地分给每人一根。

虚拟世界的生活只不过是梦境，我之前和别的觉醒者一样沉睡在茧形舱里，所有吞云吐雾的记忆只不过是数据流在我大脑皮质内的映射，并非我的亲身经历，但是我的烟瘾却是实实在在的，这件事也让我倍感奇怪。

挡风帘微微一动，一个瘦小的人影钻了进来，是小李子，我的队友之一。

“有什么事吗？”我抬起眼皮盯着小李子。

“风哥，摩西老大让你们赶快过去，说要开会。”

“知道了，我们这就过去。”

得到答复，小李子退了出去。

我推醒林娜，林娜懒洋洋地坐起身子，打着哈欠问：“什么事？”

“摩西召集大家开会，估计要有任务了。”

林娜顿时精神焕发，腾地跳起身来，“终于要行动了？太棒了！”

每个人都在盼望摩西下达指令，林娜也不例外。我手忙脚乱地穿好衣服，跟在林娜身后钻出帐篷。

会议大厅不过是一顶大点儿的行军帐篷，我们进去的时候，里面已经挤满了人，连转身的空隙都没有，我和林娜只能待在人圈外面。队友们在窃窃私语，低声交换着得到的信息，我没有开口，只是用目光向熟悉的伙伴一一致意。

摩西站在一个弹药箱上，双臂微微下压，示意大家不要喧哗。他头顶上方是一盏电汽灯，光亮夺目，把帐篷照得亮如白昼。我能看清每一位抵抗战士蕴含着期盼和急切的眼神，唯独摩西的脸孔停留在暗影里，我看不清他的表情，只能看到他满含威严的双眼。

“朋友们，反击的时刻已经到了。”摩西洪亮的嗓音在帐篷内回荡，大家渐渐安静下来。

“反击的时刻已经到了。”摩西又重复一遍刚才的话，并高高举起右臂。我留意到他的手里握着一枚燃料电池。

“在前一段的行动中，我们损失了六十九名队友，但他们没有白白牺牲，我们得到了二十枚燃料电池，这些电池就是我们取得胜利的关键！”

“这种电池并不是普通的金属氢燃料电池，它的全称是磁约束核聚变能量电池。简而言之，它们是核电池。这些直径不过十厘米的电池里隐藏着巨大的能量，能够保证雷暴兵不间断运行一百二十多年。”

“可以说，每一枚燃料电池就是一颗微型核弹。我们有了二十枚，那就是二十颗威力巨大的聚变核弹，足以把整个机器城夷为平地！”

“太好了！”

“终于可以干掉这些机器崽子了！”

“不得不说，这是我加入救世军之后听到的第一个好消息！”

…………

亢奋和狂喜瞬间传遍会议大厅，大家脸上都露出了难以压抑的兴奋，开始低声议论起来。林娜神色依旧平静，但呼吸却变得异常粗重，同时紧紧地攥住了我的手掌。

“大家先冷静一下。”人们的情绪丝毫没有影响到摩西，他收起电池，声音变得低沉了许多，“利用这些电池，我们就能发起反击，可是，由于我们条件有限，造不出遥控引爆装置，只能手动引爆它们。也就是说，每一名负责引爆核弹的队员以及负责掩护的队员，都要献出自己的生命。”

自杀式袭击、人体炸弹……这些名词迅速在我脑海中闪过。抵抗军战士再次安静下来。

“人类反抗智能机器的战争已经持续了一个多世纪，无数人前仆后继，英勇奋战。对此我不想再多说什么了，我只想说一句话：这是必要的代价！”

“如果成功摧毁主脑，所有受主脑控制的机器人都会死机，我们就能够解救出在茧形舱中沉睡的千千万万名同胞。这是至关重要的一战，我将亲自率领一支小队，和大家共同战斗！”

“我们将选出十支由二十人组成的突击小队，每队携带一枚燃料电池，分头潜入机器城。我不说大家也能明白，这二百名队员生还的可能性等于零。每个人的生命都是宝贵的，为了公平起见，这次我不会指派任何人去送死。我们采用抽签制，抽到的人将加入突击队。”

会议大厅一片沉寂，每个人都静静地看着摩西。我在大家的眼睛里读到了各种各样的情绪，坚定、忧郁，亢奋、坦然、伤感……

但没有恐惧或不满。抵抗战士信任他们的首领，因为摩西，他们才获得了第二次生命，包括我和林娜。

生命只有一次，每个人都不想失去它，但我们别无选择。人类才是地球的主宰，要打破主脑的统治，就需要做出牺牲，诚如摩西所说：这是必要的代价。

抽签在会议大厅前的空地上进行，队员们排成一列长队，依次走到一张破木桌前，把手伸到一个不透明的黑箱子里抓纸条。如果抓到的纸条是空白的，那么恭喜你，你还能多活一段时间；如果纸条上写着“突击”两个字，那么也要恭喜你，你将成为全人类的自由而光荣捐躯的烈士。

抽到突击签的人欢呼雀跃，没有抽到的则垂头丧气。在我前面的林娜静静地把她的纸条展示给我看，她抽到的是突击签。林娜的表情依然平静，无论是兴奋还是恐惧，都被她很好地埋藏在了内心深处。

有一次夜间放哨的时候，林娜曾说过这样一段话：我们不应该过这样的日子，人类不应该像阴沟里的老鼠那样活着。我们应该生活在阳光下，有蓝蓝的天空、有碧绿的草地、有爵士乐和烧烤，还有小孩子在快乐地嬉戏。

为了这些，她甘愿付出自己的生命。

“快，快。不要发呆。”背后的战友在催促，轮到我了。我屏住呼吸，把手伸进箱子拈起一张纸条。纸条皱巴巴的，还沾着几滴油脂。我小心地把纸条展开，“突击”两个黑字赫然出现在我眼前，没错，我没有看花眼。

冰冰凉凉的恐惧沿着尾椎向上升起，但很快，恐惧就融化在一股更为强大的热流之中，我恢复了镇定。等待我的将是死亡，但没关系，日复一日的战斗和逃亡就是我们生命的全部内容，但这些与我心目中安宁的生活相去甚远，我必须改变这一切。

我并不奢望成为名垂青史的勇士，我只想和林娜在一起，无论生死。

我把纸条给林娜看，她没有说话，只是紧紧地抱住了我，给了我一个热烈深长的拥抱。小李子不合时宜地凑过来，捏着一张纸条得意地在我们面前晃来晃去，笑嘻嘻地说：“看，你们看，我也要参加突击队了！让咱们一起去把那些机器崽子炸个稀巴烂！”

林娜看看小李子的纸条，也给了他一个深深的拥抱。旁边的几名队友也收起笑容，脸上流露出惋惜和同情。这小子还不到十七岁，是救世军里年龄最小的战士。但我们都知道，那些机器杀手不会在乎人类的年龄，无论是白发苍苍的老翁还是刚刚出生的幼儿，它们统统不会放过。

觉醒的人类格杀勿论，这就是主脑的宗旨。所以，无论是老者还是幼童，我们都是战士。

四

阴暗潮湿的下水道向远方延伸着，头顶上的电筒刺不破那浓重的黑暗，七八米外就是一团漆黑。一支又一支小队脱离主队消失在隧道深处，朝着各自的目标前进，在这庞大繁复的排水系统里，二百人的队伍就像二百只老鼠那样渺小。

或许大家应该感谢古代的人类，虽说他们丢掉了全世界，但是他们修建了四通八达的排水系统，让我们可以躲过地面上的雷暴兵和突击者。当然，排水系统也有不足之处，用来伪装的冷凝剂是水溶的，长时间待在潮湿的下水道里，它们就会渐渐失去效用，为此，除去必需装备之外，每名突击队员不得不多带一罐冷凝剂作为备用。

污水在脚下哗哗作响，每个人都保持着沉默，只能听到队友们或轻或重的呼吸。燃料电池块头不大，但又重又硬，硌得我很不舒服。这玩意儿原本是由林娜负责的，但因为她那把狙击步枪比较重，所以我悄悄把燃料电池拿了过来。

林娜和我分在同一支小队，还有小李子和老乔伊，队长则是摩西。我们这支小队有很多新手，不知道为什么，摩西拒绝了许多老队员的请求，唯独选择了我们。

任务目标是机器城的中央大厦，主脑就在那里。机器城内有数以亿计的茧形舱，每一个茧形舱里都沉睡着一名人类，炸毁主脑，我们才有机会解救他们。

前方又是一个岔路口，走在队伍最前面的老乔伊举起右臂，示意大家停下脚步。我们已经远远超出了巡逻和搜救范围，没人知道应该往哪个方向前进。

摩西取出电子地图，错综复杂的立体影像投射在空中，蓝莹莹的微光照亮了队员们的脸孔。他眉头微颦，专注地审视了一会儿，然后收起地图，向右手边的岔路口一指，“这边。”

老乔伊毫不犹豫，一马当先向岔路口走去，大家再次默默地跟在他身后。老乔伊的身手算不上很好，枪法也比不上林娜，但他经验丰富，对危险有一种超乎常人的直觉。

又走了一会儿，污水渐渐变深，几乎漫到了腰部，水流越来越急，冲得人们站立不稳。大家步履维艰，小李子更是气喘吁吁，不得不抓住我的背包来维持平衡。

一团白光从前方透出，照亮了椭圆形的洞顶，同时还伴随着隐隐约约的嗡嗡声。我们似乎踏进了机器城的边界，蛆虫和老鼠都消失无踪，两侧的墙壁洁净了许多，看来智能机器在定期维护。

老乔伊好像觉察到了什么，再次停下脚步，举起挂在胸前的望远镜。我眯起双眼，努力看向前方，但远处那团光实在太模糊，似乎还在不住抖动，什么都看不清楚。

光团分裂了，由一个变成了两个，然后是三个、四个、五个……无数个光点在视野中颤抖摇曳。我还没搞明白那是什么，老乔伊已经低声喝道：“大家小心，那不是照明灯！”

话音刚落，嗡嗡声迅速变大，隧道里扯出了无数条纷乱的流光，那些光点竟然像是有生命的活物，向我们迎面扑来。

不清楚这玩意儿是什么，但可以肯定，它们来者不善。我取下肩头的突击步枪，正要开火扫射，摩西沉声喝道：“不要开枪，用火焰喷射器。”

背着火焰喷射器的队友罗西大步上前，抬起枪管扣动扳机，一道长长的火舌喷出枪口。灼热的气浪扑面而来，火光照亮了大家的面孔，同时也照亮了飞扑而来的光点。现在我看清了，那是一种长着翅膀的小飞虫，嘴巴尖尖，但又长着一个大肚子，像是蚊子，又像是飞蛾，白光就来自它们臃肿的大肚皮。

火舌足足喷出两丈多远，整条隧道都在火焰的覆盖之下，一瞬间，下水道变成了高温烘炉。白光点点熄灭，我耳孔中满是噼噼啪啪的爆裂声，飞虫被火焰点燃，化作星星点点的流萤落进污水。

几分钟后，光点散尽，火焰喷射器熄灭了。污水的腐臭中又增添了一股刺鼻的焦臭，隧道内再次昏暗一片。

“这是什么东西？”小李子盯着一只在水面上载沉载浮的飞虫，伸手就要去抓。老乔伊一把攥住他的手腕，厉声喝道：“不要碰，这玩意儿的体液有很强的腐蚀性！”

“这些到底是什么？”小李子吓了一跳，吐吐舌头，缩回了手臂。

老乔伊摇了摇头，表示他也不清楚。摩西面色沉郁，说道：“这是一种生物机器昆虫，依靠口器向猎物体内注射毒液，攻击性极强。主脑利用它们来清理下水道，没有被污水冲出机器城范围的觉醒者也会被它们清理掉。”

它们是清洁工，同时也是猎杀者。大自然不可能进化出这种东西，它们是智能机器的造物。

大概半小时后，前方再次出现了亮光。难道又是那种机械昆虫？我心底一紧，不由自主地攥紧了枪柄。

但这一次没有飞虫，前方变得越来越明亮，走出百十米，我们钻出了隧道口。周围忽然变得极为宽敞，一排排宽大的廊柱支撑着高达数十米的穹顶，每一根廊柱的顶端都散发着柔和的白光。地面干净到没有一丝尘埃，也闻不到污水和垃圾的腐臭，似乎这儿不再是地下排水系统，而是上古文明遗留下的殿堂。

“好家伙！简直像宫殿！”小李子睁大双眼，啧啧赞叹。摩西用一个严厉的眼神制止了他，压低声音告诫道："大家小心一点儿，我们已经位于机器城下方了，随时都可能遭遇袭击。"

队员们端起武器，自觉地分散呈防御阵型。我凑到林娜身边，取下肩头的突击步枪，谨慎地扫视着四周。

前方和左右两边都有隧道口，离地面足有数米高，好在旁边有金属扶梯，可以毫不费力地爬上去。该走哪一条路？左边，右边，还是中间？

摩西久久没有发出指令，我侧过头看了他一眼，不觉微微一愣。摩西脸色木然，毫无表情，两眼直愣愣地看着前方，浑身僵硬地站在原地，似乎全身上下的每一块肌肉都凝固住了。

老乔伊也发现了异常，抓住摩西的肩膀奋力摇动，低声问："摩西，摩西，你怎么了？"

摩西微微一颤，眨眨眼睛，脸色渐渐放松，似乎刚刚从沉睡中清醒过来。

"你怎么了？你刚才的样子很奇怪。"老乔伊疑惑地问。摩西若无其事地看着他，"没什么，我只是在考虑计划有没有纰漏。你们小心戒备，我要核对一下地图。"

老乔伊收回手臂，但脸上的疑惑并没有消失，显然摩西的解释并不能让他信服。摩西刚刚的模样完全不像在沉思，如果硬要拿什么来比喻的话，他简直就像一台机器人，只是突然失去了动力。

摩西不再理会老乔伊，再次取出电子地图仔细察看。他的表情平静而坦然，似乎什么事都未曾发生。

疑惑和恐惧像野草一样在我的胸腔中疯狂蔓延。摩西有问题？不，不可能，我不应该质疑我们的首领，觉醒者能生存至今全部要归功于他。不过，好像哪里不太对劲，到底是什么我却又说不上来。

这种莫名的恐惧令我毛骨悚然。

“走那边。”隔了一会儿，摩西收起地图，抬手指指左侧的隧道，“我们已经接近机器城的中央区域了，头顶上方就是数不清的雷暴兵和突击者，大家一定要小心，千万不能大声喧哗。”

五

隧道里没有积水，宽阔整洁，顶部的照明灯光线柔和，没有之前幽暗压抑的感觉。一切顺利，大家眼睛里闪动着异样的神采，明显亢奋了许多，但我心头却沉甸甸的，那种恐惧一直徘徊不去，仿佛无法预知的危险就等候在前方。

太顺利了！机器城的核心防守应该格外严密，不可能这么容易就让我们渗透进来。

或许为了响应我的疑惑，刚刚经过一个岔路口，危险陡然袭来。

一块合金护板从身后轰然落下，把我们的退路封得严严实实。没等大家做出任何反应，前方又落下了一块同样的合金护板，转眼间，我们就被困在前后不过数米长的隧道里，如同被关进储物罐里的地鼠。

“陷阱！我们掉进了陷阱！”

“怎么办？怎么办？”

“见鬼！我们中了机器崽子的诡计！”

…………

队友们惊慌失措，连林娜也脸色苍白，失去了一向的镇静。老乔伊凑近隧道壁东敲西叩，企图找出隐藏的机关；我和小李子一起扑到护板前，奋力猛推，但合金护板太厚重了，我们的努力仿佛是蚍蜉撼树，不能动摇其分毫。

初时的慌乱过后，我渐渐恢复了冷静。情报泄露了？突击行动有问题？摩西为此已经计划了好久，不应该出什么纰漏……对了，摩西，摩西怎么不说话，他在想什么？

强烈的不祥之感涌上心头，我放下双臂，缓缓回过身来。果然，摩西再一次僵住了，似乎突然变成了一具僵尸。他的眼睛反射着灯光，就像两颗玻璃球，只是完全没有生气，和死人的眼珠一模一样。

“摩西！”我听到了自己的呼唤，那声音嘶哑飘忽，仿佛来自另一个世界。

队友们回过头来，诧异地看着自己的首领。老乔伊再次扑到摩西面前，用力摇动他的肩膀，但这一次，摩西没有任何反应。

冰冰凉凉的恐惧从我心底升起，我明白为什么了。摩西的异常表现，还有那种生物机械昆虫，就是恐惧的源头。

我们不清楚主脑的技术水平达到了何种地步，主脑能造出具有生物属性的机械昆虫，难道就不能造出外观和人类一样的生物机器人？如果能，摩西，会不会是机器人？救世军的首领、人类的希望、抵抗组织的核心，难道是那些智能机器中的一员？

这个念头太过可怕，也太过荒诞，我不敢说出口。

“嚓”，一声轻响，两侧墙壁上探出了一排排小小的喷头，如同许多冷冰冰的眼睛无声地凝视着我们。不知道接下来还会出现什么，队员们紧紧地靠在一起，用惊慌的眼光打量着彼此。

那些喷头里会喷出致命的毒液，让我们全身溃烂，死得惨不忍睹！我好像在某部电影中看过类似的桥段，当然，这同样是虚拟世界的记忆，不能与现实混为一谈，我唯一能确定的是——这绝对是个陷阱！

“小李子，切割器，快！”我指着合金护板大吼起来。小李子背着一把激光切割器，我们不能坐以待毙，我们要想办法逃出这个鬼地方。

小李子手忙脚乱地拉开背包，取出激光切割器，这小子显然有些紧张，居然失手把切割器掉在了地上。我箭步奔过去，将他一把推开，捡起了切割器。

四周响起不祥的嗤嗤声，粉红色的雾气从那些喷头中喷涌而出，隧道内顿时烟雾弥漫。我启动切割器，蓝莹莹的高能光束直刺而出，照亮了小李子惊慌失措的脸孔。

我屏住呼吸，拎起切割器奋力刺向合金护板，高能光束转眼间就在护板上熔出一个大洞。身后，队友们呻吟不绝，一个接一个摔倒在地，唯有摩西仍旧僵立在原处。

脑袋麻木，思维也变得异常迟钝。这种雾麻痹了我们的神经，但不像是毒气，我呆滞地想。

终于，一块两米见方的合金护板缓缓倾倒，拍落在地面，发出了闷闷的回响。被高能光束切开的缺口边缘，仍泛着炽亮的红光。

“快，快钻出去！”我抛下切割器，拉起小李子将他推出缺口，随后反身向林娜奔去。

大伙先后钻出了缺口，瘫坐在地上呼呼喘气，我也坐倒在地喘息不已。林娜勉力支起身子，四下看看，忽然说：“风……少了两个人，老乔伊和摩西。”

我吃了一惊，抬头看看，果然没看到他们两个的身影。

记得摩西发呆时老乔伊就待在他身边，难道是吸进雾气太多，昏倒了？还有摩西，他，到底怎么了？

我挣扎着爬起身，回到切开的缺口前，呼唤道：“摩西，乔伊，你们还好吗？”

缺口内依然烟雾弥漫，但没有回应，或许他们都已昏迷不醒了。

不能抛下同伴！我正想再次钻进缺口，突然，一个圆滚滚的东西破雾而来，正撞在我胸前。我站立不定，顿时仰天摔倒。

几滴温热的液体溅上了我的脸颊。我下意识地抬手擦去，再看看手掌，掌心一片殷红。滴在我脸上的，是血。把我砸倒在地的东西，是老乔伊的脑袋。

身后的小李子发出一声惊呼，队友们也都蹲下身举起手中的武器，指向缺口。缕缕雾气从缺口中缓缓溢出，杀死老乔伊的东西就隐藏在雾气里。

没有人说话，整个甬道变得一片寂静，我只能听到自己那不断加快的心跳声。

终于，一个模模糊糊的身影出现在缺口后，透过雾气，能隐约看到他的满头白发，是摩西。身旁的队友明显松了口气，放下武器站起身来。

摩西的眼神和以前很不一样，睿智和坚定已荡然无存，变得空洞无物。他的外貌没有任何变化，但给人的感觉却截然不同，仿佛之前的摩西忽然消失了，我们面对的是一个素不相识的陌生人。

身后的林娜倒抽了一口气。我低下头，看到摩西垂着双手，手掌上沾满鲜血，犹有一滴滴血水沿着指尖缓缓滴落。

杀害老乔伊的人就是摩西！一个寒战滚过全身，我正想提醒大家小心，摩西突然动了，一个跨步就闪到罗西和另一位队友面前，双臂平伸，牢牢锁住了他们的咽喉。

骨裂声清晰可闻，摩西松开双手，两人软绵绵地瘫倒在地，就此一动不动。

难道摩西真是智能机器中的一员？我张皇四顾，在大家脸上看到了震惊和难以置信，显然，没人能明白摩西为什么突然变成这样。

"摩西，你要干什么？"最先反应过来的是林娜，她抽出手枪，指向摩西的额头。队友们也犹豫着举起了武器，唯有小李子抢上去挡在摩西身前，双手乱摇，连声说："大家不要激动，都冷静一下，他可是咱们的……"

一声闷响，小李子全身一震，然后慢慢低下头，看着自己的胸口。他胸前多出一只沾满鲜血的手掌，摩西的手臂穿透了小李子的身体。

"摩西，你……"小李子嘴里涌出一股鲜血，想回过头看看自己的首领，却没能成功。

摩西手臂一挥，小李子的身体腾空而起，两名队友猝不及防，被迎面砸倒在地。摩西的脸上没有半点儿表情，仿佛他刚刚并不是在杀人，只不过是碾死了几只臭虫或蚂蚁。

"你疯了吗？"林娜握枪的手臂微微颤抖。

"不，我没有疯。"摩西缓缓摇头，"我的使命是给予觉醒者一个希望，但不包括破坏主脑。”

“你也是机器人？”我不由自主地问。

“对，生物机器人。”摩西点点头，唇边浮现出了一抹神秘莫测的笑，“你们人类很奇怪，无论系统如何完善，总会有人怀疑虚拟世界的真实性。为保持系统稳定，所以主脑才创造了我，并由我指引觉醒者。”

深沉的恐惧从我心底涌起，进而渗透了我全身上下每一个毛孔。我的预感没错，和那种生物机械昆虫一样，摩西也是智能机器人。救世军是一个彻头彻尾的谎言，他的任务就是把所有觉醒者召集在一起，然后带领大家走向死亡！

“开枪！开枪！”我不再犹豫，端平突击步枪，对准摩西射出一连串子弹。

十几支步枪同时开火，枪声在下水道中往返震荡，重重叠叠，震耳欲聋。摩西在弹雨中颤抖不止，最终仰天跌倒。

“干掉他了？”我举起手臂，示意大家停火。

枪声渐渐止歇，我正想上前察看，一阵奇怪的咝咝声从远处传来。一位队友循声望去，随即尖声大叫起来，“机械螃蟹！”

每一个人都看到了。下水道深处，不计其数的红色光点微微闪亮。机械螃蟹如同汪洋大潮，沿着甬道向我们拥来，似乎要把这支小队伍完全淹没。

“撤退！快撤退！”我拉起林娜，转身向被切开的合金护板奔去。但是，合金护板不知何时已经消失，雾气也完全散去，下水道另一头同样是难以计数的机械螃蟹，我们被堵在了中间。

“没用，你们逃不掉的。”摩西慢吞吞地爬起身来，笑眯眯地看着我们。他足足挨了几十发子弹，竟然安然无恙！

林娜脸色苍白，指着我腰间的燃料电池，“核弹……引爆它！”

我们还没有到达预定位置，核爆的威力不足以对主脑造成致命伤害，但这是我们唯一的机会。

自由的代价，是死亡。我拥住林娜，用颤抖的手拨开起爆按钮外的安全罩。

“没用，”摩西摇摇头，轻蔑地笑了，“你以为这个世界是真实的吗？”

这话是什么意思？

我已经来不及再思考了，耀眼的白光从腰间升起，照亮了整条隧道。似乎身体的每一个细胞都被那白光刺穿，但我没有感到疼痛，什么感觉都没有，百分之一秒内，白光熄灭，我则堕入了无边无际的黑暗。

六

“该起床了，亲爱的。”略带沙哑的低语在耳边响起，温暖柔软的手抚摸着我的脸颊。

莎拉？怎么又做这种梦了？我不是在执行任务吗？我们被困在下水道里面，摩西变成了雕像，然后突然大开杀戒，我引爆了核弹……我……我怎么还活着？林娜！林娜在哪儿？

我睁开了双眼。

隧道消失了，不仅如此，摩西、老乔伊、小李子……每个队友都消失了，包括林娜。这儿是一间干净整洁的卧室，我则躺在一张宽大舒适的床上，身下的床单柔滑如同丝绸。

发生了什么事？大家都在哪里？我坐起身子，感觉背脊隐隐发凉。

“风，你怎么了？”一只滑腻白皙的手臂缠上了我的肩膀。

莎拉在我身边？难道这不是梦？我僵硬地转过头。瀑布般的金色长发，蔚蓝色的眼眸柔情脉脉，嘴角微微翘起，带着温馨甜美的笑。果然，是莎拉，一次次出现在我梦中的人儿。

“这到底是怎么回事？”难道我又回到了虚拟世界？到底哪个世界才是真实的？刺骨的寒气沿着背脊直蹿天顶，我挺身跳下床来，瞪大双眼，呆呆地看着斜倚在床头的金发美人。

我是个小职员，莎拉是我的妻子；我是觉醒者，抵抗军的一员；林娜才是我的伴侣，不是莎拉；莎拉只是主脑虚拟出来的人格……无数记忆碎片蜂拥而来，在我脑海深处疯狂旋转。

天地翻覆，整个房间都在摇晃，我踉跄数步，伸手撑住身边的沙发靠背，才勉强保持住平衡。

“亲爱的，你到底怎么了？”莎拉支起身子，诧异地看着我。

“不，不，不！这里是虚拟世界，你不是真实的存在！”我拼命捶打着自己的脑袋，疯狂地大叫起来，“出口在哪儿？出口在哪儿？我要出去！我要出去！”

“暂停。”

一个苍老的声音从某处传来，莎拉的动作固定住了，保持着半躺半坐的姿势僵在床上，蔚蓝色的眼眸里还残留着几许迷惑。

前方的墙壁无声地左右滑开，一把造型古怪的椅子凌空缓缓飘进房间，一位英俊的年轻人端坐在椅子里，双手交叠放在膝头，安然地注视着我。

年轻人的衣服雪白如新，但分不出是中式还是西式，而且从面孔上也看不出他是东方人还是西方人。刚刚的嗓音枯涩苍老，我听得非常清楚，那声音的主人至少有八十岁，绝对不会是眼前这位不足三十岁的青年。我的视线只在年轻人身上略做停留，就越过对方的肩膀，望向他身后。

我看到了蔚蓝如洗的天空和碧绿如茵的草地，但看不到人影。

年轻人嘴角缓缓浮出了微笑，“唐风，不用找了，刚刚说话的人就是我。”

又是那个苍老枯涩的声音，我震惊莫名，目光闪电般跳回到年轻人身上。对方则安详地看着我，从容地微笑着，“我叫李延鸿，这儿是我的别墅，欢迎回到第一世界。”

明明是个年轻人，怎么会有这种苍老的嗓音？我勉强压下这个疑问，急切地说道：“你的别墅？回到第一世界？你是什么意思？我的队友呢？他们都在哪里？”

“你会明白的，请看那边。”叫作李延鸿的年轻人忽略了我的话，轻轻抬起手臂，向我左手边摆了摆。他的动作极其优雅，似乎带着某种奇妙的韵律。我不由自主地转过身体，看向左侧的墙壁。

整面墙壁渐渐变得透明，房间外的景物一点点出现在我的视野里。白云如同薄雾，从墙外悠然飘过，无尽的雪峰在云层间起伏绵延。阳光照耀在白雪覆盖的峰顶上，映出了七色光晕，瑰丽无比，如梦如幻。

我身在云巅之上，立于虚空之中。

似乎瞧出了我的心思，李延鸿又微笑道："你猜得没错，我们确实在空中。这儿是长生者一号居民点——天空之城。"

"长生者？一号居民点？这到底是怎么回事？"他的话完全超出了我的理解范围，我双腿微微颤抖，怎么都控制不住，索性一跤跌坐进沙发里，以免摔倒在地。

"你不清楚哪个世界才是真实的，对吗？"李延鸿温和地笑着，但眼睛里却透着一丝难以形容的狡狯，那眼神让我感觉很不舒服。

李延鸿抬起一根手指，指指仍旧僵在床上的莎拉，"你和莎拉生活在一起的世界，我们称为第三世界；抵抗战士林娜陪伴你的那个，我们称为第二世界。第二世界不过是第三世界的延续，两者都是数据云虚拟出来的。这儿，第一世界，才是人类文明的发源地，真正的地球。"

"第一世界、第二世界、第三世界……这都是什么玩意儿？"李延鸿的解释让我愈加迷惑，我盯着他不住张合的嘴唇，脑海中混混沌沌。

李延鸿再次用优雅的动作摆了摆手，他身后的墙壁悄然合拢，无数个分割画面出现在墙面上，似乎整面墙都变成了一个巨大的显示屏。

每个画面中的主角都是我。我躺在摇篮里，我在蹒跚学步，我背着书包去学校，我和莎拉约会，我躺在遍地污秽的下水道里，我在聆听摩西的教诲，我手提突击步枪与机器士兵厮杀……我所有的经历都在画面中一一呈现。

“唐风，我的朋友，我明白这些你很难接受，毕竟，在进入虚拟世界之前，你所有的记忆都存储在这个数据块里。”李延鸿摊开右手，一粒椭圆形的胶囊躺在他掌心。胶囊是半透明的，里面的东西像是一团散发着蓝光的生物胶质，似乎还在缓缓流动。

数据块？不知何故，摩西僵硬的表情在我脑海中一闪而过，我情不自禁地缩起肩膀，嘶声问道：“你是机器人？你就是主脑？”

“不，我不是机器人，我和你一样，都是人类。人工智能始终未能突破进化的奇点，智能机器统治地球那一幕并没有出现，严格来说，所谓的主脑并不存在。”李延鸿苦笑着摇了摇头，“直接装上数据块你就会明白一切，不过，如果你喜欢的话，我也可以从头解释给你听，反正我们有的是时间。”

“你说吧，我在听。”我满怀狐疑地盯着李延鸿的眼睛，但没能找到值得我怀疑的东西。

“那好，首先从年份说起吧。你不清楚现在是哪一年，对吧？告诉你，现在是公元2949年。不过我更喜欢另一个称呼——恒纪元878年。”

“公元2049年，人类破解了长寿的秘密，细胞端粒修补技术让人类得以青春长驻。这些人被称为——长生者，也就是我们。当然，想获得长寿就要有足够多的财富，绝大多数生活在社会底层的人终其一生也无法企及。”

“全世界绝大部分财富都集中在长生者手中，而科技的发展限制了上升通道，越来越多的工作被人工智能取代，社会两极分化现象日益严重，底层民众的怨气逐步加深。世界各地不断出现反对长生者的示威游行，有些长生者甚至遭到了袭击和刺杀。为此，长生者，也就是我们，想出了一个主意：用美好的虚拟世界来转移底层民众的注意力。在虚拟世界里，一切都唾手可得，每个人都可以活得像帝王。”

“当然，这件事并非一帆风顺，有些人用激烈的行为来表示反对，企图破坏这一计划。人类世界经历了剧烈的动荡，直到2071年，地球上所有的人类才算全部纳入虚拟世界，除了长生者。”

“我们把这一年称为恒纪元元年，代表我们能够永恒存在。但是，单纯的细胞端粒修补并不能让长生者永生不死，于是我们想出了更好的主意：更换躯体，意识复制。从此，我们获得了真正的永生。与那些只能活在虚拟世界里的可怜虫相比，我们就是神一样的存在。”

“唐风，我们已经活了一千多岁，你也是我们中的一员。”

一道接一道惊雷在我耳边炸响，我的身体似乎被震得支离破碎，最终分解成无数粉末，在茫茫玉宇中悠悠飘荡。

“不可能，这不可能！”隔了许久，我猛然跳起来，疯狂地挥舞着双臂，“我不信，我不信！我的队友呢？摩西呢，还有林娜！林娜在哪儿？她在哪儿？”

“很遗憾，你的队友仍然在虚拟世界里。林娜并不属于我们，不过，如果你需要的话，我随时可以帮你造出一个和她一模一样的生物机器人，就像莎拉。至于摩西，他只是数据云虚拟出来的人格，是一段量子线程，并不是人类。”

墙壁上的分割画面统统消失了，变成了我和队友们被困在下水道内的图像。刺目的白光从我腰间亮起，但转瞬即灭，每个人都安然无恙。半分钟后，我和摩西的身影微微闪烁了一下，逐渐变浅，最终完全消失，林娜和其他队友则一动不动地站在原地。

“核爆不过是记忆清除代码，他们会被抹去第二世界的记忆，然后被送返第三世界，重新开始他们的生活。等到有人对世界的真实性产生疑问时，摩西这一人格就会再次被启动，领导他们与机械军团抗衡。近千年来，这一过程已经重复了上百次。”

这个解释仍然不能消除我的疑虑，我盯着李延鸿的双眼，厉声问道：“如果我们是同类，那我为什么会待在虚拟世界里？为什么？”

“不要急，我正要解释这个问题。”李延鸿的表情依旧安详，似乎早就预料到我会提出这个疑问，“我们拥有得太多，我们活得太久，几乎没有什么新鲜事物能再次点燃我们的激情。长生不老的生命太乏味了，我们需要刺激。把记忆上传至数据块，进入虚拟世界去体验不一样的人生，就是我们消磨漫长岁月的方式之一。”

我木然半晌，又重重地坐回了沙发上。

“虚拟世界并非一直稳定，最早被迫进入虚拟世界的反抗者虽然被洗去了记忆，但还是会产生‘世界是否真实’之类的疑问，为此，我们又构建出第二层虚拟世界，并创建了智能机器‘主脑’统治地球这一假象。从第三世界觉醒的人类自以为来到了现实，在为全人类的自由而战，可惜真相并非如此。”

“原本我们可以把这些人的基因清理掉，以保持数据云稳定运行。后来，我们发现第二世界的虚拟战争可以为我们乏味的生活增添诸多乐趣，于是就保留了下来。对我们来说，这些不过是一场有趣的游戏。”

“那些……那些生活在虚拟世界中的人类，他们的身体在哪儿？”我痴痴地问。

“他们都待在营养舱里，从生到死。”

墙壁上的画面再次变换，变成了硕大无朋的库房。无数灰扑扑的茧形舱悬吊在一根根粗大的钢索下，一排排、一列列向远方延伸开去，似乎永无尽头。茧形舱内是浅绿色的营养液，男人、女人、黑人、白人、白发苍苍的老者、刚刚出生的婴儿……不计其数的人在其中闭目沉睡。

冰冷残酷的现实劈面而来，我不觉打了个寒战。

李延鸿平静地看着我，脸上挂着淡淡的笑。我不知道那笑容中蕴含了什么，怜悯？讥讽？或许两者皆有，又或许只是单纯地出于礼貌。

沉默许久，李延鸿把手中的胶囊轻轻放在我面前的茶几上，“数据块记录了你的DNA，只需贴在太阳穴上，它就会和你的肌体自动融合，然后，你所有的烦恼和疑问就会统统消失。”

墙壁再次滑开，悬浮椅自行调整方向，载着李延鸿向房间外飘去。我呆呆地盯着那粒胶囊，直到悬浮椅即将飘出房间，我才如梦初醒，高叫道：“等一下，我用了这玩意儿之后，虚拟世界里的记忆还会保留吗？”

李延鸿回过头，再次淡淡地笑了，“不会，所有相关记忆都会被清洗掉。我们一次次地进入虚拟世界，经历了一次又一次截然不同的人生，所有的记忆都保留的话，大脑会崩溃的。长生者的身体虽然经过了多次改造，但大脑没有，我们是人，不是超级计算机。但是，你每次进入虚拟世界的经历数据云都记录了下来，你随时可以调取观看。”

墙壁合拢，李延鸿离开了，床上的莎拉仍然保持着之前的姿势，如同一具过分逼真的人偶。那粒胶囊则静静地躺在茶几上，闪动着幽幽的蓝光。

胶囊和肌体融合之后，我就会忘掉虚拟世界中发生的一切，包括林娜。我会继续之前那过分漫长的人生，把遗忘的经历当作影视剧来欣赏。感到乏味时，我就会再次进入虚拟世界，重新开始一场充满刺激的冒险。

我久久不语，一次次抬起手臂，却始终不能触及那粒胶囊。

人类已经分化了，李延鸿把长生者们称为神，而虚拟世界中的人类，则是如同蝼蚁般的凡人。

这就是真实的世界？

难道这就是真实的世界？！

口袋中的战争

文 / 美菲斯特

楔子

太空幽暗的幕布上，细碎的红光乱飞，恍如熟练的绣工在刺一幅乱针绣。一艘八棱柱状货运飞船停泊在空间站一侧，仿佛冰冻的金枪鱼忍受乱刀切割，鱼背另一侧，三个零落的身影凭借对地形的熟悉，在鱼鳍后面躲闪腾挪，与十几个手持激光步枪的敌人对射。

忽然，十几道红光攒射在其中一个矮胖的身影上，那人孤零零的一把手枪顿时哑火，矮胖的身影向后飘飞，另外两个人急切地想要拉住他，无奈被敌人压制得抬不起头。手枪的能量匣所剩无几，包围圈越来越小，敌人将口袋收紧。仅剩的两人像被急冻冰凌围困的鱼，急切地在冰层罅隙间寻找仅存的氧气。

首领的背包喷出几线气流，他飞到两人中穿红色宇航服的那位面前，似乎在逼问什么，浑然不觉身后隐蔽的舱门忽然打开，一个魁梧的身影从后面抱住了他。

一

十六小时前，“皇家礼炮”空间站仍在有条不紊地工作，机械师海因李希向测量员许婧雯打趣道：“月球基地等我们用弹射器发射‘快递’，已经等得不耐烦了。”

许婧雯撇撇嘴说：“真没水准，那个叫‘货柜’。你别老想着聊天，起爆物有没有填充足啊？”

长期不见阳光使得她的肌肤如陶瓷般通透白皙，像无月之夜般的漆黑长发散落肩头，愿意长驻空间站中的女孩只有许婧雯一位。在海因李希眼里，薄荷绿的工作服让她穿出别样的味道，他不放过任何一个套瓷的机会：“饱和得快爆炸了，再加上你能一口气发射到水星。”

许婧雯皱皱鼻子：“哼，讨厌。”

她再次检查发射程序，按下了启动键。人工智能古板的声音响起——“发射药填充完毕，货柜‘热沃当’二号准备发射。输送口开启信号转录，倒数读秒开始：10，9，8……3，2，1，发射。”

那一瞬间许婧雯仿佛回到了地铁隧道，“隆隆”的车厢挤压空气的声音恍如怪物的嘶鸣，货柜从空间站的轨道炮上激射而出。许婧雯转头向空间站站长汇报说：“‘快递’飞向月球基地，进入轨道。膛室排气，货柜‘热沃当’二号正飞向月球，路线正确无须修正。”

“皇家礼炮”是飘浮在地球轨道上的物资转运空间站，正如其名，主要工作是将月球基地所需的物资装载进货柜，然后借着轨道炮发射，让货柜进入月球轨道，偶尔也负责星际货运飞船的停泊业务。原本站长想申请改装为电磁轨道炮，但地球方面一直以电磁炮不能装备在空间站上为借口，要求维持现有的膛室轨道炮，并把电磁轨道炮直接变成浮游炮塔。

站长司徒远登一直在舷窗前出神地望着某个方向，蓝色货柜忽然占据他的半边视野并在他的视界中飞速远去。他庆幸自己再次从回忆中扯脱，问道："和月球基地取得联络了？这是最后一个货柜吧？"

许婧雯调出货柜列表："这星期的'快递'都出清了，不过老板，还有一个地球运来的限时货柜。"

司徒远登点点头："我差点儿忘了，收到之后放进弹射器，等明天第一个发射。还有呢？"

"有一艘去英仙座小行星带的飞船回来了，这次满载着货物回航，比预料的提前了一个月呢。"许婧雯一直在偷看他的侧脸，想起了散发松脂香的版画，她暗搓搓地想：站长年轻时一定很英俊，啧啧……他为什么要待在冷落寂寞的空间站里。

海因李希插嘴问："是'漂泊的荷兰人'号吗？他们为什么给自己取不吉利的名字。"

许婧雯一愣："'漂泊的河南人'号，怎么这么个怪名字？哪里不吉利了？"

"是'漂泊的荷兰人'——DRIFTING DUTCHMAN！"海因李希扮出恐怖的神情，夸张地说："那名取自传说中一艘永远无法返乡的幽灵船，我们老家的剧作家瓦格纳曾经创作歌剧《漂泊的荷兰人》，那艘船背负诅咒，永远漂流在海上漫无目的地航行，始终无法靠岸。老电影《加勒比海盗：聚魂棺》里，章鱼船长的旗舰就是‘漂泊的荷兰人’，船长到船员逐渐被黑暗和恐惧吞噬心智，变成了海洋生物附体的怪物……”

司徒远登忽然怒道：“够了，不要再说了！”

两人不明白老大为什么发怒，诧异地对看了一眼，只得缄口不语。

二

黑天鹅绒般的宇宙中出现了一点儿闪光，那一点儿闪光瞬间扩展成六面体截面，庞大的八棱柱状飞船刺破虚空而来。接近物资转运站时逐渐减速，飞船后部竖立起斜斜排列的马蹄形喷射口，由水平飞行过渡到着陆姿态时，两排喷射口也从水平旋转到垂直位置。空间站上一次迎接“漂泊的荷兰人”号好像是十五年前的事情了，可司徒远登还是通过八棱柱状船体上的贝壳形天线一眼认出了它。

许婧雯看到飞船外壳上遍布划痕和烧灼的痕迹，半旧不新的船体上喷涂着醒目的花体字——“DRIFTING DUTCHMAN”。她想起海因李希关于“鬼船”的故事，定定神，方才过去迎接船长。

通道接驳，气密门洞开，胸前悬着蓝宝石吊坠的女人首先走进来，她戴迷彩发箍，身段苗条，金褐色鬈发覆盖到肩头。紧随其后的是一个络腮胡子船员和一个高瘦似竹竿的船员，后面还跟着几个看起来不那么好惹的年轻人。

许婧雯急忙迎上去：“欢迎来到‘皇家礼炮’……”

女船长望着她，像只豹子在树丛后面打量经过的猎物，目光在她脸上没有过多停留，回头下令说：“待会儿，维宾斯坦和杜尔波尔去更换主喷射嘴，还没靠近空间站就感觉在摇晃，不修好是无法穿过地球大气层的。液化氮气阀那边，由我来负责。”

络腮胡子和瘦子答应道：“OK，船长。”

许婧雯暗暗生气，腹诽道：你还真不把自己当外人。她感到一个人影从身畔倏然经过，竟然是站长。

司徒远登与女船长目光相触，两人都在原地停驻许久，他叫出那个暌违了近十五年的名字——“辛西娅”。女船长豹子般的神情消失了，十多年冬眠积累的疲惫和沮丧将她压回了原形，她只是一个需要抚慰的女人、一只渴望温暖膝盖的小猫。司徒远登伸出手，她自然而然地挽住他的胳膊。

许婧雯目送站长陪着女船长离开，将一堆色眯眯的男船员留给她安排，心里一阵酸涩，暗想：“漂泊的荷兰人”十五年归来一次，十五年前两人就认识，站长，你守在这里，不会是为了这无礼的女人吧？

小型会议室里，iPhone 42 手机将一张张照片投影到墙壁上，辛西娅如数家珍：“这是英仙座的二号行星‘格鲁’，一眼扫去到处是戈壁滩，其实它是地底资源丰富的宝库。大发现之后，第一次远航运去这不毛之地的，是自走式挖掘机器人，后来换成了超大型的掘进采矿平台，这回是第三次远航，总算把第一次收获的矿藏运回来了。”

司徒远登心算片刻，说：“九吨的液态氢核，光靠这些就足够提供全地球十年的电力了吧？”

“还会陆续运回来。”辛西娅接过他递来的一杯葡萄酒，亲切地说，“来，为再次相见干一杯。”

司徒远登盯着在高脚杯中荡漾的绛红色液体，“恭喜你，为了实现人生梦想所做的努力终于有了回报。”

辛西娅感慨地说：“十四年零十个月零十九天没见了，司徒，你……”

投影中，蜈蚣状挖掘机正向地壳中深挖。司徒远登不失时机地岔开话题，指指投影出来的照片，“这是格鲁星球的挖掘现场？”

辛西娅喝了口酒，问：“司徒广亮现在怎么样了？那个可爱的男孩子，已经长大了吧。”

下一张照片是辛西娅捧着矿石样本，被众多男船员簇拥在中间，脸上洋溢着灿烂的笑容。司徒远登望着投影中女船长的如花笑靥，低声说道：“司徒广亮，他……牺牲了。”

在辛西娅惊异的目光中，司徒远登颤抖着说：“他跑去当兵，五年前阵亡于‘非洲战争’。”

辛西娅顿时泪如雨下，司徒远登不想让她看到自己落泪，于是别过脸，站起身，“现在流泪也没用，你是由宇宙开发署挑选出的船长，按理来说不该被儿女情长束缚。三年多前，我妻子也在车祸中身亡，于是我常驻空间站，尽量少回地球那伤心之地——我的近况，就是这么回事。”

辛西娅将葡萄酒当作啤酒，大口饮着，双颊浮现出微醺的酡红，她鼓足勇气说：“你恨我吗？我是个冷酷的女人。”

“风景不可留，身世如转蓬。冷酷的不是你，而是我。况且，既然身为恒星际飞船的船长，看遍人间的冷酷本是常态，不是吗？”

气氛一度陷入尴尬，幸亏海因李希的声音在对讲机中响起：

“老板，先前说过的限时货柜运来了，飞船正在接驳，请到主控室来。”

“我去工作，你先洗个澡吧。连续航行十五年的飞船里，洗热水澡的机会不多吧？”

宇宙背景中出现了一架背负货柜的无人驾驶飞船，正向空间站徐徐驶来，人工智能在公共频道中广播：“货运飞船接近，打开装填门，准备收容货柜。”

“轨道正常，装填门正常，对角线各点的诱导雷达自动校准，货柜‘热沃当’十六号接近中。”

货运飞船与空间站还未接驳，货柜盖板就从内部掀开了，钻出二十来个穿外太空作战用宇航服的人，他们避过摄影机躲到货柜底部的盲区，静静望着一米一米接近的“皇家礼炮”。他们通过面罩的瞄准模块，能看到彼此宇航服肩头的暗花，那些人从背包里取出激光步枪，领头的人命令道：“五分钟之后，占领空间站。重点捉住‘漂泊的荷兰人’号船长，有她做人质，我们才能将整船货物一点儿不漏地纳入囊中。”

三

淋浴喷头喷洒出温热的细流，如同恒星散发出的光芒，金褐色长发倾撒而落，温暖的热水使她彻底放松，使她能好好地回味司徒远登方才的话。辛西娅暗下决心，明天去跟他说。

当她洗浴完毕出来，看到维宾斯坦在她房间里面，辛西娅捂紧浴袍，脸上红一阵白一阵，“你在这里干什么？”

维宾斯坦皮笑肉不笑地说：“嘿嘿嘿，你忘了吗？辛西娅，今天轮到我了，嘿嘿。”

辛西娅从挂着的衣服里抽出袖珍手枪对着他，瞄准器的绿光在他心脏聚焦，维宾斯坦吓得大喊：“别吓人啊，危险！”

她冷冰冰地说：“快滚出去，我不是命令你更换主喷嘴吗？”

“嘿嘿，别那么绝情嘛。你平常不会这么严肃的，赏我一个吧……”

“不要多嘴，今天就是不行！”辛西娅感觉自己太大声了，仿佛司徒远登能听见似的，下意识地压低声音，“赶紧滚出去。”

司徒远登经过走廊时，看到一条白皙修长的腿将维宾斯坦踹出来。辛西娅在门口看到司徒远登，低头看着自己裹着浴巾、近乎半裸的身躯，脸上浮现出少女般的羞涩，尴尬地关上了门。

维宾斯坦对着门低声说道：“有什么了不起。”

司徒远登垂下眼睑，转身想离开。维宾斯坦摸着络腮胡子拦住他：“慢点，慢点。嘿嘿，两个小时前，你和那个女人待在一起做什么？你和船长之间有一腿是吗？”

司徒远登站住了，拳头在慢慢捏紧，指关节泛白。

维宾斯坦带着满脸猥琐的表情说：“嘿嘿，没啥不好意思的，老兄。漫长枯燥的旅程，每个人都会寂寞难耐……”

司徒远登目眦尽裂，像头发怒的狮子，突然一拳将他打倒在地。维宾斯坦擦着滴在络腮胡子上的鼻血，他怎么也没想到这个连续好几年待在太空、在失重环境中肌肉略有萎缩的人，力气竟然这么大。

在一墙之隔的房间里，辛西娅望着椭圆形的蓝宝石吊坠，手指在上面不停地摩挲，仿佛沉浸在回忆里。

那些穿宇航服的人已经以迅雷不及掩耳之势入侵整个空间站，海因李希等人都被控制住了。入侵者们关闭面罩上的反光层，许婧雯看到一张张眉骨低垂、塌鼻厚唇的脸，白眼珠在暗棕色皮肤的映衬下格外醒目。“1”号命令道:“守住通道,5 号以下的人前往居住区。‘漂泊的荷兰人’的船员应该在那里，抵抗者格杀勿论。”

许婧雯通过红外线成像仪看到领头的人肩头标着“1”的暗花，暗忖：不知道一共有几个恐怖分子？站长和那女船长不知道躲过去没有？

互相惦念的两个人察觉到情况不对，悄悄地躲在小储物间里锁上门。司徒远登在翻找有没有可以当作武器的东西，可惜一无所获。辛西娅有些焦躁，“这里只有两套应急用宇航服，怎么办？”

司徒远登压低声音说：“情况不对劲。那些来路不明的人正朝这里来，快别出声。我打开控制室的加密频道，听听出了什么事。”

刚连上加密频道，就听许婧雯惊恐地喊道：“把一吨的液态氢核装到货柜里，然后朝月球基地发射。月球基地上住了三十万各个种族的人啊，你想全杀光吗？”

司徒远登知道许婧雯故意大声喊是在向他通风报信，凝神听接下来的话。

“1”号坐进站长的椅子，关闭头盔上的反光层，一张瘦如骷髅的黑色脸庞浮现在头盔玻璃后面，黝黑的皮肤紧贴颧骨，许婧雯如同看到水晶棺材里的木乃伊。“1”号的嗓音喑哑、苍老，“在地球的非洲大陆上，每年都要饿死那么多人。送往月球基地的食品和其他生活物资，为什么不分配给在饥饿线上挣扎的黑人？咳咳，这是我们的主张，虽然我们输了五年前的‘非洲战争’，可是我们仍然有办法达成目标。”

许婧雯壮着胆子问：“你——你们还有什么要求？”

“我们马赛族的古谚语说，即使战死，勇士仍然要用自己的长矛穿透敌人的心脏。剩下的八吨液态氢核将被送到八个富裕国家的同温层轨道上，每年他们要拿出 GDP 的四分之一援助非洲。否则头顶的达摩克利斯之剑就要落下，有八柄剑在，哪个国家敢贸然采取军事行动？越有钱越怕死，咳咳。”

司徒远登越听越毛骨悚然，他看到辛西娅脸色煞白，明白依她的性子更多的是怒气填膺，并非出于恐惧，于是上前捏捏她的手掌，示意她放松。辛西娅果然气得双手颤抖，咬牙切齿地说：“我耗费十五年岁月运回来的液态氢核，不是给恐怖分子提供大杀器的！”

司徒远登心算片刻，说：“月球基地有紧急的防御系统，本是为了击碎陨石而准备的，可是就算将‘货柜’拦截在一万公里处，液化氢核爆炸的破坏力也会造成至少十万人的惨重伤亡。”

辛西娅当机立断，说：“通道已经不能再走了，司徒远登。穿上紧急救生太空衣，绕道出去吧”。

储藏室的外面突然传来剧烈的敲门声，12 号劫匪叫道：“里面有人锁着门，混账，开门！”

11 号劫匪拍拍他肩膀：“站一边去，我用激光枪把门切开。”

右上角突然出现“Danger”的警示标记，红灯闪烁，12 号急忙说：“慢着，别开火，是减压警报。舱室内的气压正急剧降低，他们要出去。”

在控制室，“1”号手中的激光枪将许婧雯旁边的控制台烧蚀出一个洞，“你刚才打开对讲机了？这家伙真不老实，有人出去了。8号、9号留在这里监视，其他人和我出去搜查！”

9号在内部频道问：“为什么不杀了这女孩？”

“我们需要人质，作为撤退时的筹码。”

四

两人打开储藏室的对外通道，顿时被急剧流逝的气流席卷而出，司徒远登和辛西娅双臂相接，熟练地调整姿势，仿佛又回到三十年前相互协助脱险的岁月，让火箭背包上的喷射口帮他们向“漂泊的荷兰人”飞去。一落到飞船上，辛西娅大声命令：“维宾斯坦、杜尔波尔，你们守住各个接驳口。什么，主喷嘴全都拆下来了？”

维宾斯坦急忙说：“船长，更换工作才进行到一半，现在根本不能开引擎。”

本想开飞船向月球基地报警，没想到全员被困在这里。辛西娅焦急地说：“少了主喷嘴的推力，飞船就像是半身不遂。而武器又只有这些自卫用的激光手枪，打不过他们。嗯，纳吉布在哪里？”

余下的船员面面相觑，维宾斯坦怒道：“那家伙不在这里，看来我们的行踪是他泄露给恐怖分子的！”

司徒远登灵机一动，说：“把星际雷达瞄向接驳口，应该可以在内部产生电子乱反射，假如成功的话……”

辛西娅顿时明白他的意思："好主意，到底是'漂泊的荷兰人'前任船长。"

其他船员都是后来招募的，听到辛西娅这么说心里俱是一愣，维宾斯坦喃喃地说："难怪，难怪。"恐怖分子蜂拥而至，他们来不及多想，辛西娅望着接近接驳口的十多个红点，大声命令道："解除固定锁，开启脱离用喷射器，注意不要影响喷嘴。"

"漂泊的荷兰人"号猛地一震，与空间站慢慢拉开了距离，纳吉布带着恐怖分子已经抵达接驳口，两排激光步枪齐射，十多道红色的激光如钢锥刺向飞船，在船体上切割出一道道裂纹。纳吉布大喊："你们这群吃人不吐骨头的鬣狗，把液态氢核留下！我的兄弟在'非洲战争'中死了，这次轮到你们尝尝这滋味了，非洲大陆的子民将屹立于世界之巅！"

司徒远登并不理会公共频道里狂狺的乱叫，他看星际雷达充能完毕，平静地摁下按钮，"最大功率。"

强烈的电磁波激射而出，电磁脉冲在宇航服里激荡，包括纳吉布在内的恐怖分子发出阵阵惨叫，瞬间被橙红的怒涛吞噬，烧得尸骨无存。维宾斯坦兴奋得络腮胡子乱颤，"你看他们全烤焦了，哈哈，像微波炉里的烤鱼一样！"

忽然从左侧射来十几道红色激光，切黄油般将贝壳状雷达切割成碎块。"1"号带着他用数字标注的部下出现在左舷，公共频道接通，"1"号冷冷地说："游戏结束了，飞船里面的人听着，虽然我们人数少了一半，但是王牌还在我手上。我的左手手套内装了一个小小的开关，只要我用力一握，装载于弹射器里的某个货柜就会被引爆。虽然这不是原先的计划，那些炸药原本是打算用来引爆液态氢核的，不过威力也是够炸毁太空站了，你们的朋友全都会送命，犹豫什么？快投降吧。”

司徒远登摇摇头，他绝不相信拿到液态氢核后的恐怖分子会留下活口。辛西娅夺过通话器，针锋相对地说：“1号，你敢就试试看啊，我早就觉悟了！与其交给你，还不如把所有的液态氢核全部泄漏到外太空去！”

“漂泊的荷兰人”一直静止不动，“1”号发现了飞船最大的弱点，说：“那艘船好像动弹不得，火力集中在后方，把货舱切断。开火！”

剩下的恐怖分子的十几把激光步枪一起攒射，十几道激光汇聚成手术刀，“漂泊的荷兰人”后部顿时被撕开几道裂口。船体像癫痫病人一样剧烈抖动，屏幕上红光闪烁，掉落的一簇簇碎片像暴风雪从舷窗掠过。辛西娅慌忙喊道：“可恶，线路全被切断了，已经不能从这里操控了！”

络腮胡子维宾斯坦说：“船长，来给我们一个吻吧，祝我们好运，现在只好到外头去打一阵了。”

辛西娅紧紧拥住维宾斯坦和杜尔波尔说：“你们两个……”

司徒远登有点儿吃醋地说：“我也有接受亲吻的权利吧？”

辛西娅冲到他跟前，双臂在胸前打个叉号：“不准来！你的责任是要保护空间站里的部下，不是吗？再说我们也只有三把激光手枪。”

司徒远登难以保持镇定，大喊：“别傻了，光靠你们几个人，就想出去打十多个拿激光步枪的人吗？”

辛西娅怔怔地望着他：“我爱你，远登，但我必须要保护好那些液态氢核。因为光是为了运送它们，我耗费了十五年的青春。而且不是那么单纯的青春，而是我牺牲了生命中最重要的事情，跳海般跳进漫漫无期的航行所付出的代价。”

五

细碎的红光乱飞，恍如熟练的绣工在刺一幅乱针绣，船员们在和恐怖分子激战。络腮胡子维宾斯坦骂道：“混账东西，我们千辛万苦运回来的液态氢核，绝不能平白拱手交给你们。”

司徒远登紧张地注视着外面的战况，这个时候许婧雯发来信息：“老板，老板，这里是控制室。留守的两个家伙已经被我们干掉了，你那边情况如何？”

司徒远登焦急的声音充斥在耳机里：“那个货柜里装了炸药，尽快用弹射架把它发射出去，太危险了！”

这时一名恐怖分子瞄准辛西娅，络腮胡子将她推到一边，自己却被一道激光从前胸贯穿到后背。辛西娅大喊：“维宾斯坦！”

随后，辛西娅射中一名恐怖分子，忽然手枪能量匣耗尽了，她刚要换弹匣，倏然感到左腿一麻，随即锯骨剜肉的剧痛迅速弥漫，伤口在失重的太空中凝出血珠。“1”号背包喷出两道细流，径直飞临面前，用激光步枪指着她，喑哑的嗓音像食腐的兀鹫：“别乱动，带我去卸下液态氢核。”

她双手把在阀门开关上，说：“你才不要乱动，这是释放液态氢核的阀门。”

“1”号冷冷地说：“你骗不了我的，那只是冷却液化氮用的压力阀而已。”

辛西娅不禁额头冒汗，忽然旁边的隐蔽舱门大开，司徒远登像橄榄球四分卫，从后面拦腰抱住“1”号。她急得大喊：“不行，不要到这儿来！”

“1”号的双臂被箍住，司徒远登将他往阀门上按，大喊：“拧开阀门！”

“你比我更熟悉这艘船。”辛西娅下意识地拉下开关，液化氮如一注喷泉直喷向天。司徒远登双臂一松，“1”号被液化氮冲向货柜发射口。许婧雯在内部频道喊道：“老板，发射药装填完毕。”

司徒远登大声命令：“快发射货柜！”

“1”号被喷到货柜前面，3米多宽、近20米长的货柜如庞大的电气机车，将他冲向深邃幽黑的太空。“1”号下意识地攥紧拳头，他忽然想起左手里的引爆装置，整个面孔像被恐惧扭曲的骷髅。

货柜在“皇家礼炮”前面爆炸了，好在类真空环境减轻了冲击波，空间站震动得如风中枯叶。待剧烈的震荡波退去，空间站里的人发现他们还活着。

尾声

司徒远登双臂轻微冻伤，喷出的液化氮还是透过宇航服损伤了他的手臂，好在许婧雯为他尽心治疗。他送女船长来到接驳口，问：“下次又是十五年后吗？”

辛西娅不忍心看他的手臂，强颜欢笑道：“其中的十三年是在冬眠舱中度过的，仍旧和我现在的样子差不多，只是老了两岁而已。”

“经过三次十五年的远航，加起来就是四十五年，你真是个冷酷的女人啊。”

辛西娅望着他被银丝侵蚀的褐色头发，那张熟悉的脸庞不断苍老下去，然而最初的邂逅一直像带有松香的木版画，温暖着在孤寂飞船中漂泊的她。辛西娅忽然紧紧抱住司徒远登，两人相拥在一起，久久没有放开，那份熟稔分明来自曾经将自己交给彼此的恋人。

地球了无牵挂，余生只留执念。女船长抚摸着那张布满皱纹的脸，说:“祝你好运，好好活着，司徒。”

司徒远登情知留不住她，黯然道:“祝你好运，辛西娅……”

一颗彗星拖着缥缈的彗尾，划过天鹅绒般的夜空，恍如鹅毛笔在黑色信笺上书写十四行诗，司徒远登望向彗星。他默然良久，这才转头望向“漂泊的荷兰人”逐渐消逝的尾焰，心中说道:“她再次朝向黑暗的彼方展开旅程，就像那颗绕着椭圆形轨道的彗星一样，来过之后又走了，只留下记忆陪伴着我。辛西娅，我还能不能在这里再看到你？”

听洋

文 / 胡明磊

一

我的儿子在看迪斯尼动画片，一边看还一边咯咯地笑。

“爸爸，快看，那个唐老鸭，听见一只蜜蜂扇动翅膀的声音竟然以为是敌人的飞机和舰船，太可笑了。”

“的确有这种可能性，那不仅仅是动画片。”

动画片中的唐老鸭是一名雷达兵，他将蜜蜂当成了飞机和军舰，这是动画的笑点。

我的工作和动画片中的唐老鸭有相似之处，只是，我的工作是一丝不苟的，不仅仅是出于我的职业精神，更重要的原因是一丝微小的疏漏都会引发大的灾难。

我是一名海军士兵，长期在海上工作。我的工作平台是一艘大型的侦察舰，我的职责是根据声呐系统的数据判断敌方水下舰艇的位置和工作状态，做出预警，提防敌人的攻击或者是战争的意外爆发。

我把我的工作称为“听洋”，我的主要工作对象是潜伏在大洋深处的幽灵般的敌方潜水艇。所谓的听洋就是一场有关声响的较量，是你的声响小还是我的耳朵灵。听洋在大多数情况下并不是分出胜负的零和游戏，通常而言是一种默契，或称为平衡，一种巧妙的战略平衡。

我的工作平台是全新的舰载声呐系统。从我的声呐系统不断升级就可以窥见当今科技发展的端倪，更确切地说是军事科技发展的端倪。最开始的老式声呐，灵敏度差，还有极大的噪声，即使对方的潜艇像拖拉机那样响，我也很难采集到精确的数据，对敌方攻击的预警能力很弱。

后来系统升级，仪器的灵敏度和信噪比大幅提高，对水下声音的辨析度空前提高。之后敌方舰艇就脱下了鬼魅般的外衣，我能捕捉到一些“零星”的脚步。再后来，侦察卫星和侦察船的声呐系统实现全面嫁接，我的这双“顺风耳”有了“千里眼”的助阵，可谓如虎添翼。到现在，量子计算机全面应用，我的监听工作得到空天、海洋和网络等多维度的保障，监测能力大幅提高。

我的对手也在享受军事科技的红利，他们的舰艇的隐蔽性和机动性也越来越强，不过目前我们双方仍然保持着微妙的平衡。

二

我的儿子在看电影，那个桥段是赌王根据自己的耳力判断骰子的点数。

“爸爸，人真的可以根据听到的声音判断骰子的点数吗？”

“真的可以，甚至更神奇。”

我从小耳力就惊人。

在我很小的时候，不明白我爸爸为什么把电视机的声音开得那样大。他能清楚听到的声音对于我而言是雷一样的响。

晚上，楼下打麻将的声音如山呼海啸一般。所以，每天我都是戴着耳塞睡觉。

在上学的路上，汽车的声响和鞋摩擦地面的声音也令我抓狂。

几乎每一刻我都能清晰地听见自己心跳的声音。

经过医生检查，我被诊断为听觉神经敏感，原因是耳骨的发育异常。特殊的表现为听力的阈值低，听力的音域范围广，可听见一些次声波和超声波。听见和分辨细小声音的能力很强。

在童年时，我的雷达耳也发挥过重要的作用。我能清楚地辨别出班主任走路时鞋底发出的声音。只要我说班主任来了，所有的同学就会立刻停止打闹，回到座位上坐好，不久，老师走进了教室。她总夸我们班的纪律好，这里面有我的一份功劳。

这双灵敏的耳朵给我的最大帮助就是使我拥有对于音乐的独特欣赏力。我对乐曲的音高、音色和响度都有超越常人的辨析力，这双耳朵就像一个能捕捉音乐语言的雷达，我能领悟到歌唱家和演奏家卓越且独特的音乐造诣。这是天赋给我带来的财富。

我非常喜欢聆听大型的交响乐音乐会，最喜欢的指挥家是卡拉扬。

因为良好的耳力，我能领悟到大师对音乐的那种超凡脱俗的表现力和驾驭能力。一支乐队的每种乐器的音色我都能清晰地分辨出来，我对每个乐手的独特演奏标签都一清二楚，甚至那难以分辨的细微失误和弥补后的窃喜，我都能从声音中察觉到。通过欣赏交响曲，我能从整体到部分对每名乐手都了如指掌，就像大厨根据饭菜的色香味就能判菜品的成分和火候。

至于凭借声音判断骰子点数，一般人经过专业的训练是可以办到的。

首先对材质要有清晰的了解，每种材质的碰撞有细微的区别。

每个点数所在的平面在碰撞时都有独特的声音，因为其共振频率不一样。

还有，判断骰子的点数，并不需要全程都听得很清楚，只要在荷官收手的刹那就有足够的时间判断，但并不像电影描述的那么夸张。

若用仪器分析声音数据，还可以判断出荷官摇骰子的手法，甚至骰子表面的磨损程度。

人的听力比我儿子想象的更神奇。

三

“爸爸，你为什么要当海军？”有一天儿子问我。

“那是因为爸爸喜欢海浪和海鸟的声音。”

大学毕业后，我入了伍，开始作为一个海军士兵在一艘护卫舰上工作。

我很喜欢海浪的声音。海浪平和时如恋人的低语，百转千回，情牵梦绕。海浪狂暴时如战士的怒吼，一泻千里，雷霆万钧。海浪的声音仿佛是音乐的大小调。

这大自然的鬼斧神工造就的乐曲足以与世间的任何名曲媲美，那海浪是跳动的音符流动的音乐。

那海鸟的声音是海浪的最美点缀，仿佛主唱为音乐盛会增加几个咏叹调。

在大海上，你可以欣赏无穷无尽的音乐盛会，享受无穷无尽的大自然的馈赠。

四

“爸爸，你在海军做什么工作啊？”

我笑笑，“保密，这个不能随便问，更不能向别人随便说。”

我在护卫舰服役三年后，一次上级军官到我的舰队招纳侦察舰的声呐执勤兵，我毛遂自荐，称自己有良好的耳力可胜任声呐兵。

于是，我参加了筛选考试。

第一次考试，分辨大型海洋动物的声音。鲸鱼、鲨鱼、海豚等发出的声音，我辨别得非常清楚，胜出。

第二次考试，分辨摩斯密码，根据嘀嗒声和声音间的时差识别并记录情报的内容。我再次胜出。

第三次考试，根据一个场景的声响判断这个场景里有多少人，并判断每个人大致的年龄和性别。我毫无悬念胜出。

最后，正如我所预料的那样，我顺利地通过了考试，如愿当上了一名声呐兵。

声呐兵的主要任务是监听他国的以核潜艇为主的水下舰艇，根据微小的动静判断其位置和工作状态，最重要的一项任务是一旦潜艇发射战略核导弹，导弹出舱的一刹那会出现特别的声响。声呐兵要根据这种特殊的声响，加之特殊仪器的帮助，判断导弹的发射位置并做出及时的预警，防空系统马上启动，立刻发射拦截导弹。通过这种方式，我们可以将他国潜艇导弹发射的突发性和毁灭性降到最低，有效削弱他国核潜艇的战略威胁。

对于这份工作，我起了一个非常文艺的名字——“听洋”。

不仅名字文艺，连工作的内容我都觉得文艺。“听洋”的那种声音，好像是大自然的心跳，随疾随缓。各种水生动物会发出特定的声响，好像乐队中不同乐手的乐器发出的不同音色。这种乐音，没有固定的指挥，无法做到和谐一致。反而，因乐音的自由和宽泛，体现出一种独特的美。罗丹说，世间并不缺少美，而缺少一双发现美的眼睛。我更愿意说，声音并不缺少美，而缺少一双发现美的耳朵。

这双耳朵帮助我战胜了工作内容的枯燥，让我获得了意外的乐趣。

五

儿子看新闻时，问我：“为什么海关偶尔会故意在旅客的行李中放置毒品，再让缉毒犬发现，那不是自找麻烦吗？”

我说：“那不是自找麻烦，那是为了保持缉毒犬的嗅觉灵敏度，并保证它们不会因长时间找不到猎物而沮丧。”

“这很重要吗？”

“相当重要。”

我在海军侦察舰工作的第二年，突然发现意外的声响，这种声响可绝不是海洋的呼吸声和大型动物的乐音，那是鲜明的潜艇的声音。捕捉到这种声音后，我立即用仪器对它进行分析，获得的各种参数显示，那是一艘或者是几艘大型核潜艇。

发现这种声响是我军旅生涯的第一次。

他国潜艇的水下静音系统极好。我们的探测仪器和他国潜艇的静音系统是一对矛与盾的对立关系。虽然我们的探测系统越来越灵敏，数据分析速度也越来越快，但是他国潜艇的静音系统也越来越好，噪声越来越小，隐蔽性越来越强。

我调侃他国的潜艇就像海底的一根银针，我就是那个海底捞“针”的人。这根针的行踪，只有在极偶然的情况下，才暴露在我的耳朵里，且马上就鬼魅般地消失了。不知过了多久，目标又短暂暴露，好像在捉迷藏，又好像在挑衅我这样的听洋人。

我甚至有一种极为夸张的想法，他国的潜艇就像是从高维空间跳到我这样的低维空间，又瞬间回到了他的高维空间，可能是那个著名的“费城实验”给我留下的印象太深。

“在敌我的意志较量中，一定不能涨他人威风，灭自己的锐气。战术上我们重视敌人，在战略上我们藐视敌人，要相信自己的勇气、智慧、能力能弥补武器上的劣势。”

老班长的这句话始终在我的耳畔萦绕，是支撑我的精神力量。要知道，他国傲视世界的资本之一就是强大的海军，而那核潜艇就是海军的撒手锏。我的工作对象就是他国的王牌。我处于本国的军事劣势和他国的军事优势的对抗前线，但我坚信我会成为保家护国的英雄。

这种意外的声响起初引起了我的惊喜，就像是捕鲸船发现了一直追捕的目标，多年的努力结成了硕果。

这种响声在声呐系统中就像是拖拉机的响声，和我平时探测到的声音在响度上差几个数量级。

这不是他国潜艇正常的状态。发出这种响声的合理解释是，这艘核潜艇已经根本不在乎暴露其行踪了。

难道，它要发射导弹。

在我的梦魇中，我曾经有过核弹毁天灭地的那种记忆。我相信，那种事情考虑多了我会患上心理疾病的，为我的军人形象抹黑。我一直控制自己不要往那方面想。

这次情况真的很紧急，我的心情从窃喜变成了恐惧。

很快，我又镇静下来了，提醒自己：无论遇到任何情况，只要按照平时训练的那样做就行了。

我按部就班地发出预警信号，准确传递出探测到的潜艇的位置坐标，预警系统和空天卫星，大型军用飞机以及防控系统联网，随时可以发射导弹拦截对方的武器。

整个操作过程我如平时训练时那般麻利、精准、快速、高效，仿佛自己的神经反射速度和敌人武器的发射速度在进行较量似的。

这一刻，我进入一种无我的状态，似乎只是一种做出判断的机器人，一切七情六欲都抛之脑后了，一切都是为了把自己的工作做好。

这一刻可能只持续了几分钟，却十分漫长。我从来没有想过在这么短的时间内完成这么多操作。我的神经反射速度已经达到了极限。我知道我稍有差池或者延误，我国就有可能处于战略劣势。

在完成了所有的操作之后，我长吁一口气，并为我国的安全默默祈祷，为人类的和平、安宁默默祈祷，对人类的理智和文明充满信心。

我在船上望着天空。第一次感到天空蓝得如此清澈，太阳则红得如此鲜艳，大海绿得璀璨，人生的每个瞬间都如此美好。

第二天，舰长拍着我的头说："小李，恭喜你，因为你临危不乱的优异表现，你被记二等功。同时，也恭喜你通过了考试，成为一名合格的声呐兵。"

我一脸疑惑，"舰长，那个声音是对方核潜艇的启动声。"

"没错。"

"这种声响代表核潜艇处于发射状态？"

"没错，导弹发射时惊人的爆发力和速度制造出极大的声响，声呐系统会很轻松地捕捉到，那是非常强的信号。"

"我的操作合格了？"

"不仅合格，而且完成度很高。"

"那么，敌方导弹被顺利拦截了吗？战争没有爆发吗？国家秩序没有混乱吗？没有引起大的恐慌吗？"

"这是一场虚拟战争，不仅是你，很多人员都被蒙在鼓里。你可以理解成一场军事演习。演习的目的，就是考察和锻炼你们这些军事人员的作战能力和心理素质。"

舰长顿了一下，"小李，你的操作非常完美，各项操作的反应时间都符合标准，你的神经反射速度和良好的心理素质都令人惊叹，你圆满地完成了党和国家交给你的任务，你是人民的英雄。”

说到这儿，舰长把一枚勋章戴在了我的胸前，我向舰长敬了一个军礼。

舰长语重心长地说：“小李，你的这项工作非常枯燥，如果长时间没有重要信号的刺激，思想上容易麻痹大意，工作效率也会随之下降。军事演习的目的是让像你这样的声呐兵保持高度的警惕性，工作中不仅要一丝不苟，还要精神高度集中，要拿出那种随时准备战斗的状态。”

“谨记舰长教诲。”

自此，所谓的虚拟战争也好，军事演习也好，我的表现绝对对得起我的勋章，也可以负责任地说对得起党、国家和人民。

六

“爸爸，人类的核弹总数能毁灭地球数万次，核战争会爆发吗？人类会毁灭吗？”

“你大可放心，核战争是不会爆发的，人类很安全。”

为了尽可能避免核战争的爆发，最好的办法就是保持地球核力量的战略平衡。在可能的情况下还需要保持常规军事力量和经济实力的平衡，生态的稳定和人类对大型传染性疾病的抵御能力也是制止核战争的重要因素。总而言之，每一个领域的力量平衡都是制止战争、延续文明的根本保证。战争的爆发，往往是在交战双方实力不平衡的情况下发生的。如果从纸面上的实力就能判断交战双方的胜败，那么实力占优者发动战争的概率就会变大，世界的和平就会变得非常脆弱。

我这样的声呐兵，无疑是保持战略平衡的重要参与者，是战略平衡的天平保持稳定的重要砝码。因为我国的战略劣势，我的职责是补齐战略短板，缩小与对手之间的实力差距。

核武器的出现打破了战争的固有规律，以往一方获胜一方失败的战争结局被双方同归于尽的战争结局代替，也就是说核战争没有赢家。核武器就像是悬在人类头上的达摩克利斯之剑，令人类不寒而栗；另外，使人类在处理战争冲突时变得小心翼翼，有效地阻止了大规模战争的爆发。

数学和艺术方面也涉及很多核战争的内容。

我记得在大学上数学课的时候，大学的数学教授就做了很多核战争的数学模型。模型中有几个设定，根据设定得出的一个重要结论是，固定核弹发射架变成移动的发射架，会增加对方的防御难度，防御难度的增加可有效减少核战争所需要的核弹头的数量，核弹头的数量减少则意味着人类更加安全。

在移动的发射架中，公路发射、铁路发射、飞机发射、潜艇发射的平台的保存度和隐蔽性依次提高。如果核战争打响，核潜艇发射的核弹很可能是战争的最后一响。因此，准确判断对方潜艇的位置，对核潜艇的核弹发射及时预警，在数学模型上是防止核战争的方法之一，在军事实践中也起到了类似的作用。我的工作的准确意义与其说是捕捉对方舰艇的蛛丝马迹，不如说是维持战略稳定，制止战争发生。

在文学艺术方面，人类对于核战争的痛恨可见于“二战”后的各个时期。英国哲学家罗素就曾在演讲中提到：同时使用很多氢弹，会造成普遍死亡，只有少数幸运者会无痛苦地瞬间消失，多数人却要忍受长期疾病和痛苦的煎熬……难道我们为无法忘掉争吵，而去选择死亡……我们能做到保持善良本性，忘掉纷争，通往天堂的路便畅通无阻，反之，就是全世界的毁灭。

类似于这样的忠告言犹在耳。

对于核战争，我总是持有一种乐观态度，我会告诉儿子核战争不会发生，以至于未来的子子孙孙都能免除核战争的危害。

七

“爸爸，你的敌人是谁，他们很厉害吗？你能打过他们吗？”

“你所谓的敌人和我从来没有见过面，可以肯定的是他们很厉害。但你也不用担心，爸爸和自己的同事们也非常了不起，绝对能够保证祖国的安全。”

我的工作团队有五个人。我主要负责深海中的微弱声音的探听，我的战友王建峰和刘少安负责声音信号处理，赵真和孙瑞负责和其他作战平台的通信联系。

在绝大多数时间里，我很难捕捉到敌人的微弱信号，只能听到大洋那纯自然的声音。这自然的声音，我时常将它们当作一种享受，即使是享受，有时也会觉得枯燥，甚至情绪上会有一种压抑感。再加上长期在大洋上漂泊，很难见到陆地，那种和人类社会隔绝的感觉是很痛苦的，一般人根本受不了。我的心理素质算是强的，也是咬牙在坚持。

一旦海洋声音的和谐被假想敌的声音扰乱，我马上便会竖起耳朵，保持高度注意和警惕。

我的声呐耳麦突然出现特殊的声音，我意识到可能是敌方的潜艇“现形”了。

“王建峰。”

“李队，什么事？”

“四十海里远的海底出现异常声音，马上判断它的具体方位。”

“好。”

王建峰操纵声呐系统，根据声音在海水中衰减的程度和其他参数很快就判断出了声音的位置。

“李队，目标位置是东经 120° 28′ 31″，北纬 10° 3′ 27″。”

“刘少安。”

“李队，请指示。”

“协助王建峰，对目标进行声纹分析。”

“好。”

“赵真。”

“到。”

“立刻联系上级平台，请求飞机援助，在目标地区撒下声呐浮标。”

“好，消息发送成功，飞机一分钟后起飞，马上到达敌方潜艇出现的位置。”

“孙瑞。”

“到。”

“将发现敌方潜艇的消息发送到指挥部，并要求指挥部在基于信息的大规模处理后给予指示，回复的速度越快越好。”

“是。”

完成了基本的部署后，我将全部精力或者说全部的耳力投入对潜艇的追踪中。

我的耳麦中的声音发生了明显的变化。

我暗想，难道我被敌方发现了？

我的目标信号被一阵特殊的声音干扰，从声音的声纹分析，可能是大型的海洋动物。

老天，在这个节骨眼上，不会是鲸鱼来凑热闹吧。我的运气会变得这么差吗？能够捕捉敌方潜艇的声音，今天可是千载难逢的机会，我就是为这个时刻而存在的。那个大型海洋动物，行行好吧，不要干扰我的工作。

也许是我的祈祷起了作用，这种大的干扰声音消失了，可怕的是敌方潜艇的声音也减弱了，或者说消失了。

这才是真正的较量啊。

我的耳力似乎要发挥到极限了，在这种状态下，我可以轻易听到屋里一根针落地的声音，还能判断它的落地位置。然而，这艘比针大千百万倍的潜艇却消失了，我听不到它发出的声音，这俨然是对我的挑衅，或者是对我海军实力的嘲笑。

难道，那条大鱼的声音是伪装音，干扰我的追踪，待转移我的注意力之后进入静默状态。

所谓的静默状态，是潜艇掩饰自己行踪的一种重要方式，即潜艇确认有暴露危险时关闭一切可能的声响，如发动机停止转动，潜艇上的工作人员保持静止不发出任何声响。在这种情况下，声呐很难发现目标。

难道敌人会连呼吸也停止吗？我拼尽全力地听着，敌人就像死了一般沉寂。

他们的组织纪律性和军事素养真的好强啊，我不禁暗暗佩服。

“报告，李队，我方的声呐浮标已经布置在敌方的海域。”

“声呐浮标的信号已经切入我方平台。”

“太好了。”

有了声呐浮标的帮助，我的声呐系统真的是如虎添翼。

这回你们跑不了了。

声呐浮标是声呐系统的新近升级设备。以往的声呐系统固定在大的侦察舰或者是驱逐舰上，采样点单一，平台的噪声大，容易暴露目标。

声呐浮标的特点是小而灵活，采样点多，提供的可参考数据多且精确。目标小，不易被发现，即使被敌方发现后清除掉，损失也很小。数据多且准确，对发现和跟踪目标意义重大。声呐浮标在洋面漂浮，就像是无人机在天空巡逻。

尤其是在计算机系统升级的条件下，多平台电子系统和算法对信息的云处理，使我军对了解战况和判断战争走势的能力空前提高。

信号加强后，敌方的舰艇瞬间被三角定位，在静默状态下“现形”，强大的数据流就像是千里眼和顺风耳，让敌人无处遁形。

潜艇战不过是潜艇的隐形和声呐追踪的较量。潜艇没被发现，就是海底的幽灵，潜伏的猎手；一旦被发现，地位则急转直下，成为猎物。这种较量不断升级，延续至今。

我惊喜万分，这是我的声呐系统升级以来第一次“完整”地捕捉到敌人的行踪。如果敌方的潜艇被我方轻易发现，那么潜艇的战略地位就会下降，随之而来的是敌国的战略位置下降。

我的团队沸腾了。

“我们海军近海对峙受窝囊气的日子结束了。”

“我们打倒了歌利亚巨人。”

敌方的潜艇成了一条在鱼缸中被观赏的金鱼，不再是隐藏在水中的吃人鱼。

但是，我们的兴奋只持续了很短的时间。

突然，声呐系统出现了一片忙音，我的耳麦中像打了一声闷雷。

之后，耳麦中出现了像是无数蚂蚁觅食的细小声音，我的耳麦无法再捕捉有价值的声音。

敌方的舰艇跑还是没跑，我没法关心了，我们的探测系统成了聋人，名副其实的聋人。

可以肯定，我们的声呐浮标失去了作用。

问题是出现这种结果的原因是什么？

其他同事立刻冷静下来，我说道：“敌人比我们想象的要强大，他们一定有了新的反探测技术。”

“我们的军事卫星在敌舰艇的海域实施了全面的侦察，拍摄的侦察照片一小时之内就能发到各平台实现共享。”

“我们新型的撒手锏量子计算机可以根据军事卫星拍摄的图片以及仪器探测的声音信息，再加上网络挖掘的关于敌舰艇的各种资讯和数据，判断出声呐突然失去作用的原因，估计在几天之内分析结果就将出炉，所以大家不要泄气，这一回合我们未必会输。”

我们的量子计算机，利用相当数量原子的叠加状态，计算速度是普通计算机的几十个数量级以上，在计算速度这一环节上碾压导弹的发射速度，即一个人的大脑反应速度比敌人的拳头快，这也是我军保持战略平衡的重要砝码。

不过，根据我们了解的情况，对手也有量子计算机，处于叠加状态的工作原子数量要多于我们，计算速度也同样优于我们。

“不过，这也提醒我们在战术上要更加重视我们的对手。”

过了几天，上级把量子计算机分析的结果交到了我的手上。

报告的文字如下：

在捕捉到敌方的潜艇方位后，目标海域出现了微型磁暴。蹊跷的是，该磁暴以极其精确的电磁波段，复杂的物理方式干扰声呐浮标的探测信号，并起到了屏蔽的效果。

该磁暴说明敌方突破了一系列反侦察的技术壁垒，在潜艇隐身方面找到了一种新的作战方式。

的确是新的作战方式，我暗自叹道：这种方式真的是变被动为主动。以前的潜艇生存方式是让敌方找不到自己，现在则是找到自己就让对手耳聋眼瞎，当然，这种作战方式是建立在高科技基础之上的。

敌人的强大并没有吓到我，反而激发了我更强的战斗欲望，在未来的日子里，我要不断提高工作技能，圆满地完成“听洋”的任务。

八

不久，在业余时间炒股的我意外地发现股市出现了微妙的波动。

这种波动是从实力最强的 B 国，像涟漪一般地涌向了其他国家。

这种股市波动有着特殊的规律，从一个金融城市扩散到另一个金融城市，特点之一是波动的顺序是按照金融城市的地位排名进行的。

开始是纽约的股指发生剧烈震动，而后是伦敦、巴黎等欧洲的城市，再次是亚洲的东京和我国香港，最后是中东。

这一连串的股指波动有着微妙的联系，到底是什么导致的呢？估计又是超级大国薅羊毛或者是大财团压榨工薪阶层了。

凭借我声呐兵的视野和判断，我发现纽约股市的波动时间与我国军方和 B 国军方的对峙时间有着微妙的联系。

时间上如此接近，显然存在因果关系，这从一个侧面说明当今的军事已经和经济紧密地捆绑在了一起。

当我把我的想法告诉我的团队时，大家都禁不住笑了。

“那帮有钱人既是守财奴，也是怕死鬼，凭借权势得到的消息快，一旦出事马上跑到最安全的地方躲起来，跑得比兔子还快。”

“这也说明大量的人类财富掌握在少数人的手中，他们对资产的处理方式就是股市的风向标。”

“以后咱们也可以利用自己的工作便利，在军事对峙时间忙活忙活股票、金融等业务，弄不好能从这些有钱人手中分一杯羹。”

“就像是贫农打老财，看看谁是胜利者。”

同事们的一段笑谈，让我想起了以前的一个重要的数学模型——智猪博弈，即实力团体分为大猪和小猪。两者合作的最佳模式是大猪创造技术、财富等，小猪只需要坐享其成。因为大猪之间的竞争，以小猪们的实力是无法参与的，而大猪为了拉拢小猪打击对手，会以温柔的方式分享财富和技术。在国际环境中，大猪和小猪指代大国和小国，这是不言而喻的。例如，我们听洋般的核对抗只有几个大国搞得起，小国只要在核安全的天平要失衡的时候团结一致，倒向弱势的一方，对整个世界的安全就会产生重要的意义。

不过，笑谈归笑谈，我们的团队在执行任务时仍然是一丝不苟，这一直是我党我军的优良素质。

九

这天，我起得很早。

舷窗外，海天交界处刚开始时晨曦初露，转瞬间霞光万道，瑞彩千条，黎明前的黑暗消失得无影无踪。

我们的战舰迎着耀眼的太阳前行。

天地有大美，此时此刻此景中。

海波荡漾，海浪滚滚，大洋拼尽全力发出最动听的声音，我的灵魂都为之震颤。

这声音亘古不变，会伴随人类很久很久。我们千秋万代的子子孙孙，都会享受这大自然的馈赠，永远永远。

蜇伏

文 / 修新羽

海洋会退化，成为只长水母的荒原。

——《2010 年初第 362 次香山科学会议总结报告》

科研人员操作违规，误将试验用海蜇投入自然环境。

——2075 年 7 月 14 日“6・21 生物污染事故”初查结果

在我们不曾知晓的地方，战争从未止息。

——2125 年 8 月 5 日《揭秘“6・21”》

时钟嘀嗒，我们正向“生物学的广岛”靠拢。

——1970 年阿尔温・托夫勒《未来的震荡》

一 2075年8月5日

清晨。空气是火灾后特有的刺鼻味，如果仔细闻，还能闻到海风的咸涩，以及一股隐隐约约的腥臭。有经验的人会明白，那是死亡的味道。在此后的几个月之内，这种味道会一直在整座城市里飘荡。

几位战士站在警戒线旁，脚下散落着酒瓶。“为胜利！”有人喊道。另一个人醉醺醺地瞥了一眼火灾后的废墟，发出刺耳大笑，“为惩罚！”笑声很难听，像是笑着笑着就会痛哭。他们的眼睛都隐约发红，但没人继续哭泣。

有穿着军装的人朝这边走来，战士们不约而同地安静了。离门口最近的小伙子眯起眼睛辨认何哲的军衔，神情变得严肃。“上校！”他喊，喷出一股酒气的同时努力站直，歪歪扭扭地敬了个礼。

何哲冷淡地扫视他们，问：“怎么回事？”“有渔民比较激动，过来闹事儿。没伤到人。”那个年轻人顿了顿，补充道，“我们就是来看一看。来的时候，这儿已经烧毁了。”

何哲点点头，然后朝那几栋废墟般的建筑走去。

“那边危险！”有人提醒。何哲没有理会，径直走入那扇在火灾中扭曲的大门。火焰刚刚熄灭，满地是泥泞的灰烬。

他走过墙壁焦黑的走廊，走过扭曲的文件柜残骸，走过一地的碎玻璃。

十五分钟后，重新出来的何哲没再看那队士兵一眼，匆忙离开。在他的口袋里，有瓶纯度很高的生物致死剂，上面贴着标号——

“67”。

有辆车在马路对面等他。驾驶座上的人说，我们先去军部。何哲点点头，似乎有些疲惫，“抓紧时间。”他们沿着海岸线一路行驶。原本金色的沙滩，被一层层褐色物质覆盖住，那是海蜇们腐臭的尸体。新赶到的士兵正在那里忙碌着，试图清理，却怎么也清理不完。

何哲转过头，闭上了眼睛。

去军部参加完授衔仪式，别着崭新的肩章，在赴任第七科研所所长的路上，何哲昏昏欲睡。他又想起了以前的事情。江良给他留下了如此深刻的印象，令他一生都无法忘记。

大四刚开学，学校突然组织了场考试，题很难，全系都要参加。成绩下来后，何哲被导师叫去办公室，有位穿军装的年轻男子在等他。那人打量着何哲，突然就笑了出来，“怎么，第一名是你这根豆芽菜？”何哲瘦是瘦，还没被人这么明目张胆地嘲笑过，一下子没反应过来。倒是坐在旁边的导师抄起一本论文就砸了过去，“挖人墙脚还这么嘴贱！”

那人就是江良。一下午的时间，他们聊了很多。

江良是大他几届的同门师兄，据说当年也是一顶一的学术人才，被特招去了军队机密研究所工作，这次是回学校招点儿新鲜血液。

“不是机密部门吗？”何哲大声反对，却还是被江良拖上了车，说去海边参观参观第九研究所的水下繁育池：沙海蜇-L，和沙海蜇外表相同，只是个别基因稍有差别，繁殖速度是普通海蜇的九倍；海月水母-A，子代基因变异率能够达到百分之十七以上……探照灯的光扫过去，被扫到的海水变得澄澈，没被扫到的依旧一片漆黑。

何哲看着那些生衍不息的生物，心想，他从没听说过。这和他平时上课接触到的东西不一样，完全不一样。

“长见识了吧。”江良脸上带着模糊的笑意，“这才是真家伙。你们平时做的那点儿实验也就够发几篇论文。能发出来的论文，从来都不是最重要的——最重要的早就被藏了起来。”他用手划过冰冷的玻璃幕墙，“三十年前，外国科研公司赞助了一群愚蠢的研究员，想通过基因改造来加快食用海蜇的繁殖速度，能多赚点儿就多赚点儿。可惜，他们根本控制不住自己的所造物。”

何哲没有问，为什么这些事情没有被写在教科书上，甚至也没被媒体捅出来。玻璃幕墙之后，无数水母在淡蓝色的海水中自由穿行，仿佛永远也不被拘束。墙是透明的，但墙永远就在那里。

他们来到了江良的办公室。已经是半夜了，那里没有人值班，只是摆放着很多瓶瓶罐罐，各类海蜇标本泛着诡异的光泽，诡异却美丽。江良倒了两杯酒，冲何哲举杯，“明年就毕业了吧。提前祝你毕业快乐！”

温室效应，海水富营养化，水母数量激增。近海渔业资源开始衰退，海水中毒素逐渐泛滥。如果任其自由发展，最终海洋生态系统将失去恢复力——各国都在研究对策，都没有什么突破。

“怎么样？”江良问他，问得很含糊，“你怎么想？”硝烟。何哲想，每一滴海水中都融入了硝烟的苦味。科技战早已在各个领域蔓延，人们彼此心照不宣。他微笑，饮下冷酒。

作为海洋生态系统的“盲端”，水母能以大多数浮游生物为食却没有什么天敌。何哲想起自己导师的感慨：“在水母爆发后想让它们回归正常的数量，或许只有毁灭整个海洋。”

这话已经过时了。“6·21”事故过后，整个水母科都不再具有威胁，却只有一片海洋被毁灭。

二　2077年6月21日

灾难过后，附近居民陆续搬走。

何哲以不可思议的低价买下了研究所旁的别墅。别墅原主人投资的鲍鱼养殖池遭到了污染，血本无归后他从楼上跳了下去。那阵子，这座城市的自杀率特别高，人们宁愿死，也不愿一无所有地离开。

从别墅里能看见海，也能看见长在研究所门口的那棵老槐树。他认得那棵树。当时在所里，要没日没夜盯着显微镜做实验，眼睛经常干涩难受。江良知道了，就命令他时不时抬起头，对着窗外那些葱茏的绿叶看上几分钟。

这两年来，何哲只需要开开会，审核一下研究报告就可以了，再也没有那么拼命过。其他领域的战争还在继续，但是对于“海蜇战”来说，白热化抗争早已过去了。

这些年来，世界十个著名渔场减产30%以上。被捕捉到的海蜇中，还出现了重达350公斤的巨无霸。几个临海城市，海水浴场里被蜇伤的人数年年在上升。

“人家都不愿意相信，”何哲给家里打完汇报近况的电话，忍不住抱怨，“家里介绍的相亲对象死活不同意，怀疑我是搞核弹的，或者被辐射坏了脑子。要不你给我解释解释，我们这些研究小海蜇的人怎么就被安排在了军队的研究所？”

“这就是现代战争的实质。”江良一脸严肃地瞎掰，“不是什么轰轰轰的核弹，而是那些游来游去的小海蜇，东来一只西来一只，蜇蜇人、吓吓人，破坏破坏旅游业。何哲同志，你是站在了保卫人民的第一线。”

他们日复一日地调节着水温，日复一日地测试着那些实验用海蜇：要研究怎样减少繁殖，必须先要知道它们的极限在哪里。他们研究各种基因型的搭配，培育出的海蜇在繁殖速度上，远比捕捞回的样本更为恐怖。当然，为了保险起见，他们也配制出了各种具有针对性的致死剂——那群愚蠢的外国科学家犯的错误，没人想犯第二遍。沙海蜇-M、海月水母-Q、白色霞水母-V……越来越多经过基因变异的水母被发现。

江良有些焦虑，经常一个人躲在办公室里。推门进去汇报工作的时候，何哲总能闻到扑面而来的浓重烟味。“这些该死的海蜇到底是从哪儿来的？”

负责基因定向的同事分析完新一批样本，夸张地感慨着：“我看是有个海底文明在做它们的坚实后盾吧，这变异速度比我们测试的速度都快三倍！”

江良二话没说狠敲那人的脑袋，“那正好，把你扔进海底去，把那所谓的文明给拖累死，海蜇军团就不攻自灭了。”

大家哄笑，继续各干各的。何哲紧紧抿起嘴。它们是从哪里来的？谁也不知道。

谁也不敢猜测。

研究进行到第五年的时候，预算已经花光了。江良一边继续觍着脸跟上面要钱，一边指示他们，在分析海蜇基因链的同时，留心寻找点儿实用的生财途径。十九号海蜇是第九研究所花半年时间才研制出来的新品种，能够提纯海水中某些稀有元素，并将其积累在体内，方便人们提纯利用。这个新品种很快被一家企业看中，投放到了产业链中。

签合同那天，他们得到特批的三箱酒，在研究所的食堂里笑闹到很晚，起哄的人把江良架到桌子上，他唱了四首歌才被何哲营救下去。庆祝归庆祝，第二天他们带着宿醉，还是照旧一早起来工作，为了答谢“救命之恩”，江良给何哲安排了一项轻松的任务——检测螅状幼体在不同温度中的繁殖速度。

这项任务不费脑子，连水温都是系统自动调节的。就是看看数据，记录记录，这事刚上本科的时候何哲就能做得很好。但刚上本科的时候何哲肯定不会明白那些数据意味着什么。这速度太快了。即便依旧宿醉着，已经有多年科研经验的何哲依然能够看出来，这繁殖速度实在太快了，早就突破了自然变异所能达到的极限。

他去主控制室找江良。

影幕墙上，监控数据不断跳动。江良盯着它们看，红色光线映在他脸上。在听到脚步声的时候，江良依旧一动不动，只是说：“何哲，你眼镜度数是不是又高了？”

反手带好门，何哲走过去，“能得到所长大人的关心，草民不胜荣幸。”

江良淡淡一笑：“视力下降了，就到这儿来看我养眼？”

“我是看数据看太久了，总觉得自己眼睛要花了。”何哲说，“我看不明白。我好像知道了点儿什么，又好像没有。”

江良说：“你好像变成了一个哲学家，又好像没有。这真是伟大的辩证法。”

何哲看了他一眼。江良依旧看着那些跳动的数据，那些不合常理的数据。看他没有半点儿要坦率承认的意思，何哲只能把话明白地问出来：“那些海蜇到底是从哪儿来的？”

江良说：“海蜇，海蜇，当然从海里来的。”

“自然变异不会这么快，还这么精准。从洋流方向追溯，我怀疑这些海蜇是从B国来的。”何哲顿了顿，更正了自己的话，“我确定，它们就是从B国来的。”江良突然抬起头来笑了笑，揽过何哲的肩膀，语重心长地说：“小何啊，这次就当我还醉着，什么也没听见。你赶紧回去看你的数据去，别整天跑我这儿偷懒。”那意思是，你小子挑拨国际友谊了啊！小心被开除。那意思是，他知道答案，但出于某些原因，他不能说。

第九研究所隐瞒的答案太多了。第九研究所，被人唾骂的五个字。何哲在那里度过了整整七年，付出了所有的才华与青春。

后来他参加过一些讨论会。那些学生总是用年轻人特有的不屑谈论着两年前那起事故，谈论那些科学家是多么平庸无为，在灾难发生后又是多么无计可施。何哲觉得自己想要冲他们尖叫，因为他们都是白痴，谈论的都是彻底的谎言。

但他不能说。和之前的许多个夜晚一样，他只是面无表情、目光灼灼地听着，听人们谈论那毁灭一切的灾难。

三　2075年6月19日

“要么是检测器错了，”小夏指着显示屏说，“要么是监测站那帮人疯了。”

一夜之间，海蜇群无声无息地出现在领海边缘，朝海岸靠近。卫星监测站对公众保持沉默，却向第九研究所发布了生物入侵红色预警。

“这是什么意思？”何哲说，“一到八所的人都不管了，就告诉我们？”

江良带着所里三分之一的人出海去了解情况。何哲被留下看家。

最高权限临时被交到了何哲手上。只是临时的，所以何哲并不知道事情的真相。

他只是茫然而兴奋地看着操控台上的灯一排排亮起来，看着象征着自己战友的几个光点朝那群海蜇逐渐接近。他预感到了有什么事情正在发生，但一如既往的，他并不明白。

甚至在多年之后，他也依旧难以确定，江良对那些事情究竟知道多少——分布在世界各地的海蜇，都被进行了基因改造，都是本国军方用来侦察、掩护、破坏的工具。它们无限繁殖着，在失去利用价值的某一天被彻底消灭。一到八军属海洋研究所负责控制它们获取信息。而第九研究所，负责控制它们的繁育速度，以及提供最终的毁灭。

海蜇战从来不是什么没有硝烟的经济战。它们是武器，最精妙的生物武器。

6 月 21 日，他们出发后的第二天。探测标在航察舰前方与海蜇群相遇。它们随着温暖洋流入侵而来，如废弃纸屑般，漂浮着布满了整个海面。淡紫色蜇体上，还有隐约的白色斑点。是小夏最先赶到的。他刚来所里不久，还没看腻海蜇，还没见过这么壮观的景象，他隔着玻璃盯着海蜇群看，在通信器里梦游般地念叨："你们都看见了没有，这么多，这么多海蜇。它们可真漂亮。"

何哲为这个品种做过分析。它极其危险，分泌的类眼镜蛇毒能在三分钟之内杀死一个成年人。他在通信器里有些急躁地喊："撤，赶紧撤。"

"我在航察舰里面呢，"小夏安慰他，"很安全的，没关系！"

"这么危险的海蜇莫名其妙地出现在近海，整件事就不正常！"何哲继续喊。

江良那边倒是一直沉默着。在他们吵吵闹闹要撤要留争论不休的时候，突然开口道："海蜇群里有潜艇。"那是从艇外监视屏上肉眼观察到的，雷达上一片寂静。

所有人都看向艇外监视屏。在探照灯的光柱中，几艘被海蜇群纠缠的潜水舰时隐时现，还是从没见过的类型。或许是在执行什么需要海蜇群来掩护的任务。

或许是敌军。

何哲还想说什么，但是通信频道被强制占用了。是上级，或者上级的上级。他只能听见自己的心跳，还有时钟的嘀嗒声。不知何时，第九研究所里剩下的人都来到了总监控室，他们跟他一起沉默着。

"刺啦"，频道被还了回来，而何哲还没来得及再次开口。

"释放 67 号。立即。"是江良的声音，他很少用这样命令式的语气说话。67 号是他们研制的第一种攻击性海蜇，理论上来讲，成蜇能够长到五百吨以上，是海底世界的霸王。

何哲也跟着严肃起来，说："收到。"他把手掌伸向操控台旁边的凹槽，犹豫了一下。

“立即。”江良强调着，仿佛能看到何哲的犹豫。

67号繁育池的舱门悄无声息地打开，海水被一股巨大的力量拉扯。

那是只庞大的海蜇，伞状蜇体发出孔雀绿般的荧光，布满金色花纹。海蜇体内90%以上都是水分，本不会有这样鲜艳华丽的颜色……但它确实诞生了，优美、庞大、神圣。它游出那间狭小的囚室，天罗地网般笼罩下来，成千上万道丝状触须自在地摆动着，释放着毒素——这种经过特殊改造的毒素更像是天然致死剂，能使其他水母的蜇体即刻销蚀，却对人体基本无害。

它只有不到十吨。与它自己相比，还很小、很年轻。它生活在繁育池里，还没见到过外面的世界。半个小时内，它将水母群赶回了离研究所最近的海域，一次性消灭掉。那些疯狂掠过整片海洋的海蜇，眨眼间就变成了没有生命的褐色漂浮物，逐渐融化。海水腥臭黏稠，是被毒素和尸体污染所致。

毒素将毁灭一切。

浓度太大了。没有鱼虾，没有海草，也没有海蜇。没有生命能在那些毒素中存活，只剩下了67号。它穿越这片灰褐色的腐败海洋，向更为广阔美丽的深海游去。

从今往后，这片海域将成为彻底的荒漠。以海滨旅游为支柱产业的城市，一夜崩溃。

海洋里的一切都是惊心动魄的。海洋的尺度是海里、吨、百年。而他们不过是渺小的人类，只能目睹一小片世界，一小片短暂的光阴。

江良他们没来得及回来。

猛然拥入的海蜇群，产生了巨大到难以想象的冲击力，将潜艇群和那些装备普通的航察舰狠狠砸向海底礁石。他们没办法靠自己的力量突破重围，也等不到什么救援。

潜艇和航察舰全都变成了一块块形状扭曲的金属饼，安静地沉入海洋深处。

后来何哲花了很长一段时间去寻找它们，然后又花了更长的一段时间尝试着把那些残骸捞上岸，却没有成功。

当时何哲什么也不知道。他只是看到通信屏上突然一片漆黑，联络通道里传出尖锐的干扰音，然后是永恒的沉默。

何哲坐在自己的办公室里，他的临时控制权已经被上级或是上级的上级收走了，他什么也做不了，只能坐在那里。“不然，出去看看吧。”后来有人提议说。总这么待着也不像回事，总该做点儿什么。

于是人们就三三两两地走到了研究所的顶层。已经是深夜了，从那里望到的大海漆黑一片，缀着破碎星光。

“何哲上校？”对面的人一身军装，脸上是彬彬有礼的笑容，“欢迎加入七所，希望大家能在您的带领下……”

政府拨出巨额资金，帮助Q市的经济重建。各界也纷纷伸出援手，不断有志愿者团队赶来，帮忙清除被冲到沙滩上的海蜇尸体。上级用一份完美的履历表，换走了何哲在第九研究所的工作经历，把他调任到了军属第七研究所担任所长。何哲想过辞职，但下委任状的人只是笑笑，告诉他：没有人能带着那么多机密走掉。

没有人。

媒体上说，Q 市的经济倒退了二十年，而且在最近五十年中都无法走出困境。这一切都是第九研究所造成的——人们这样说，并这样相信着，愤怒而憎恨。

除了何哲外，所有第九研究所的科研人员都被扣留在了总部，停职接受调查，一无所知地接受调查。那群因失去生活来源而绝望的渔民，闯入了空无一人的研究所，砸坏了所有仪器，最后还放了把火。

可是有些东西是他们碰触不到、毁坏不到的。那些东西在地下，在黑暗中。

江良将装有所有研究资料的储存卡，与 67 号海蜇的致死剂一起，放在了地下观察室里。真相在黑暗里。

四　2125 年 8 月 5 日

2102 年，B 国宣战。第一场战争发生在那座被海蜇破坏的城市，那座在旅游业一蹶不振后秘密发展军事产业的城市。大陆架上，数以千计不知何时埋下的潜艇狙击装置让 B 国的水下队伍深受重创，战损率将近百分之六十。

2105 年，三年苦战，以 B 国承认失败、签订战争赔偿条款而告终。

2125 年，解密期终于过去，“6・21”事故的所有资料被公之于众，江良们不再是罪人。第九科研所被称作“不朽的传奇”，被媒体争相追捧。人们想要设置一个水下纪念馆，在管理海洋生态的同时纪念死去的英雄。工程量不大，对技术的要求却挺高，还要等上一阵子才能建好。

没关系。何哲已经等了五十年。五十年不算久，总有东西分毫不会改变。从别墅的窗口向海边望去，能看到海底礁石的布局一如从前。

五十年不算久，可又太久了。何哲随着那些游客走进全景潜水器里，心想，终于等到了。

这些年，不知出于什么心理，前来参观“首战纪念遗址”的人越来越多，这里竟也逐渐变成了颇具规模的旅游景区。

哭喊声从检票口附近传来，几个白发苍苍的老人被强行搀了出去。他们手里拿着横幅，隐约能看见“6·21”“无可挽回”等字样。是那次事故的受害者，这么些年的愤恨，在得知真相后依然难以释怀。他们强烈反对建设纪念馆，还组织过几次抗议静坐，但引起的反响微乎其微。

他们都已经这么老了。何哲想起来，自己被人喊“何老”也有好多年了。

观景潜水器下沉，早已被废弃的水下仓库和观察池、繁育池依次出现在人们眼前。有些在事故发生后不久就被填上了，只隐约看出些痕迹。

三三两两的游客站在满满一墙架子前，兴奋地低语。架子上摆了些玻璃瓶，瓶身泛出柔和的光泽，装着不知什么东西。何哲询问旁边的人，才知道那是新推出的旅游纪念品。

走过去，他看见一只只小巧的水母被装在那透明坚固的瓶子里，和几片水草关在一起。它们有着苍白而精致的伞体，高贵的鲜红色触须……看上去柔弱得像是少女。

何哲张了张嘴，觉得喉咙里突然干渴得难受，他什么都说不出来，但他马上又走开了。年轻的警卫员在一旁，稳稳地将他搀住。

他们继续下沉，周围光线越发暗淡。那些航察舰锈迹斑斑的残骸早就被政府派人打捞了上来，安放进了博物馆。礁石之间空空荡荡，这是比人类还要古老的礁石。

突然，另一边传出整齐的惊呼，“那是……冥王海蜇！是吗？”人们给 67 号海蜇起了个别称：冥王。不算难听。他们喊着，语气里有掩饰不住的兴奋与喜悦，几个反应快的马上掏出手机开始直播。

何哲转过身，然后看见了它。

不过是一只外形普通的白色水母，两三米长的蜇体……五十年来，人们在这片海洋中发现的第一只水母，没人知道它是从哪儿来的。

在探照灯的光柱中，它从潜水器的透明弧顶上荡过。

“6 · 21 事件”后一周内，67 号继续在深海游荡，全球海蜇总量终于降至合理标准，存活下来的那些海蜇也都不携带威胁性基因。在最近几百年内，不会再有海蜇爆发。何哲追踪到了 67 号身上的定位器，然后在军方潜艇的保护下，驾驶着私人潜水器，去给它注射了致死药剂，然后眼睁睁看着它的身体完全溶解，变成无色液体沉入洋底。

那次事件虽然使一座城市蒙难，却给全球带来了益处，为国家赢得了良好声誉。在战争前夕，这些都是无价的。

何哲屏住呼吸，凝视着那只闲适游过的海蜇。

它越游越远，像一团白光，消失在深蓝的海水里。